洛城 花落

LOVE AMID
THE
PROBLEMS

周大新 著

人民文学出版社

图书在版编目(CIP)数据

洛城花落/周大新著. —北京：人民文学出版社，2021
ISBN 978-7-02-016906-1

Ⅰ.①洛… Ⅱ.①周… Ⅲ.①长篇小说—中国—当代 Ⅳ.①I247.5

中国版本图书馆 CIP 数据核字(2020)第 265161 号

责任编辑　付如初
装帧设计　陶　雷
责任印制　徐　冉

出版发行　人民文学出版社
社　　址　北京市朝内大街 166 号
邮政编码　100705
网　　址　http://www.rw-cn.com

印　　刷　三河市中晟雅豪印务有限公司
经　　销　全国新华书店等

字　　数　208 千字
开　　本　640 毫米×960 毫米　1/16
印　　张　17.25　插页 7
印　　数　1—150000
版　　次　2021 年 1 月北京第 1 版
印　　次　2021 年 1 月第 1 次印刷

书　　号　978-7-02-016906-1
定　　价　40.00 元

如有印装质量问题，请与本社图书销售中心调换。电话：010-65233595

致　谢

　　本书所公开的案子,在进入法庭审理环节时,双方的辩护律师使用了一些由网上看到的婚恋专家的研究成果,在此,谨向这些专家表示最诚挚的谢意!

目　录

A. 媒人之言 / 1

B. 女方 / 4

C. 男方 / 31

D. 完婚 / 47

E. 异兆 / 65

F. 调解 / 68

G. 庭审 / 139

　　第一次开庭 / 140

　　第二次开庭 / 206

　　第三次开庭 / 224

　　第四次开庭 / 246

A. 媒人之言

经再三斟酌,我决定公开这桩离婚案情。

一夫一妻制婚姻的结成,通常有五种情况:其一,没有任何第三人参与的男女双方经自由恋爱结成的;其二,有媒人参与的男女双方经自由恋爱结成的;其三,有媒人出面由双方父母包办并不经男女两方同意结成的;其四,一方用权力、金钱、暴力或其他威吓手段迫使另一方服从结成的;其五,因意外灾难或其他无奈的因由,一方或两方都心怀委屈结成的。

我今日要说的这桩婚姻是自由恋爱结成的,但有媒人。这种婚姻,因有了解双方家境和人品的媒人,在双方交往之初就多了一重保险,少了一些盲目,算是婚姻中保险系数最高的一种,可它竟然也以离婚宣告终结了。

我公开这桩离婚案情的时候,心里充满了挫败感,因为这桩婚姻的媒人不是别人,正是我,我是中介方。按照中国传统的说法,我是伐柯,是冰人,是保山,是媒妁,是红娘,是月老!

我当然知道,自周代开始,媒人在社会生活中就不可或缺,"男女非有行媒不相知名","男无媒不交","女无媒不嫁"。《诗经·卫风·氓》中所说的"匪我愆期,子无良媒",也是在强调这个。可我更知道,媒人在强调自由恋爱的当代,名声不太好,人们常把其视为贪吃贪喝甚至贪财之辈,至少也被视为八卦爱好者,多管闲事的人。所以我从没想过要当媒人。

我当这个媒人,保了这桩媒,是有原因的,容我稍后说明。

没当过媒人的朋友可能没有体会,你只要当过一回媒人,你就能懂得,当你听说你为媒的那桩婚姻破裂了,你会非常沮丧,会有一种对不起人的感觉,甚至会有一种很深的失败感。因为若不是你,人家一男一女肯定不会走到一起,双方可能各自都已找到另外一个对象,正在幸福地过着自己的婚姻生活。就是因为你,让当事的一对男女浪费了感情,蹉跎了年华,经历了无数的烦恼和皮肉撕裂般的痛苦,你说你能好意思不自责?

最好别当媒人!古人就对后人有过警告:不做中,不做保,不做媒人三代好!

可这个世界上又的的确确需要媒人呀!

有人说,媒人早该进入历史垃圾堆了,在今天这个网络发达、婚介公司专业服务的世界上,男女交往空前方便和容易,哪里还需要媒人呀?

错!

你到那些朋友圈里和亲戚圈里看看、听听,几乎天天都有这样的消息和声音:给我女儿介绍一个朋友吧!给我儿子介绍一个对象吧……我女儿年龄大了……我儿子不小了……

假如你是个外省人,眼下又在北京工作,我相信你肯定会经常接到老家亲友的电话:我孩子现在在北京做事,你看到有合适的男孩,给我女儿介绍一个认识认识;你见到有不错的女孩,介绍一个给我儿子交往交往……

在熟人社会长大的中国人,最相信的婚姻介绍人还是自己的亲戚和朋友,对去广阔的网络空间和陌生的婚介所里找女婿、找儿媳,他们充满了担心和疑虑。所以,媒人在今天依然是不可少的;所以,今天仍然有好多人需要去做媒。

我这个媒人,也是在这种情况下才当上的。双方家长当初都希望我来为他们的孩子做媒。当然,这不能减轻我的责任。人家希望我做媒,是想保证儿女有一桩美满幸福的姻缘,不是想要一桩中途分离的婚姻。

唯一让我安心的是,我这个媒人从头到尾没收过男女双方一个红包。这多少减轻了我的一点自责感。但我收过礼,这个以后我会慢慢交代。

需要说明的是,我这大半生,只保过这一回媒,仅当过这一次媒人。

当初做媒成功、看着一对新人完婚时,我很自豪,在朋友聚会时曾一再炫耀:咱只当了一回月老儿,就促成了一段姻缘,成功率百分之百,足见敝人点鸳鸯谱的本领还行!

没想到也就过了四年多,这桩婚姻就要解体就要破裂就要完结了。

呜呼,打脸了!

丢人啦!

不过我也有委屈,在我看来,他们明明门当户对、才貌相当、三观相合呀!谁也想不到,生活这个魔鬼会让人把手里的牌打成什么样。在婚姻面前,就是诸葛亮也不能料事如神。

我先来说说当事人吧。

B. 女方

按照女士优先的原则,我先介绍女方。

女方的名字叫袁幽岚,今年29岁。

有人说女人的29岁,是一个容易出事的年纪。此时,若没有找到丈夫,她们通常会心慌——往前一步就是30这道坎了。女过30身价降呀,一着急,就可能会饥不择食;若已找到了丈夫,她们通常又会心烦——买菜做饭,洗衣拖地,怀孕分娩,照顾公婆,鸡零狗碎,当姑娘时没干过的事,都得干呀,而往四周一看,尚有那么多的单身姑娘都还在灯红酒绿地潇洒哩,一烦躁,就也可能会出事。

这话有无道理?身为男人,我不敢妄加评说。我今天只介绍袁幽岚。

我最先认识的不是幽岚本人,而是她父亲。我认识她父亲时,还不知她藏在宇宙的哪一个空间里玩乐哩。她父亲名叫袁德诚,山东泰安城里人。我认识德诚是因为德诚也是军人。我在第67野战军的一个炮兵团里当营长时,德诚是营部的一个班长,人长得俊朗帅气。有一年夏天全师在黄河岸边抗洪,德诚跟着我行动。那年的黄河水涨得特别邪乎,眼看就要窜过大堤,我们没日没夜地加高加固堤坝,总算把水暂时圈在了河岸里。但能看出,水一点也不老实,仍时刻想着窜出来撒野。我们不敢大意,全师官兵吃住全在河岸上。

一天夜里,营值勤干部值勤轮到我巡查全营所守的河岸,我带着德诚各拿一个装有四节一号电池的手电筒,沿岸巡查。查到二连承包的河段时,忽然听到拍水的声音,我以为是开口了,慌忙跑到水边去看,原来是一条很大的鲤鱼在岸边扑腾。我高兴了,这不是要来给我们改善伙食嘛,黄河鲤鱼可是美味!一脚踏进水里就想去捉,却不料前脚一滑,身子一歪就向水里栽去。跟在我身后的德诚惊喊了一声:营长——他只来得及抓住我衬衣的下摆,就和我一起被河水扯进了怀里。水的流速惊人,我的游泳本领又是在村里的水塘中练就的,加上河水原本对我们就有怒气,几乎很快就把我玩弄于股掌之中。我只知道喝了一口又一口满是泥腥味的水,很快就人事不醒了。待我醒来已是第二天的上午。团长告诉躺在帐篷里输液的我说,幸亏跟着你的那个班长袁德诚水性好,那小子死死不放手,硬是在下游十里之外七团的防区把你拉上了岸……此后,对我有救命之恩的德诚就成了我在军中的一个铁杆弟兄。

　　我是执意想把德诚提成排长的,在我要送他去师教导队学习,预备提拔他时,他找到我直白地要求:营长,现在又没仗可打,我服役又满了年限,让我复员回家吧。我看中了家乡的一个姑娘,想回去跟她结婚,在一起踏踏实实过日子。

　　先当了军官再回去娶她不行?我实在想留下他。

　　那她恐怕就不是我的人了。你不知道她有多漂亮,追她的男人大概有半个排。我在这儿有劲也使不上,万一让别人钻了空子先动了手可怎么办?他坚持着。

　　见他宁要女人不要军官身份,我很意外。那年头,军官的地位还是挺高的。但我也只能成全他。记得我当时挖苦他:英国有个爱德华八世,是温莎王朝的第二位国王,他为了娶辛普森夫人,主动辞去王位,成为爱美人不爱江山的代表人物,你与他有得一比。也罢,我遂你的心愿,让你回家,但你回去后若娶不来那个漂亮姑娘,我可饶不了你!他高兴得连忙敬礼:你就等我的好消息吧……

德诚回到泰安后,当了泰山风景区的一名职工,和一帮年轻人负责管理岱庙景区。第二年春天就给我打来电话,兴冲冲地报告:营长,成了!邰盈盈是我的了,她跑不掉了!

我为他高兴,当即给他寄了两个缎子被面,外加500块钱的贺礼。这贺礼在那年月,算是挺重的。

又过了两年还是三年,袁德诚的老婆邰盈盈就把女儿袁幽岚生下来了。记得当时德诚给我打电话报喜,声音里溢满欢乐:老领导,老大哥,我的女儿出生了,七斤半哩!我盼的就是个闺女呀!你说泰山上的送子观音是多么照顾我,我想要啥她就给我啥,我一求一个准儿呐!

那年头,每家只准生一个孩子,我为他不愿要儿子而愿生女儿略略感到点诧异:德诚,你们泰安人的观念挺新的!在我们河南南阳,好多人是愿生儿子不愿生闺女的。

嗨,生女儿好呀!女儿天生就跟爸爸亲哩!而且女儿听话,好管;十几岁就能帮她妈做家务;关键是女儿长大后懂得孝敬父母。你看现在,女孩子只要结了婚,逢年过节都是大袋小包地给父母买礼物。

这倒是真的。我真诚地为他高兴:好,明天你嫂子就会把婴儿套装和最新款的婴儿车给你寄上,待我忙过这一段,就去看你们全家!祝愿弟妹她们母女平平安安健健康康!

寄什么东西嘛,我就是想让你和嫂子也高兴高兴……

我要去看他们一家三口的承诺当初并没能兑现,原因是我所在的部队突然要去执行战备任务。再见到德诚已是七年后的国庆节,此时,我已奉调北京工作了。

国庆节前半个月,德诚就给我打来电话,说这些年北京那么多人来爬泰山,怎么就不见你和嫂子来?这个国庆节可来一趟吧,金秋十月是泰山最美的季节!再说,我们的女儿也已经上小学一年级了,到现在还没有见过伯伯和伯母哩!

听德诚这样说,我想起,与德诚一别确实已有多年了,是应该去看看这位救过我命的战友和兄弟了,于是让妻子去买了礼物,在节前的一天,我们坐火车去了泰安。

泰安可不是个一般的城市,历史上有多少皇帝、多少名人登泰山前都在这儿留下过脚印。秦始皇登山封禅前在泰城驻跸,汉武帝刘彻在这儿植下过柏树,唐玄宗李隆基在这儿落下过御辇,孔夫子在这儿发出过"登泰山小天下"的感慨,司马迁在这儿挥笔写过文章,李白在这儿喝过米酒、诵过诗。我对泰城早就有一份一观其貌的向往。

德诚一家三口在出站口隆重地迎接我们。尽管我预先就估计到德诚的妻子郜盈盈很漂亮——要不然德诚不会放着排长不当,一定要早点回来和她结婚过日子,可当我亲眼见到这位弟妹时,还是被她的美貌震了一下。她真的是有一点大家闺秀的样子,端庄秀丽,气质高雅;虽然已是一个七岁女儿的妈妈,穿着又很朴素,但给人的感觉非常柔美,有点像20世纪30年代美人画中的女人。我明白德诚当年何以急霍霍地要回来娶她了。

他们的女儿幽岚自然继承了妈妈的美貌,一眼看上去就让人喜爱,见了我们就大方地招呼,伯伯、伯母,一路上辛苦!然后把手上的两束花朝我们夫妇递过来:泰山野菊!我忙把她抱起来夸奖:真是在东岳山神护佑下长大的美女,又漂亮又懂事!

在泰城停留的那几天,可真是难忘!

德诚夫妇俩都在泰山风景区工作,自然对泰山好看的地方了如指掌,除了带我们爬了泰山,饱览了玉皇顶风光,领我们去看了游人都知道的岱庙、大众桥、黑龙潭、普照寺,还和我们一同寻访了据说是当年杜甫游览泰山时住过的地方,25岁的杜甫就在此处写下了那首著名的诗:"岱宗夫如何,齐鲁青未了。造化钟神秀,阴阳割昏晓。荡胸生层云,决眦入归鸟。会当凌绝顶,一览众山小。"

那几天,除了爬山之外,小幽岚一直陪伴着我们。她时而被她妈妈拉着手走,时而坐上她爸爸的肩膀,时而趴在我的背上让我背着。她除了兴致勃勃地向我们介绍她知道的关于泰山的故事,就是不停地问我们关于北京的事情:天安门城楼有多高?故宫里的那些皇帝都去哪儿了?香山上是不是有一股香味呀……我一一答完之后向她承诺:你日后若能考上北京的大学,伯伯争取让你毕业后留在北京工作,到那时,你天天都在北京,京城里的啥事都会清楚,还能把你爸妈也带到北京城里去居住!真的?幽岚在我背上一边拍着我的肩膀,一边向她爸爸叫:爸爸,我一定要考上北京的大学!

那可得有真本领,不是你想考就能考去的。德诚笑眉笑眼地给女儿泼凉水。

你不相信我?妈妈,你看爸爸他不相信我!小幽岚朝她妈妈撒着娇。

好了好了,我们幽岚有志气,一定能考到北京去!到时候让你伯伯也给我们找个好女婿!邰盈盈为女儿鼓劲。

啥叫女婿呀,妈妈?

我们的笑声响在山林里……

临离开泰安的前一天中午,德诚有几分神秘地说:下午我领你们去看一座小庙。

客随主便,你叫看啥就看啥。

待到了那座小庙前我才明白,原来是一座送子观音庙。庙里有一尊打坐在莲花上的送子观音像,汉白玉雕的,一身的福态,一脸的笑容,满眼的善良。她怀里抱着的,腿上靠着的,肩上趴着的,脚下跑着的,都是汉白玉雕的男娃娃和女娃娃。

大哥,当初我和盈盈结婚两年她都没有怀上孩子,后来就有人告诉我要到这儿来求。幽岚就是我和盈盈在这座庙里求来的。德诚边说边感恩地把带来的一袋水果和一包点心放在了观音娘娘的供桌上。听老辈人说,这尊观音像是从南海普陀山请来的,在她面前求子求女,特别灵,只要你心诚,男娃、女娃都能求来。当初和我们一起进庙的人,大都是求儿子,只有我和盈盈是求女儿。

你真的信这个?我笑着看德诚。

当然了大哥!邰盈盈接过话:传说送子观音是春秋时期楚庄王的第三个女儿,名叫妙善,她因反对父亲的婚配指令,被父亲赐死,后来,掌管地狱的阎罗王好心在南海普陀山让她复活。据说,妙善复活时站在莲花上,修成了佛,从此,人们都愿到普陀去请送子观音像。

观音娘娘!德诚唤了一声,就跪下磕头了。

邰盈盈跪下时口中还念念有词:娘娘在上,请受我和袁德诚一拜!感谢你赐我们一个宝贝女儿!这大恩大德,我们永志不忘……

幽岚站在那儿,不解地追问父母:你们为啥要跪下?

我便急忙拉着她走出了庙门。一位也来参观小庙的年轻女游客看见幽岚,停下了脚,很仔细地看了她一阵,对我说:这孩子长得可真让人喜欢,你愿不愿让她现在就替你挣点钱?

她显然把我当成幽岚的父亲了。我当时也来了兴致,就反问她:她这么小,能怎么挣钱?

她可以在网上为我的童装做代言人呀!我会付她报酬的!来,认识一下,我是神奇童装公司的总经理,这是我的名片!她很认真地把名片递给了我。德诚两口子刚好这时也出来了,我便把名片递给德诚。德诚听罢,脸一冷就回绝了:谢谢你,我的女儿不做这样的事!

走远了,邰盈盈才抱怨德诚:人家这个女经理也是一番好意,你干吗黑着脸同人家说话?就不能和颜悦色待人?

一身的商人气息,想把我的女儿早早浸在铜臭里,我烦她!我希望我的女儿将来真的能考到北京去读大学,成为一个知识分子!

对呀,对呀,我要考到北京去,成为知识分子,让伯伯给我找一个好女婿!

幽岚的话再次引发了我们的笑声。我记得我当时向幽岚承诺:放心吧,孩子,只要你将来真的考上了北京的大学,你找工作、找夫婿的事,伯伯都包了!

这话自然是顺口说出来的,我当时根本没想到还真有需要兑现的一天。

说话不谨慎呀!

十一年,猛一听时间很长,可在生活中几乎就是一转瞬的样子便过去了。这年八月中旬的一天,我忽然接到了德诚的电话:老大哥,我们一家三口,明天去北京看你和嫂子。

好呀好呀,欢迎欢迎!我邀请了你们多少回,总算要给我面子了!我们老两口急忙做着迎客的准备。

幽岚已是亭亭玉立的大姑娘,皮肤白皙,站在人群中格外惹眼。邰盈盈风韵犹存,德诚则显出一些中年人的样子了。

袁家三口人刚进我家,就制造了一起喜剧事件。我们邻居家的儿子,在一家电视台的电视剧部当导演,见我把德诚夫妇和幽岚让进家门,他立刻跑到我家门口喊我:叔叔,你出来一下!我出门问他有何事,他很郑重地说:我有一部电视剧正在选角色,我看见你刚才领了一个姑娘到家。我从小区的大门口就跟在你们身后，一直在观察她，我想请她到我的戏里出演一个角色，你同她说说好吗？

我哈哈大笑说：她应该是没演过戏的。

不要紧，那角色台词不多，我给她讲讲怎么演准保她能行。现在好多演员都是这样被发现的。年轻导演胸有成竹。我便返回屋里问幽岚：现在外边有个导演想请你去他的剧组里演个角色，你愿意吗？

真的？幽岚一听，高兴得一下子蹦了起来，我出去见见他！

拉倒吧，你！德诚扯住女儿的胳膊，强令她坐下，然后对我说：大哥，正要给你和嫂子汇报哩！幽岚考上人民大学的文学院了，我们是送她来学校报到的。我和她妈只希望她平平安安生活，不喜欢她进演艺圈。那圈里边的生活起起伏伏的，咱们这种小户人家可应付不了。

人大文学院？！可太棒了！我想起了当年小幽岚要考到北京的决心，夸赞道：看来咱们幽岚是真的说到做到呀！当年你爸还给你泼冷水，现在看是你爸不对！

这孩子读书倒是用心，也不怕吃苦。邰盈盈满脸自豪，温柔地说。这些年所以一直没来北京看你们，就是幽岚拦着我们，她总是说，待她考到北京了，让我和她爸再一起陪她来。

如果演电视剧不影响我读书，我真想去试试！人多学一门本领有什么不好？幽岚还在坚持。她站起身还想出去。

怎么会不影响？德诚瞪了一眼女儿，又拉她坐下：那和读文学院根本就是两个行当！

那好吧，妈，不让我去就让伯伯去回绝人家呀。幽岚噘着嘴一脸的不高兴。

好好。我这才急忙出来向一直等在门外的年轻导演说明情况,他说:叔叔,我看中这个姑娘不仅仅是因为她长得漂亮,北京城里漂亮的姑娘有的是。我看重的是她脸上洋溢的那种美,这种纯朴真诚之美挺难找的,现在大城市里的很多姑娘满脸都是看透一切的精明。她不演戏可是有点亏。说罢,才满脸遗憾地走了。

我回屋再细看了一眼幽岚,觉得导演说得还真有点道理。大约是德诚和邰盈盈两口子没有让女儿去太多沾染世俗的东西,所以她的两只眼睛里的确有一种特别的纯真,让人觉得,与这孩子打交道特别放心。

幽岚考上了人大,自然要举杯庆祝。酒罢上饭的时候,我问幽岚的人生打算,幽岚说,既然不让我干别的,我就读书——本科毕业之后我要考研究生;研究生读完我要读博士;博士读完我要读博士后。德诚一听,急忙打断女儿的话:好了好了,最多读个研究生,之后就给我找工作嫁人!别读成一个没人要的老姑娘了!

妈,你看爸爸说得多难听!幽岚向妈妈求救,向她爸翻着白眼儿。

你爸这句话我是同意的!邰盈盈笑道,最多就读到研究生。你没看你爸爸的腰,为供你读书,都已经累弯了吗?

是吗?我扭头去看德诚,德诚忙解释说:我的腰是得了椎间盘突出病,与幽岚读书没有关系。

老大哥,你不知道幽岚读那些辅导班得花多少钱呐!我和他爸的那点工资哪够呢,没办法,德诚就经常在泰山里爬高蹿低地去到处寻找山货,然后拿出去卖,为此摔倒过多次。他那腰就是寻找山货时摔坏的!

幽岚大概也是第一次听妈妈说起这个,立时有点眼泪汪汪的了。我见状急忙岔开话题。饭后再闲聊时,我仔细观察了一下德诚,发现他不仅腰有些弯,脸上的皱纹也特别多,而且有一种挥之不去的疲惫在身上,明显要比同龄人显老。我因此估计,他们家

的日子过得有些艰难。

送幽岚去学校报到时我对她说:在学校遇到了什么困难,比如身体不舒服了,办事缺钱了,人际关系有麻烦了,都要给我打电话,我都会在第一时间提供帮助。你爸救过我的命,伯伯就是你在北京的亲人……

幽岚的独立意识很强,在整个大学一年级的学习过程中,基本不来找我们。除了有两个假日请她来家里吃饭之外,我们很少见到她。没想到这个学年就要结束时,有一天下午德诚突然没打招呼就来了,进屋就慌慌地说:大哥,幽岚敢不听话了!

我有些诧异:不听谁的话了?

德诚掏出包里的笔记本电脑,打开一个视频让我看。视频里是幽岚,在为一家面膜公司做产品代言。她手里拿着一盒印有"柔靓"两字的面膜,一本正经地说:我只用了10次柔靓面膜,我的脸就变成了这个样子!镜头接着就转向了幽岚的面部,光洁柔美的额头,柳叶长眉,晶亮晶亮的双眼,白中透红的双颊,挺挺的鼻子,红润的嘴唇,小巧的下巴,青春勃发,美得无可比喻。

好呀!这摄像的人还真有点本领,把咱闺女的美很好展示了出来,有啥不好的?而且对方肯定会给报酬。我笑着叫好。

大哥,现在网上不停地播放这个代言广告,咱家的好多亲友和熟人都看见了,他们不停地给幽岚打电话,有的是夸她,有的是让她买货,视频下还有很多男人的留言不堪入目,你说这样她还能有时间认真读书吗?她入学之初我就给她交代过,不准做任何学习以外的事情,她当时也答应得好好的,可一年级还没读完,就出了这事,她这是听话了吗?

这不是什么大事,你也别大惊小怪的!我说完就给幽岚打电话:你爸来了,晚上来家里陪他吃饭。

幽岚高兴地答应:好的,伯伯!

饭吃得并不愉快。原因是幽岚一进屋,德诚就掏出笔记本电脑让她看那个视频,质问她为何不听话。幽岚一边擦汗一边解释:现在很多学生都是在校就开始学着创业了,我这也是在试水。我拍这一个小视频,人家给我的报酬是一万元,这不也减轻了爸妈你们的负担?

我让你来减轻我们的负担了?德诚质问女儿。我告诉过你,挣钱要放在学业完成之后,因为钱这个东西最容易让人心神不定,你敢说你最近能沉下心来读书?你现在敢不听话了?!

你那话说得不对,我当然不听了!

我见父女俩吵上了,赶紧打圆场让他俩喝酒。之后我才问幽岚:这种面膜你总共用了多少次?看视频效果确实很好嘛!

我没用过,我根本不需要用面膜!他们找到我拍这个视频,就是觉得我这张脸天生就好!幽岚答话时很有一点自傲。

我一听这话吓了一跳:你没用过就敢拍视频代言,万一他们这面膜质量不高,有顾客使用后根本无效或出现了轻度皮肤过敏,来找你怎么办?你知道这是什么性质?这是在拍虚假广告,在误导消费者呀!

是吗?!幽岚惊得脸有些白了。

要是有人因为使用这面膜毁容了,说不定会抓你去坐牢!德诚赶紧趁机吓唬女儿。

那倒不会。我急忙拦住德诚,像这种与面部皮肤亲密接触的美容品,生产者不敢冒让人毁容的风险,最多是无效或轻度过敏。

那怎么办?幽岚真的有些怕了。

记住,不要随便就让别人利用爸妈给你的美貌来赚钱!做事前要先仔细考虑后果,遇事要多同爸妈通气商量。这个世界上,只有你爸妈,才会完全无私地爱护你。至于这个视频的事,只要没外人来找麻烦,就让它过去算了,重要的是以后吸取教训。我同意你爸爸的话,先好好读书,把学业完成了再说别的……

那天把幽岚送走之后,德诚跟我感叹:大哥呀,现在我才知道,女孩的叛逆心理其实比男孩强,而且持续时间长,十四五岁就不想听父母的了,觉得自己比父母还聪明,养个女儿其实操的心远比养儿子要多。幽岚长到16岁时,因为个子高,看上去就像个成熟的大姑娘了,加上长得好看,走在街上,好多男人都回头色色地看她,还挤眉弄眼的,吓得我总害怕她出事。她上高中那三年,我天天送她接她,哪一天若我有事接不了她,我这颗心就一直吊着。

你呀,自己吓自己!生个漂亮女儿本应该高兴,你倒好,整天害怕,这可不是正常心理哩……

幽岚读大二上学期时的一个正午,我们正在吃饭,邰盈盈忽然敲响了我们的屋门。开门让她进屋之后,她完全不顾寒暄,而是神色慌张,说出的第一句话是:大哥大嫂,幽岚这孩子谈对象了!

谈对象好呀!一个20岁的姑娘,谈个对象还不是很正常的?在我们河南农村,好多20岁的姑娘都出嫁了,有什么大惊小怪的?曾经有一段时间,我们国家的婚姻法还规定,男20,女18,登记成亲最合法!我说笑着把她让在沙发上,要她平静下来。

幽岚来北京上学时我们给她说定的呀,让她考上研究生之后再谈恋爱,也就是到了研一再谈。再说如今普遍是晚婚呐,谈早了不是会影响她读书吗?现在倒好,提前到了大二,太早了!听说现在好多大学生一谈恋爱都可能出去开房住在一起,她爸爸又气又急,三番五次催我来见你们商量办法。

哈哈,我们能有什么办法?我看着邰盈盈焦急的样子忍不住笑了。要我是幽岚的爸爸,她谈恋爱我高兴还来不及哩!大学生了,早点谈可以把好的男生抓住;谈晚了,剩下的也许就是次品了。

嗨呀,大哥,你别再说笑了,快帮我想想法子!

看着邰盈盈急得要流眼泪的样子,我忙换了语气,问她都了解到了些什么情况。

这个死妮子,她一开始啥也不跟我们说呀,我们是从她的消费习惯变化发现问题的。她过去知道家里困难,懂得节省钱,吃饭都是在学校食堂吃的,可近段时间以来,我周末跟她通电话时,她总是在街上的饭店吃饭。每个周末晚上打一次电话是我和她在入学之初就约定的。我就是在和她通电话时发现了异常,一开始我以为孩子偶尔想改改口味,和同学们聚聚餐,改善一下生活,次数多了我就问她:怎么总在外边吃饭?外边饭店的饭不是很贵吗?她随口回我道:妈放心,不是我出钱。一听她这话,我立马就明白了,是有人请她吃饭。于是我就追问:谁请你?她开始吞吞吐吐的不想说,后来没办法,尤其是在她爸爸的再三催问下,她才承认是有人喜欢她,非要请她吃饭不可,她没办法回绝。我们又问她这人是什么身份,她说是同学。目前知道的就这些。

那好吧,为了了解更多的情况,让幽岚过来陪你吃饭,咱们边吃边聊。

幽岚一进屋,什么话都不用问,我就知道这孩子的确在谈恋爱了。你看她,浑身上下都是一股春风得意的味道。衣饰更讲究了不说,单是脸上洋溢着的那股掩不住的喜气,双脚移动时的轻盈样子,眼睛里汪着的那份快乐,就等于在向所有人宣告:我太开心、太幸福了!

邰盈盈疑虑重重地望着女儿问:脖子上的项链谁给你买的?

我自己买的呀!不是不让我去挣钱嘛,我就省呗!我从你和爸给我的生活费里省下钱来买的,怎么,这也不允许吗?幽岚一点儿也不生气,抱着她妈妈的脖子用自己的头发去摩挲妈妈的脸,她有太多的欢乐想要让妈妈感受到。

今天当着你伯伯和伯母的面,你告诉我,那个请你吃饭的同学究竟是个什么情况?郐盈盈还是很严肃地追问。

幽岚脸红了一下,但很快就大大方方地说:好的呀!我本来想等到大三下学期领他回泰安让你和爸看看的,你既然这样着急,那我就先从你和爸爸关心的角度汇报一下。他对我是很认真的,他说他一看见我就觉得,我是他这辈子要找的那个人。他家是江苏连云港的,比我高一个年级,身高1米83,不是很高,但可以归入魁梧之列。人长得嘛,不是很帅,但也可以归入帅哥之列;家境嘛,不是富豪,可以归入小康之列;学业嘛,不是学霸,可以归入优秀之列;情商嘛,不是特别高,可以归入懂爱之列。我对他的感觉嘛,一是好,二是很好,三是非常好!总的讲,就是特别来电,妈你懂得来电的感觉是啥吧?!就是身上一麻一麻、心里一悠一悠的那种。

你当初考上大学之后,我和你爸在谈对象的问题上是怎么同你约定的?郐盈盈想继续追究女儿的"违约"之责。

那时我也不知道会这么早就遇上这么个好人呀!再说了,你和爸不是总怕我学成个老姑娘嫁不出去吗?我这也是先走一步,把看着不错的男生先抢到手里,以免以后你和爸担心我变成剩女!妈妈你知道吗,北京城里剩得最多的是什么?是女孩呀!尤其是名牌大学的高学历女生,就是研究生学历以上的女生,剩下的可多哩!这些女孩为了求得学历,一门心思学习,结果错过了找对象最好的年华,然后就只好剩下了。你和爸不是也想叫我变成剩女吧?让我一辈子跟着你俩生活?幽岚的回答不紧不慢、有理有节。

哼!郐盈盈被女儿反问得一时有些语塞。你爸在家气得要死!

这有什么值得生气的?幽岚笑着去捏她妈妈的耳朵,跟她开着玩笑。我又不是做了什么违纪违法的坏事,我是在办我的人生大事哩,有必要生气吗?再说了,我听我姨妈告诉我,你当初也是很早就开始谈恋爱了,而且追你的人很多,我爸爸要是再不从部队上复员回到泰城,都可能追不到你!

你这孩子没大没小的!这下是邰盈盈脸红得厉害了。

哈哈哈……我觉着我该开口了:幽岚,你妈妈和你爸爸主要是怕你谈早了看人不准,既然你觉着看得很准,也对他非常满意,那就好了,他们不会生你的气的。你爸妈和我们现在希望你的,就是在谈恋爱时不要忘了自己眼下的主业是学习,要读书、恋爱两不误,确保自己掌握一门以后立足社会的本领和能力,确保自己能独立思考、独立判断、独立应对社会上和人生中的各种问题。

好的伯伯,我会记住你的叮嘱……

那天幽岚与我们告别返校时,母女俩满脸都是笑意。

此后很长时间,德诚两口子和幽岚都没有再与我们联系。我想,肯定是幽岚的爱情发展顺利,不再需要我们当顾问了。加上这期间我父母相继生病住院,我也在为自己的家事忙碌,便没有主动联系他们。

再见到德诚和邰盈盈两口子是一个夜晚。其时,我已在洗脸刷牙准备睡觉了,家里的座机突然响了。我刚拿起话筒,就传来德诚带点哭音的电话:大哥,幽岚出事了!我大吃一惊,忙问:出了什么事?你在哪里?

她自己割了手腕。我和她妈是刚刚从泰安赶来北京的,现在在海淀医院。

啊?!我急忙问清了科室楼层,匆匆开车赶了过去。进了病房,看见邰盈盈和脸色煞白的幽岚并排躺在两张病床上,医生正把邰盈盈的血抽出来,给幽岚输。德诚和两个女学生神情紧张地站在床前。德诚见我来到,忙拉我走出来,低声说:医生已经做了处理,还好,她的两个同学发现得早,她出的血还不是太多。医生刚才交代:她现在已无大碍。多亏了那两位同宿舍的室友,不然就要出大问题了。

哦?因为什么?直觉告诉我是她的爱情出了问题。

已经有两个多月了,她很少接我和她妈的电话,即使接了,也总是说她正有事,讲几句就匆匆挂掉。我们以为她学习忙,加上又在热恋,事情多,也就没想别的。我们刚才问了一下她的两个室友,她们说,具体情况不是很清楚,但发现她近一段时间心情不好,总在暗暗地流泪,估计是和男朋友的感情出了问题。

我告诉德诚,幽岚的治疗结束之后,不要先问原因,只照顾她吃东西补充营养,然后把她接到我家里住下,你们也陪她住在我家,等弄清情况待她的情绪好转之后,你们再回泰安……

他们一家三口是第三天下午来我家的。幽岚下车时,和过去的几次都不同,不再是一个蹦蹦跳跳、活力四射的姑娘,变成了一个脚步踉跄、柔弱无力,需要她爸妈搀扶的病人。我们安排她和她妈妈住一个房间,交代邰盈盈不要追问她,只关心她身体的恢复,等她自己愿意说话时再说。

直到次日夜里的夜半时分,她们母女的房间里才传来了幽岚的痛哭声。我和德诚闻声走到门外,默然听着幽岚对妈妈的哭诉:……我把心都给他了……他是一个混蛋……他说他爱我……我以为是真的……谁知道他同时还与另一个女生来往……我追问……他说那女生的爸爸是一个市长……说他爸爸的公司需要市长的支持……天下怎么还有这样的人呀……

我看见德诚的身子在抖,知道他是气的,便拍了拍他的肩头,示意他平静下来。

千篇一律的故事,只是不幸又在你家上演了一次罢了。

也许是有了这一番哭诉,心头的委屈和愤怒得到了宣泄,幽岚后来睡着了,一直睡到翌日中午。

我们做了几样幽岚最爱吃的菜,待她醒来洗漱完毕,我亲自去叫她到餐厅吃饭。

幽岚的苍白柔弱让人心疼。午饭差不多要吃完的时候,我微笑着问幽岚:愿不愿听伯伯讲一个故事?幽岚不知所以地点点头。我于是开讲:很早很早以前,在我的家乡河南南阳的一个小镇上,有一个家境不错的姑娘,与一个穷书生相爱了。穷书生想进京赶考,但没钱,姑娘说服父亲出资支持书生去京城赶考。穷书生很感动,向姑娘发誓,一待考中,回来办的第一件事就是与她完婚。小伙子进京之后,果然考上了,但却并没有回来娶那位姑娘,而是在京城做了户部侍郎家的女婿。姑娘的父母闻讯非常愤怒,他们想办法要找那位小伙子讲理,同时也担心女儿想不开了会上吊自尽,但那位姑娘平静地对父母说:去找他干啥?这有啥不得了的?不与如此人品的人成亲,恰恰是我的幸运。

她后来嫁给了一个普通的乡下男子,于是成为了伯伯我的先祖奶奶。倘若我的先祖奶奶在当时要是一怒之下上吊自杀了,那这世上岂不就没有伯伯我这个人了?

啊,真的?幽岚瞪大了眼睛。

我坐在你面前还会有假?!你以为类似的故事只有你才会经历?告诉你,类似我祖奶奶和你的故事,在人类社会里不知已经重复发生了多少次了。

这就是说,男人们只要有了可带来重大利益的婚娶机会,就一定不会放过,世界上根本没有真正的爱情?!她自语着。

不要因为自己的或者别人的爱情出了问题,就否定爱情本身;不要由一个男人的行为,就去断言认清了所有男人。我看定她:本来,我和你伯母想在晚年时,能得到宝贝侄女幽岚的一点照顾,在老得不能动时她能来为我们做顿饭、端杯水,却不料她仅仅因为与一个人品一般的男子有过一段交往,就要不活了,想先于我们离开这个世界,这太让我们失望和伤心了!

伯伯,对不起……幽岚低下了头。

那次幽岚在我家整整住了十天。十天之后,她才算大致从绝望中恢复过来,有了重新回校读书的心情。也是在送她去了学校之后,邰盈盈才把她从女儿那里了解到的详细情况告诉了我们。原来,她的那位高她一级的男朋友,就是当初让她做面膜代言的那个人,面膜就是他家的工厂做的。幽岚拒绝继续为面膜代言之后,他不但不生气,反而开始请她吃饭看电影看话剧,还不断地给她买衣服和其他礼物,终于,涉世不深的幽岚对他生出了好感并最终有了感情。因为这是幽岚的初恋,单纯的她便投入了全部身心。就在幽岚沉浸在热恋的幸福之中时,一个偶然的机会,她发现了对方原来还与另一个姑娘有暧昧联系。那个姑娘是他的一个同乡,父亲是他家乡那个市的市长,在京城的另一所大学里就读……幽岚不可能容许这种状况存在,于是就哭就闹,就要他立即做出选择,男方只好告诉她:他只能选择市长的女儿,这样他父亲的面膜公司就有机会得到更多投资,进一步做大做强。内心倔强的她怎么能想得开?一怒之下就想到要用离开这个世界的方式抗议……

傻女子呀!我叹道。

幽岚回学校后,德诚两口子就也离开了我家。我以为他们直接回了泰安,后来才知道,他俩怕幽岚想不开,在人民大学附近租了一间小房子,又陪了幽岚一个来月,直到她情绪完全稳定了才回去。

养个女儿容易吗?!

大学三年级下学期,德诚告诉我幽岚准备报考研究生。听闻幽岚总算从这场失败的恋爱中走了出来,我心里很高兴,就也没再多问别的。

有一次，我去参加诗词学会举办的一个颁奖会。每一个获奖者在上台领奖前，先由朗诵家在音乐的伴奏下朗读一遍其获奖的诗词。第三个出场的朗诵家是一位央视的前女主持人，声音特别好听。她朗诵的获奖诗词是一首《一剪梅·恨与愁》：

  花谢香消休说秋。不理云鬟，单望前楼。只恨字里已无情，天上雁过，热泪双流。　谁人能解心中羞，一种愧悔，两份忧愁。此恨何时得去除，再展眉头，心上无皱。

伴随着朗诵之声，舞台的银幕上映出一个姑娘的背影，在深秋的花园小径上朝远处缓缓踱步，一看而知她正忧伤满怀。这首有点李清照遗风的诗词朗诵结束的时候，满场响起了热烈的掌声，看来，人们听懂了它的思情含蕴和作者的心境。我当时猜，这首词的作者应该是一位满身书卷气的中年女性，老年女性已无写这种词的心情，年轻女性又没有写这种词的本领。却不料，当主持者宣布获奖者的名字时，我听到的竟是：袁幽岚！而且跟着果然看见幽岚由后台走出来，到颁奖人面前领了奖牌。我注意到，即使拿着奖牌，面对着人们热烈的掌声，幽岚的两只美眸里，也依然汪着一缕萧索和淡淡的忧郁。她在麦克风前发表的获奖感言很短：愿天下所有的女性，都不会有这首词里所呈现的心境……

活动结束，我特意走到幽岚身边向她表示祝贺，同时也劝她：我从你创作的诗词里感觉到，你对那件事还没有完全放下，我知道要把它放下很艰难，但你必须要明白，放下了你才能开始新的生活。早点由阴霾里走出来吧！放下是佛教的教义之一，也是我们前人总结的生活智慧，就是要我们想事办事别钻牛角尖。应该记住，天下的好男人多的是，也许往前再走一百步，就又是一番新天地，可能正有一个白马王子在等着你！她努力笑着回答我：伯伯放心，我不会让这事一直干扰我的生活……

这件事过去了有几个月的时间,一个周日的下午,我正在外面开会,忽然接到一个陌生女子的电话,对方在确认了我的姓名后,很急促地问我:你是有一个侄女叫袁幽岚吗?我愣了一下回答:是的,请问你有何事?对方说:我是惠通街派出所的警察,请你立即来我们所里一趟!

我的心一揪,不知幽岚又出了什么事,就匆匆向会议主办者请了假,打车向惠通街派出所赶去。在车上我拨幽岚的电话想问明情况,结果她的手机关机。我当时最担心的,是她又去找男友理论,因此生了事。却不料是发生了新的更加严重的情况。

一个女警察在派出所门口等着我,介绍情况说:你的侄女袁幽岚在一家宾馆遭人强暴,她奋力反抗,用膝盖猛捣了对方的裆部,可能用力过猛,致使对方睾丸重伤陷入了昏迷。之后她打电话报了警,我们赶到后初步确认她是正当防卫,带她回所里做了笔录。原本应该放她回校,但发现她的精神状态很不稳定,担心再出意外,就没敢让她独自回校。我们有心想请她所在学校的老师或同学来接她回去,但她不愿意,她不想让老师和同学知道这件事,之后她说到了你的名字,所以我们通知了你。

哦?!我惊骇地随着女警察进到派出所里,幽岚刚一看见我就哭着扑到了我的怀里,我拍她的肩头时,发现她的身子在瑟瑟发抖。我知道这儿不是说话的地方,就扶着她向门外走。在打车回家的路上,碍着司机的面,我没有开口问话,只是抓住她的一只手,听她伤心地不停抽泣。

到了我家,我让老伴给她倒了水温言细语地安抚了一阵,她才算渐渐平静下来,才开始给我们讲事情的缘由经过——

这学期开学后不久,学院里请一位毕业后创业成功的姬姓学长来给我们讲课,我去听了。他学的也是古典文学专业,毕业后创办了一家名为"汉字帝王"的网络文化公司,主营文学原创和数字阅读,加上网剧制作和网络游戏开发等项目,事业发展很快,据说公司的资产已经好多亿了。他的口才很好,那天讲得很生动,也很成功。我当时很感兴趣,在他讲完课进入提问环节时,我也提了一个问题,问他对加入其公司的网络文学原创人员,是怎样管理和付酬的?他很仔细地看了我一眼,做了很认真的回答。大课讲完我就回寝室了,我不知道大课之后学院里还要举办一个让他传经的小型座谈会。我刚回到寝室,就有同学给我打电话说,姬董事长想让我去参加座谈会。我一时想不起姬董事长是谁,直到对方说了就是刚才给咱们讲课的姬学长,我才明白了。我当然很高兴,想不到这位学长记忆力还这么好。在那个座谈会上,大家不停地就文科生毕业后创业的事向他提问求教,他有问必答。在这个过程中,我注意到姬学长不时地把目光投到我身上,我当时没想别的,就是有一种被学长看重的高兴,就又提了两个问题。他回答得很耐心、很实在,让我觉得很受启发。座谈会结束的时候,有同学提出与他互加微信,他痛快地答应了,拿出手机让大家扫码。我当时觉得与他不熟,加上又要去图书馆借书,就起身要走,没想到他主动喊我:嗨,那位女同学,为何不加我微信呀?怕我将来把你挖到我的公司里?听他这样说,我就只好笑着,也扫了他的微信。

  加了微信也没有互动,我们本来就是两个世界的人。没想到一周之后的一个周末,我忽然收到了姬董事长的微信:袁学妹,明天是我公司的开放日,愿意来公司参观一下吗?我很意外,他一个大忙人,居然还记得我一个学生?还邀请我去参观?我自然很开心,立马回他道:若允参观,不胜荣幸!他即刻回我:你若能来,蓬荜生辉!而且很快发来了汉字帝王公司的地址和导航地图。我去了以后才知道,应约参观的只有两位男博士和我一个女生。姬董事长亲自当解说员,带领我们参观了他公司的十几个部门,解说了各个部门的工作性质和内容。他还对着巨大的电子屏幕,向我们介绍公司未来的发展愿景。我看得很兴奋。那天参观结束时,他还送了我们每人一个数字阅读器,请我们到公司楼下的咖啡厅喝了咖啡,吃了一顿简餐。临别时,他先同那两位男博士握别,送他们出了门,然后才来与我告别。他当时热情地对我说:你今天能到公司来我很高兴。我知道你的诗写得很好,你那首《别》在我们汉字帝王文学原创网上一发表,就拥有了很多读者,我也是你的读者之一,让我给你背诵一遍你看对不对:

  别笑
  这世界没有那么美好
  别哭
  这世界没有那么糟糕
  别叫
  做梦的女人会被惊扰
  别喊
  求爱的男人会被吓跑
  别骂
  粗野会遮挡住美妙
  别说
  沉默才能听见心跳

  我当时意外而惊喜,一个在校学生发在网上的一首小诗,竟能让这家公司的董事长背下来,这实在是出乎意料。我还没来得及说话,他就又开口道:我明确地告诉你,我们的网络文学原创公司需要一个懂文学的经理,我觉得你就很适合在这个职位。如果你愿意,我想把这个职位保留给你,你一毕业就可以来这里上班。我当时有点喜出望外,毕业后留京工作一直是我和爸妈的心愿,没想到有这样的机会能把工作落实下来。伯伯你原来说要在我毕业后为我找份工作,我想我已经给你添了很多麻烦,他若能给我这份工作,岂不是就不用再让你奔忙了?我当时高兴地回答:谢谢姬董事长的高看和关照,请给我几天考虑的时间。他点头说好,之后,又亲自开车把我送回了学校。

回到学校之后的那一周,我一直在想这件事:这的确是一件天上掉下来的好事,但太好的事情这么顺利地落到我头上,是不是有值得小心的地方,我也很担心。一个董事长就因为一首小诗便要聘一个人当经理,这有没有先例?他会不会是别有所图?再说了,本科毕业后就工作,好是好,但打乱了我原来的考研计划。我已答应爸爸妈妈不读博士,但若此生连硕士学位也获得不了,会使我终生感到遗憾的。想来想去,我觉得吃免费午餐可能不好,还是读完研究生之后再找工作吧。于是我便给姬董事长发了一条微信,告诉他我的决定。我以为他会不高兴,不想他很快回复说:也好,那你就按你原来的人生计划安排。不过,你可以从现在开始就来公司兼职打工,每周周六来工作一天,为自己赚读研的生活费。我一看这建议,觉得也行,打工嘛,想去就去,若感觉到了有什么异样,不去就罢了。于是就答应了他。

从这之后,我每个周六去他的公司打一天工,早九点到,晚五点回。有时是帮他拟一个讲稿,有时是汇总各种报表,有时是陪他去参加商务谈判,负责用笔记本电脑做记录,总之,干的活都很轻松。而我每天下午离开时,他都会递给我一个装有5000元钱的信封。一开始我觉得这报酬有点太高了,我的工作量不值这么多钱,但他笑笑说:这是你应得的。你跟一个公司董事长还客气什么?我也就安心收下了。

就这样,我连续六个周六到他的公司打工,其间并没见他对我有一丝轻佻之举,这就让我渐渐放下了心中的戒备。今天上午,他让我陪他到天元宾馆与一个广州合伙人谈合作事宜,我仍然是负责记录。合作谈完后一起吃午饭,他坚持要我也陪坐一旁。酒足饭饱之后刚送走客户,他忽然身子一歪要向地上倒去,我见状急忙扶住他说:你可能喝多了,我为你叫一辆车送你回家吧。他说:不用叫车,我在这家宾馆有一个工作室,你扶我上去就行。我只好扶着他往电梯里走。

进到顶楼的一个套间里,我扶他坐在床上说:董事长你歇歇吧,然后转身要走,却不防他一下子伸手抱住了我。我震惊之极,一边想推开他,一边生气地问他:你这是干什么?他涎着脸说:我想干什么你还不知道吗?我当初去你们学校演讲时,一眼就看中了你。你可是你们这一届学生中最靓的姑娘,是我还没有闻过的那种花。为了闻你这朵花,还真让我费了不少心思,你以为让你周六打工是因为真需要你帮忙?哈哈,我有秘书,那只是为了拉近我俩的距离。好了,现在该让我闻闻花香了吧?

我顿时明白,自己原来的怀疑是对的,我后悔当初没有坚决拒绝,同时也知道了今天的一切都是他计划好的。我心里很害怕,但表面上还是很愤怒地对他说:我希望你立刻放手!如果你及时放手,我只把你视为喝醉了酒,我依然会尊敬你,也不会有人知道你现在的举动;倘若不放手,我就要喊人了!你是一个董事长,属于公众人物,那后果你应该是知道的!他说:你既然这样讲,那我也讲讲我的希望。我希望你不要喊,我闻你这朵花不会不给你开价的,因为你是我从没见过的稀有品种,我给你开的是高价,100万!你只需要把银行卡号报给我,今天傍晚前,也就是你离开这套房子前,100万就会转到你的卡上。你本科毕业前,一周只需陪我一次就行。你一毕业咱们就断绝往来,井水不犯河水,再不会给你添任何麻烦!当然,你要敬酒不吃吃罚酒,坚持喊人,也不是不行,只是我要先告诉你,凡我看中的姑娘,还没有一个从我手里溜走过。就在这个套间里,我见识过各种脾性的姑娘,她们中的每一个最后都采取了合作的方式。我想先向你说明,这个套间是经过特殊装修的,100分贝的声音也不会有一丝丝传到走廊上。而如果你喊了,那就表明你不想合作,不想要钱去改变自己的生活,表明你愿意我使用强硬的方式,那时你后悔可就来不及了,你可能不得不满足我的欲望,还不会得到一点回报。假若你想举报,我敢保证你会得到一个设美人计企图敲诈汉字帝王董事长钱财的罪名,那你的名声可就完了,很可能读不成书,连本科毕业证都可能拿不到。我俩平日的接触其实都有镜头记录,对那些镜头进行巧妙地剪接,会使你看起来更像一个敲诈者,这也是我不得不预先做的防备。你觉得哪样办好?

我当时真是气得七窍生烟,一个卸下伪装的男人竟然如此可怖!我咬牙对着他说:我没想到你这样无耻,你以为你有了钱就可以买到一切?休想!说罢,我就开始拼力挣脱,一边挣脱一边高喊救命。他这时变成了凶神恶煞,先是猛扇我耳光,打得我头晕眼花,然后开始强扯我的衣裳。我和他撕打在了一起,可我到底没能撕打过他,等他把我的所有衣裳全部扯光,我才意识到,硬抗是不行了。我于是说:好,我认输,你赢了!但你起码得让我洗洗身子你再尽兴吧。他这才笑了,说:好,你总算明白谁是强者了!去洗吧,给你5分钟时间!

我是赤身走进卫生间的,我急切地想寻找一件搏斗的武器,可卫生间里哪会有?绝望中我意识到,我能用的只有我的四肢,突然之间,我想到了我的膝盖,对,就用它!我常做健身操,膝盖是很有劲儿的。但在那之前,我知道我必须使他身体放松。

再回到床前时,我就主动上前抱住他并去吻他,他此时已把自己脱得精光。在我的热吻之下他放松了警惕,满意地说:你还算一个懂事的姑娘。就在他亢奋地把自己的裆部亮给我的时候,我知道我仅有的机会来了,于是我用了平生最大的力气,猛抬膝盖朝他的裆部撞去。我听见一声钝响,随即便见他咬着牙咧着嘴向地上倒去。我跟着抓起我的衣服奔向外间,拉开门跑到了走廊上,边在走廊上穿衣服,边开始高喊救命。两个服务员闻声跑了过来,用她们的手机报了警……

我无言地拍拍她的手,为她能逃出虎口庆幸。唉,她的美貌让她把糟糕的事情都经见了一遍。

德诚和郜盈盈两口是第二天上午由泰安赶来的。母女俩相拥流泪的时候,我能体会到德诚这个爸爸又心疼又愤怒的情绪。我让德诚随我去惠通街派出所一趟,去的目的有两个:一是问问那个姓姬的身体状况,要确保他能受审并被判刑;二是希望派出所在发布有关消息时不得暴露幽岚的真实姓名,以免影响她在校学习。

接待我们的仍是那个女警察,她告知我们:姓姬的已被救醒,他的一侧睾丸被摘除;一待他可以出院,就会把他移送看守所。宾馆套房现场的照片,走廊上的监控录像,被害人袁幽岚的笔录等案卷资料很快就会移交检察院。她还向我们保证:在发布所有消息时都不会暴露幽岚的真名实姓……

幽岚又请假在我家住了三天。三天里,我们四个老人的连番安慰和劝解才算让她从惊悸中平静了下来,让她答应再回学校读书。但我和她爸妈都明白,这件事在此后还会不断地走进她的梦里,她的身体没受伤,但精神受到了严重的创伤。

在幽岚迟迟疑疑地上车返校之后,德诚忧心忡忡地对我说:大哥,以我对自己女儿的了解,幽岚还会不断地被后悔折磨,要让她最终走出这场意外其实很难很难。如果我们从此不再干预,她极有可能会抑郁,你不能就此停手,还得想法子帮帮我们。

是的,幽岚是个直性子,她可能会让无尽的后悔把自己气死。郜盈盈也殷殷地看着我。

那我能做什么?或者你们需要我做什么?我当然责无旁贷,

但却不知道怎么才能帮得上。

德诚不好意思地把目光从我身上移开,低了声说:我和她妈妈都觉得,这孩子识人的本领不行,要让她独自去找男朋友,可能很难成功,而她到了这个年纪,不让她去面对男女问题又不行,大哥能不能在晚些时候,就在这北京城里,为她介绍一个合适的男朋友?

哦?那一刹,我想起了幽岚七岁那年,我们在泰山游览时,我对幽岚的承诺:你只要考到了北京的大学里去,找工作找夫婿的事,伯伯都包了……

好,好,你们两口子原来是要我兑现当初的承诺呀?!我故作轻松,也想让这一对操心的父母稍稍宽慰一下。

那几天一直愁容满面的德诚两口子,这时眉头才有些舒展了。

自有了这场谈话之后,我才有了当媒人的心愿,才仔细去回想我认识的那些小伙子,去琢磨哪个小伙子对幽岚合适。最后,我确定了其中一个,他叫雄壬慎。

于是,雄壬慎就成了本起离婚案的另一方——另一个当事人。

C. 男方

雄壬慎当时在北京师范大学历史学院读研一。

我认识他也是缘于他的父亲。在他出生的前五年,我和他父亲雄来文已经成了战友。

雄来文是我在第67野战军当副营长时手下的一个排长,与我同是河南南阳人,但不同县,我家在邓县,他家住内浙县。他和我一样,爱下象棋,爱吃火锅。部队驻扎山东平阴城时,有个夏季周日的下午,我俩下棋久未结局,误了营部食堂的晚饭,就着便装去县城一家小火锅店吃火锅。正吃得热火朝天大汗淋漓,邻座来了四个穿短裤背心的小伙子,可能是店里负责加汤的姑娘在给他们的火锅加汤时不小心,把一点儿汤水溅到了其中一个小伙子的背心上,那个小伙子就开口骂,并要求那姑娘把他背心前胸上的那点汤渍舔干净。店里的老板娘闻声赶忙过来道歉,但那小伙子并不罢休,执意要那姑娘用舌头去舔。姑娘被吓哭了,我在一旁看不过去,就说了一句:用毛巾蘸水擦一下就干净了嘛,何必要舔?不想那小伙子立时把怒气转向了我,向我吼:有你他妈的什么鸟事?!边吼还边站起身,用火锅里的舀勺舀起一勺滚烫的火锅汤朝我泼来。我根本没料到他这样凶蛮,躲闪已来不及,且我在震惊中也忘了扭脸,按他泼的那个弧线,那勺汤正巧要泼到我脸上。有一刹那,惊骇闪过我的心头:完了,要毁容!几乎在这同时,坐在我对面的熊来文"嗖"地起身,用后背挡住了飞来的那勺汤。我听见身着衬衫的来文惨叫了一声。气极的我立刻开始反击,拎起身旁的一个圆凳就朝那小伙子砸了过去。在他们其他人还没反应过来的时候,那圆凳已砸在那混蛋身上,凳子一下子就碎了。我听见他哀叫了一声倒下去。他的三个伙伴开始加入战斗,但我和来文都受过专门的擒拿格斗训练,而且每天都练,我那时也还不到三十岁,不像今天这样老迈文弱,加上受伤的来文已经红了眼,忍住疼痛死命地打,我们清楚听见他们骨头断裂的声音。幸亏那天警察来得及时,要不然我俩可能会打出人命。警察最后是用担架把他们四个抬走的。我当时估计我和来文可能要受防卫过当的处分,没想到的是,警察后来查清那是一个流氓团伙,还干过抢劫和轮奸妇女的勾当,就不再追究我们的责任了。来文也因此住了一个多月的医院,后背上留下了一个大疤。此后,来文不再只是我的同乡,也成了我最贴心的兄弟。

来文喜欢当老师,经常给我讲他的教师梦:我觉得世界上最神圣的职业就是教师,把你懂得的东西再传授给别人,一屋子的学生都聚精会神地听你讲课,那真是一件很有成就感的事情!再者,等你老了,有许多弟子来看你,都说是你的学生,那该多么让人有幸福感!

我一开始不理解他何以会着迷这个,后来才知道,他爷爷、他父亲都做过乡下小学的老师,从小就给他灌输这种职业自豪感,时间久了,这种当教师的愿望已深植其心。刚好,那一年赶上了部队调整编制,来文就第一个报名要转业回老家。

转业之后,来文果然很快考进了南阳的教育学院,毕了业就在家乡的一所初中里当了数学老师兼班主任,遂了自己的心愿。

来文和德诚并不相识。来文比德诚大概要大四岁或五岁。

我调到北京工作后,来文也没断了与我的电话联系。

有一年我回老家邓县探亲,看完了父母和弟弟妹妹,还专门骑自行车去内淅县看来文。先去的是来文的学校,来文正在讲课,我没敢惊扰他,站在教室外的树阴下等他下课。从敞开的窗户里传过来来文讲二次方程的声音,我很新奇,一个榴弹炮排的排长讲代数课竟然也很流利?下课后来文跑过来向我敬礼,还拉我去教研室看他获得的先进班主任奖状,我好高兴。

来文那时已经结婚,住在离学校不远的一个镇子上。他坐上我的自行车后座,我俩边聊着分别后的情形边向他家里骑行。来文家的房子是他自己盖的,三间正屋和一间当灶屋的偏房,外加一个小院。来文的妻子背着盛满青草的背笼,一手拉着一只山羊一手拉着三岁的儿子刚由田地里回来。来文的妻子和儿子有土地,他过的是"一头沉"的日子。所谓"一头沉",就是两口子中一个人有正式工作,吃商品粮,另一个人还在种地。那是我第一次见到来文的儿子壬慎。三岁的小家伙吃得很胖,田野里的阳光把他晒得黢黑。他一边啃着我带给他的北京茯苓夹饼,一边很认真地盘问我:哈儿来人?我哈哈笑了,摸着他的脑袋说:小子,别管我从哪儿来的,你只说这饼好不好吃?他点点头答:还中。我再次笑道:要想常吃这饼,日后好好读书,争取考到北京的大学里去!

来文的妻子景佳丽一看就是乡镇上那种能吃苦耐劳的女人,一边忙着给我倒茶递毛巾,一边在一旁笑道:这孩子哪有那福气?

已经变得文质彬彬的来文,一本正经地反驳妻子:壬慎怎么会没有福气?去雄家祠堂看看俺们雄家的族谱,我们族里可是出过不少做大事的人哩!壬慎说不定日后真能考上北京的大学,成为一个人物!

那你就在大哥面前继续吹吧!

壬慎,来,给伯伯表个决心,说我将来一定要考到你们北京去!

来文揪住儿子的耳朵,硬把他拉到了我的面前。

考,考,考……壬慎大约被父亲揪疼了,极不高兴地跺着脚叫。

哈哈哈……一院子都是笑声。

滚烫的黄酒端上饭桌时,我笑着说道:那咱们现在说定,壬慎日后真要能考到北京,我争取把他留在北京工作,然后,等你们老了,就住到儿子家里,咱们就又可以经常下棋聊天了。

好,好,再来两碗黄酒!来文朝妻子喊着……

多年过去之后的一个初秋,雄来文突然领着他儿子来了,进门就说:老大哥,壬慎考上北师大的历史学院了!

嗬?!真的?太好了!我惊喜地看着长得比我还高的壬慎,拍着他的肩头说:小子,好样的!我知道由河南考进京城可不是件容易的事,考生那么多,得有很高的分数才能录取。你为咱们南阳人争气了!

壬慎腼腆地笑着,讷讷地说:没什么,我就是被我爸催的、逼的……

那天在酒桌上,我想起了我当初的承诺,对壬慎说:你以后的任务还是好好读书,待你顺利毕业时,我争取让你留京工作。然后,你再靠你的本领,把你爸妈也接到北京来住!

来文接口道:只要壬慎能顺利完成学业,能在你的帮助下留京工作,那就是我们雄家不得了的大事情了。至于我和他妈,还住在老家就行。他还有一个妹妹,我们得继续操心女儿成长的事。

那不行!我安排壬慎在北京工作的目的,就是为了咱们老了之后还能在一起下象棋,这一点必须预先给他说明。

壬慎笑着应承:伯伯放心,只要我在北京工作了,我一定会把我爸妈接来的,这一点你放心。

那你得先在北京成了家才行!来文提醒儿子。

那当然！壬慎说得胸有成竹。

我也笑了:北师大历史学院的学生,找个姑娘结婚还不是分分钟的事?！这还用你来担心?

来文当时很不自信地说:大哥你知道,虽说我们雄家过去还挺威风,但如今我得承认确实是败落了。我的家底你是知道的,北京这地方,姑娘们的眼光肯定很高呀!

爸,你也真是的！壬慎显然不太高兴父亲这样贬低自己。

壬慎怎么会喜欢学历史?我急忙转移话题。我听说历史和哲学都不是高校的热门学科,很多人认为学历史、学哲学毕业后是最没前途的。

是呀是呀,来文点头:现在最热的是学金融、学计算机、学人工智能、学经济管理、学法学,可这孩子邪了,从小就爱听我讲历史故事,爱看历史书。高考报志愿时,非报历史专业不可。

我是觉得,学历史可以给自己一个明白。历史本就是用来给后人借鉴学习的,不论是一个人还是一个民族,由过去获借鉴,有助于走好当下和未来的路。我认同那句话:所有的命运类型,前人都已经历过。壬慎不紧不慢地说。

嗬！我又仔细地看了壬慎一眼,这个肤色像他爸爸一样偏黑的孩子,还有自己的思考呢。

有人说,学历史能使我们拥有四大能力:记忆、敬畏、谦卑和宽容,我赞同这种说法。

好！我高兴地拍拍他的肩膀。你对中国哪个朝代的历史最感兴趣?

明代。它是中国历史上最后一个由汉民族建立的大一统中原王朝,它享国的276年间,与欧洲的文艺复兴时期大致重合,研究这个王朝的历史,会弄清我们这个民族此后命运的很多因由。

嗨,小子！有自己的思想,行！我觉得我喜欢上了这个孩子。

到大学后好好读书,我和你爸等待你学出成果来!

翌年秋季的一天晚饭后,我去参加一个文化沙龙。这个沙龙是京城里一批文史哲学者们聚会讨论问题的地方,地点就在一位哲学教授的家里。我记得进屋刚坐下,就接到了教授递过来的一份打印件:"未发稿"。未发稿是这个沙龙的参加者把自己要发表但还没有发表的文章打印出来,发给大家讨论的稿子。我看了一下今晚未发稿的篇名:《历史动力学的解释:明朝灭亡的触发因素——粮少》。

觉得题目有点新鲜。关于明朝灭亡的原因,过去已有很多种说法。有说明朝亡于党争,上层官员结党营私,各派系只关心自己派系利益而不在意朝廷的危机;有说明朝亡于东厂、西厂和锦衣卫的恐怖行为,三者的作为激起了民怨和官愤;有说明朝亡于皇帝昏庸无能,明朝后期的皇帝有好道教的,有沉溺女色的,有喜欢当木匠的;有说明朝亡于无可战之师,明后期的军队装备很差、纪律松弛、统帅无才等等。但说亡于粮食少,倒是新鲜。我坐下还没来得及细看文章内容,早来的一个学者就开始了发言:这篇文章提出的问题有点不同以往,作者根据历史动力学的原理认为,明朝所以灭亡,是因为明朝中、后期社会积聚的导致动荡的"压力因素",遇到了具体的"触发因素":粮食减少。文章认为,当时北半球的气候处于小冰河期,长达七十年的气候冰河期导致明末北方降雨严重减少,旱灾地域扩大,蝗灾更加频繁,致使粮食大范围减产。粮食减产的结果是:城市工商业者有钱也买不到粮食,致使斗米千钱现象出现;乡民生产的一点粮食被迫上交之后,只好采草根木叶充饥,最后发展到夫弃妻,父弃子,人相食;军队里的士兵肚子都吃不饱,谈何战斗力?而朝廷对此既无预见,早想应对之计,也未亡羊补牢,拿出善后之策,如此,身处绝境中的人们必然是对朝廷恨之

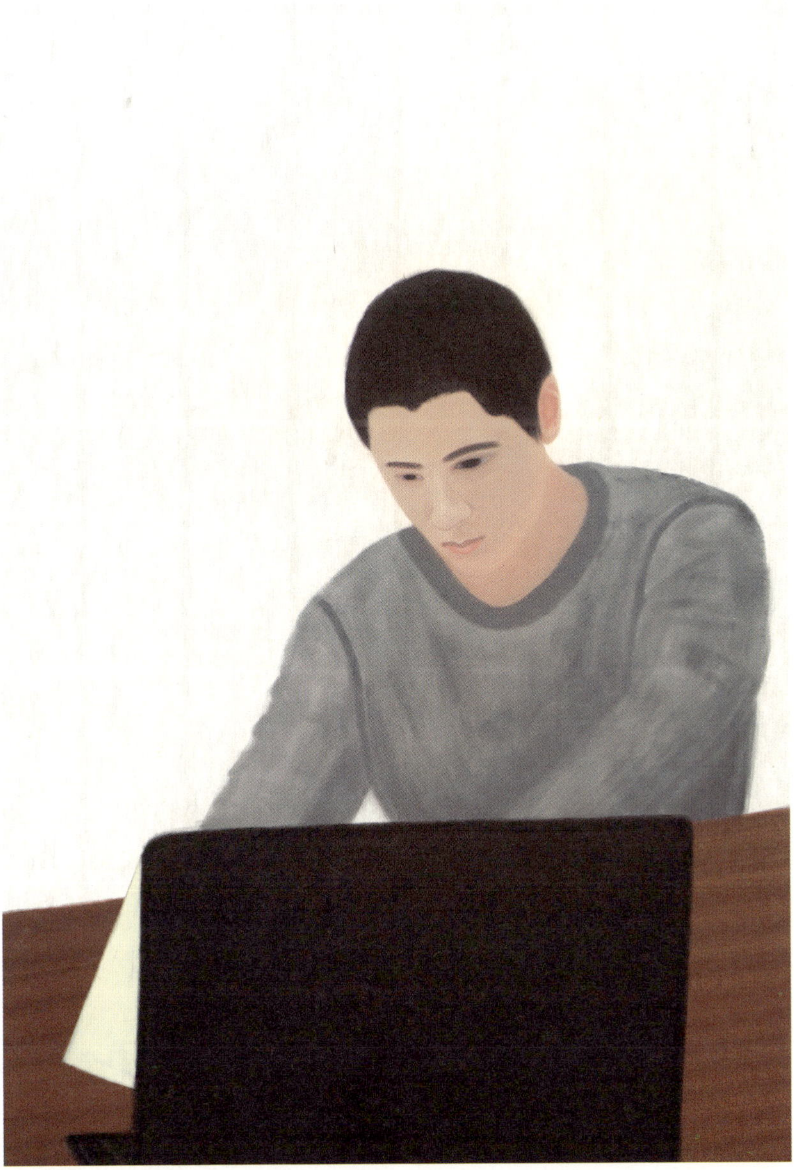

入骨,其焉能不倒？这种把一个王朝的灭亡归于粮少触发社会压力开关的论点,倒是鲜见。

另一个学者接着开口:一个王朝的衰败垮台,原因有很多,但最根本的,是统治集团的经济管理能力低下,经济政策失误导致经济崩溃,这才是最基础的问题。我赞赏作者从粮食大规模减产,从经济的角度去看明王朝的灭亡问题,而不是只从宫廷争斗、官员腐败和军事成败去论述。任何一个王朝的衰败,原因都很复杂,但最基础的原因,应该是经济。

第三个人说:这篇文章若真的发表,恐怕会引来拍砖。因为一个王朝的灭亡,首先应是政治上的原因,是王朝的政治运转出了问题,只谈粮少,其实是在为皇帝和明朝的官僚集团开脱。因为粮少并不仅是明末一个时期的问题,唐朝的贞观年间也遇到了自然灾害,粮食也减产严重,但并未引发朝代更替……

第四个人说:明朝灭亡的根本原因,在于抗倭政策实施过度,阻止了明王朝与日本战国的海上贸易,导致白银收入锐减,从而引起了金融危机,根本不是粮少的问题。当时活跃在沿海的倭寇,在骚扰我沿海居民正常生活的同时,也用收取保护费的方法允许大量商船做着明王朝与日本战国间的海上贸易。明朝的商人们运送瓷器、丝绸和其他手工业产品到日本,从那里换回白银。当时的日本,有着世界15%的白银。而明朝只有甘陕两省生产的少量白银,根本无法维持明王朝的运转。可为了抗倭,明朝最后竟实行了海禁政策。锁国之后,两国间的贸易中断,重要的白银供应渠道自然随之消失,明王朝的金融危机逐渐开始爆发,到最后竟无钱发军饷、养军队,明王朝怎么可能不亡？中国也因此失去了一个航海世纪……

第五个人说:1637至1643年间的一场特大旱灾,其持续时间之长、受旱范围之大,为500年所未见。中国北方和南方的23个省区受灾,有5个省连旱5年,旱区中心的河南省,竟连旱7年之久,由于干旱,瘟疫也开始流行。因此,从天灾这个角度去解释明朝覆亡,倒也不是不可以……

当天晚上,大家就是由这篇未发稿开始,热烈讨论起了明朝灭亡的原因,前后谈了近三个小时。在沙龙讨论就要结束时,教授说:现在我向大家介绍今晚这篇未发稿的作者——师大历史学院大二学生小雄,现在请他来说几句话。话音刚落,一个小伙子从里间门后走了出来。我一看,嗬,那不是雄来文的儿子雄壬慎嘛!

各位前辈、师长,我所以写这篇文章,是因为关注到了"明朝陷阱"。我所说的明朝陷阱,就是指明朝的官员都把目光转向了工商业的发展,大批的农业人口进入手工业和从事海外贸易。江南的农民也大规模种植利润大的经济作物,这当然是对的,是富国强兵必须要做的,但当政者忘了,既要抓钱,还要抓粮食生产,粮食生产也是战略问题。结果,当天灾来临,粮食产量骤减不够吃之后,赚来的银子是不能充饥的。这就导致了崇祯当政时的粮价飞升,饿殍遍地,最后农民造反,政权易主。当下的中国,有些端倪应该引起我们的重视:其一,种粮必会受穷已成很多农民的共识;其二,卖地建商品房才可富裕已成很多地方政府官员的共识;其三,进口粮食比收购国内粮食成本还低已成为很多粮商的共识。如此,愿意种粮的人越来越少,耕地撂荒的现象越来越严重;愿意卖地建商品房的官员越来越多,可耕地其实每年都在悄然减少;不愿收购农民种的粮食,而愿进口外国粮食的粮商数量越来越大。这样持续下去,我国的粮食生产怎么可能发展?一遇大面积的自然灾害、严重的瘟疫和大规模的战争,就有出现明朝陷阱的风险……

那晚的沙龙结束时,我上前拍拍壬慎的肩膀夸道:行,小伙子,读大学就是要多想问题,至于想得对不对那再另说。你学历史,就要从历史上找到一些我们今天仍须汲取的教训,一定不能像读中学那样,只满足于考试得个好分数好成绩……

壬慎读大三的时候,已经在几家刊物上发表了历史研究方面的论文,从他大四上学期开始,我就按我当初的承诺,拿着他发表的论文,开始给他联系留京工作的事。我有一个朋友在一家挺大的社科刊物当总编,我让他看了壬慎写的论文,讲了壬慎的情况,求他帮忙。他很痛快地答应道:这个小伙子写的东西我喜欢。我这里正缺有水平的编辑,他毕业后让他来上班吧。我把这个情况告诉了壬慎的父亲来文,来文很高兴。但壬慎说,他想把研究生读完了再工作。我紧忙回话给那家刊物的总编,总编说:先读完研究生更好!他读研期间,就可以在课余来编辑部实习,我也能尽早考察他的能力。壬慎在我家听罢这个消息,欢喜得连连朝我鞠躬。

壬慎在京工作的事刚刚有个眉目,来文就来了,我以为他是高兴得急着上门致谢,却不料他神色慌张地说:老大哥,壬慎惹事了!

惹了什么事?我很意外。你啥时候来北京的?

刚到,一下火车我就来了你这里。

别那么紧张兮兮的,你不是当兵的出身吗?惹了啥事值当你这样慌张?

来文就掏出手机让我看一条短信:雄来文,速让你儿子在三天内送来5万元现金,否则,我就去他的班上闹他个鱼死网破,让他课上不成、饭吃不成、拿不到毕业证! 畅潇潇。

畅潇潇是什么人?

是壬慎同年级的一个女同学。

你认识她?我差不多猜到了事情的原委。

暑假的时候,壬慎领着这个姑娘去了咱家里。壬慎当时说,畅潇潇是他谈上的女朋友。我和他妈别提多高兴了,给她做好吃的,给她买了衣裳,临走时还给她封了个3000元的红包。我和壬慎他妈以为,这就是未来的儿媳妇了,谁知道昨天中午我正吃午饭,就收到了畅潇潇这条短信。

问清为什么了吗?

来文苦呵呵地摊开手:给畅潇潇打电话问她为何,她气冲冲地说,去问你儿子!

壬慎怎么说?

他说,别理她!

那就别理她嘛,这是壬慎的事,又不是你的事!我笑看来文。

嗨呀,大哥,不理怎么能行?万一她真闹起来,学校要追究壬慎的什么责任,不让他毕业可怎么办?

这姑娘很漂亮?

中人之姿。来文叹口气,壬慎自己长得都不帅,还能找到多漂亮的姑娘?

我们俩正说着,响起了敲门声。来文说:是壬慎来了。我一下火车,就给他打电话让他径直来你这儿见面。门开后,果然是满头大汗的壬慎。

爸,我说过不让你来的!壬慎进屋就埋怨他爸。

你个不知轻重的东西!人的好名声比什么都重要,畅潇潇只要一闹,你的好名声就完了!你难道想回老家种地?来文训斥着儿子。

究竟是怎么回事?给我们说说来龙去脉。我看定壬慎。

壬慎的脸红了:她和我是同年入学的,同级不同班。她家住北京,是她追的我,从二年级开始就不停地给我发各种表示爱慕的短信和微信。她人长得太一般,说实话,我不喜欢。可架不住她老往我身边靠,经常给我送点吃的东西,有时候还给我买衣服送到宿舍里,同学们看到后就起哄说她是我的人了。没办法给大家说清楚,加上她知道心疼我,我就想认命了吧,反正她有北京户口,要了她我就正式算北京人了。下了决心,我就答应了她。她领我去见了她的爸妈,他爸开出租车,她妈在社区工作,家里有一套两室一厅的房子。俩老人很喜欢我。我也领她去我家见了我爸妈。本想着终身大事就此决定了,谁知零距离接触后我才知道,大概因为小时候爸妈没钱满足她的消费欲望,现如今她成了个物质欲望特别强烈的人。吃,她要吃最好的,我俩每次下馆子,她都是点最贵的菜,而且从不自己埋单,一点也不心疼我是个穷学生。穿,她要穿名牌,说我有稿费收入,应该给她买名牌服装。我挣那几个稿费怎么够她买名牌?用,她要用法国兰蔻的化妆品,买一次兰蔻可以,连续买我怎么吃得消?我下决心跟她分开是因为她要我给她买个LV包,那东西太贵了。她说过多次我都装没听见,前不久我的一篇论文获了一万元奖金,她听说后一再闹着要我再凑点钱帮她买个LV包。我恼了,当即明确给她说:我买不起,你找别人给你买吧!咱俩分手吧!她大概没想到我会提出分手的事,先上来朝我赔不是,检讨自己不该高消费,想恢复关系。但我想她的毛病不可能改掉,将来结婚后我肯定更受不了,长痛不如短痛,就没答应修复关系,在手机上拉黑了她。她也想找我当面谈,可我就是不见她,她没办法了,就给我爸发了短信。我俩好时我告诉过她我爸的手机号码。

　　按说,这谈恋爱的事,一方不谈了,另一方是不能威胁对方付钱的。我沉吟着说。

　　她无非是说我睡了她,她昨天给我寄了个快递,说她怀孕了。

　　啊,真的?来文生气了,你他娘的还没结婚怎么能跟人家睡觉?

　　我扯了一下来文的胳膊:这儿不是你内浠县,别拿你内浠县的规矩说这边的事!

　　不是我主动的。壬慎低了头说。

你骗鬼去吧！来文气哼哼地把手中的水杯蹾在桌子上。

真的，那次她爸妈去衡水看望她生病的姥姥，她拉我去了她家。她爸用56度的衡水老白干泡的药酒，她给我倒了一大杯，说这酒有营养，里边泡了蛇、蛤蚧、枸杞、人参，喝这酒能长寿。也没给我炒菜，就让我干喝，结果刚喝完，我就迷迷糊糊睡倒在沙发上了，等我人醒之后，身上一件衣服也没有了，我俩都睡在沙发前的地板上。

你真是个窝囊废！来文指着儿子叫。

你是说怀孕不是真的？我制止住来文的责怪，看定壬慎的眼睛。

我百分之百肯定不是真的，我总有四个月没有挨她的身子了，要是真怀孕，她肯定早告诉我了。她所以现在说这个，是因为看与我复合无望，就想要敲我一笔。我早就算定她最后会要钱的！

那给不给？我问他。

不给！

她要到你们班里闹起来怎么办？来文伸手去敲儿子的脑袋。

让她闹吧，闹起来她也丢人！壬慎梗着脖子说。

那就是鱼死网破嘛，你俩的名声都完了！来文痛心疾首地跺了一下脚。

一个LV包多少钱？我问壬慎。

有很多样式，价位都不低，一般的都得两万多，最好的那种还要更贵。

那你就去买一个吧，要买正品，中上等价位的，买了送给她，就说这是最后的礼物。我估计，满足她这个愿望，她一般就不会闹了。我劝壬慎。

壬慎不说话，明显不想买。

钱我带来了。来文从他的提包里掏出了5万元。这本来是预备给你日后结婚用的,现在拿去用吧,反正是用在女人身上,破财消灾吧。

她这分明是讹我!壬慎气不过。

可你给了人家讹你的把柄呀!她怎么不去讹别的男同学?你要不与人家睡觉,她怎么敢讹你?归根结底是你没把控好自己,是你自个儿的问题嘛!来文把5万元钱扔到儿子怀里。壬慎只拿了两万,把另外的钱又塞回到父亲的提包。

伯伯,那我去买。壬慎起身就走,我要留他吃饭,他摇摇头。临出门时,好像是用手背抹了一下眼中的泪水。

来文当天没走,他想等一个确切的消息。第二天下午,我和来文正下象棋,壬慎打来电话,说把买来的包送给畅潇潇了,她在验明是正品之后,答应从今之后与他互不干扰了。来文这才长舒一口气,把拿在手上预备走的一个"车"扔到桌子上,叹道:养个儿子不容易呀,还是养女儿好,少操心!

我看着来文摇头:养儿养女都不容易!

那次来文临回南阳前给我说:大哥,看来,壬慎这小子与女人相处的本领不行,指望他自己谈上一个合适的女朋友怕是很难,你多操操心,要是碰到有合适的女孩,家境与咱相当,就给他介绍一个,省得他像没头苍蝇一样四处瞎撞。我真怕他再撞出什么祸来。这次人家畅潇潇只要一个包包,要是下一次再有女孩子朝咱要辆汽车我可怎么办?我当时扑哧一声笑了,回他道:你把你儿子看得也太没用了,好吧,我留意这事。不过随即又开导来文:在北京,男孩30岁前不结婚是很正常的,不像咱们南阳,25岁就必须完婚。北京是男孩少、女孩多,据说北京的剩女有80多万,而男孩在北京是剩不下的……

有了来文当初的托付,现在又听了德诚关于给幽岚介绍对象的请求,我忽然灵机一动:干脆介绍这两个孩子认识一下,如果他俩能走到一起,岂不是很好?我对两个战友不就都有了交代?两个孩子都在名校就读;壬慎只大幽岚两岁;幽岚的颜值很高,人漂亮;壬慎虽肤色略黑,但人有才气,身体强壮。应该说,两个人的条件还是相当的。再说了,一个学文学,一个学史学,文史是一家,两个人要是真结合在了一起,今后在事业上也可互相帮助。

于是我就决定当一回媒人,促成他们相识。

找了个双休日,我邀请两个孩子都到家里吃饭,他们应约来了。对壬慎,我预先交了底,告诉他这是为他介绍对象,要是感觉好,就要显出些热情来;要是感觉不好,不愿交往下去,就马上给我回个话,别耽误人家。对幽岚,因担心她还未从连番的打击中走出来,拒绝我这样做媒,就只告诉她壬慎也是我一个战友的孩子,双休日他要过来看我,大家就在一起聚聚。

那天饭桌上的气氛很好。

因我从未做过媒,怕把事情搞砸了,故在两个孩子到来之前,我还专门向邻居请教过做媒的经验——他已经促成两对婚姻了。邻居告诉我,现在当媒人其实很简单,就是创造一个男女相见的机会,届时把两个孩子的优点相互作个介绍,然后让他们留下联系方式,就算行了,剩下的事由他们自己去谈……

饭菜摆上桌,喝下了第一杯酒之后,我先介绍壬慎。我觉得在这一对关系中,壬慎给幽岚的感觉最重要,只要幽岚的感觉好,幽岚愿意谈,那这对关系就有可能发展下去。我对幽岚说:现在没有几个人愿意学历史,因为人们都愿意把眼光看向未来,觉得未来需要什么就去学什么,日后才能顺利就业,人生才有可能成功。未来计算机和人工智能应用广泛,于是学计算机、学人工智能专业的人就很多;未来是个商业社会,金融业是商业社会的塔尖,于是学金融、学经济管理和国际贸易的学生很多；未来的社会将更加重视法治，所以学法律，尤其是学国际法的人很多；未来的社会将更加关注环境保护，所以学习环境治理、园林设计的人就很多。这些当然都对，也是美国教育的成功经验。美国的教育就一直是向前看，对未来进行预测和想象，未来需要什么，就开什么样的课。美国人一直在思索未来、展望未来、针对未来进行学习，这都值得我们效仿。但在一个有着漫长历史的国度，也需要一些年轻人在前瞻未来的同时，回过头去看看我们的过去，看看我们中国人在过去的几千年间，哪些年间的路走对了，哪些年间的路走弯了，走对路的原因是什么，走弯路的因素有哪些，把经验和教训找出来，以利于我们民族的继续前行。壬慎就抱着这种清醒的认知，选择了去学历史。而且入学不久，就开始边学边进行研究，目前已有了一些研究成果，一些文章已被国家级的历史研究刊物选用了。

　　是吗？幽岚被我说得有了兴趣，笑看住壬慎问，想不到你如此厉害，那是真正的学兄了呀！敬你一杯！

　　壬慎脸红了，害羞得都不敢抬眼看幽岚。哈哈，这小子，在姑娘面前的做派不大行呀！

　　我接下来开始介绍幽岚。我说：幽岚的人生选择是很多的，去当影视演员，去大公司做公关事务，甚至去做服装模特，都是可以的，但她喜欢文学，喜欢用文字去呈现和传达自己对人生、对社会、对人类未来、对自然界与人类关系的认识，坚持学习语言文学专业。入校不久就开始诗歌创作，眼下已经发表了不少作品，有的诗在网络上引起很大反响，有的诗还获了奖。

　　嗬！想不到学妹是诗人！我特别喜欢读诗，我回校就去网上找你的作品学习学习。认识你这个诗人非常高兴，来，敬你一杯！壬慎一听对方写诗，腼腆消失了，大方地举起了酒杯。

　　这还像个男子汉。

既然你们都在北京读书,学的专业又相近,就常联系联系,互相给点关照。壬慎,把你的电话号码给幽岚留下,最好和她加个微信。

壬慎闻言急忙掏出了手机。

至此,我的任务就算完成了……

这次聚会的第二天,壬慎就急不可待地给我来电话说,他对幽岚感觉很好,愿意与她交往下去。这在我意料之中,凭幽岚的颜值,一般男生都是会感觉很好的。我于是便对他提出要求:既是感觉好,就要主动与人家联系,帮人家做些事,平时也不要太节约,要舍得掏钱请人家吃个饭呀,看个电影呀,送个礼物什么的,要给对方留个好印象。他诺诺回答:是的伯伯,我明白……

这之后,我就给德诚和来文分别去了电话,把介绍两个孩子相识的前前后后都跟他们说了。他俩一听说我们仨原是同一个营里的战友,也都很高兴。事情进展到这儿,我这个媒人的工作,算是告一段落。

又过了一段时间,大概是壬慎把幽岚的照片发给了他爸妈,来文就有点忧心忡忡地给我来电话说:大哥,我一看幽岚姑娘的长相和气质,比咱壬慎可是高得太多了。人家姑娘真的是像个影视明星呀,与咱壬慎会不会有点不般配呢?咱这种人家能养得起这样的儿媳妇吗?我训他道:怎么这样没自信?你儿子也很有才气、很优秀哩!再说了,婚配学上还有条定理,叫"越不般配的越长久",你看着不般配的一对,可能恰恰是最好的绝配!来文这才有点放下心来,说:好的好的大哥,我交代壬慎,让他好好待人家,可不能丢了你这个媒人的脸面……

D. 完婚

次年春天的一个中午,我忽然接到壬慎的电话,说他的一篇研究明朝人口变化的论文被中国历史研究学会看上了,邀请他到海口参加一个中国人口变化史研讨会,他受邀到会讲演。讲演者都有讲演费,他想用这笔钱请幽岚到海南游览一趟,刚好明天是周末,问我可不可以。我一听真是又好笑又生气:你读书真是读傻了,这种事还用来问我?你直接给幽岚打电话发邀请,直接给她订机票不就行了?

壬慎不好意思地说:我本来也是这样想的,就直接给幽岚打了个电话,但她好像对我很有戒心,很直白地对我说:你甭在我身上花钱,也别把爱心用在我身上,我趁早告诉你,本人已经不相信什么鬼爱情了,这辈子也不打算结婚,你还是把钱花在别的姑娘身上吧!你看你看,我完全是好意,她竟然如此说话,因此我就想请伯伯出面,再替我邀请一回试试。

我当时有点不太高兴,当媒人还要做这么具体的事呀?!心里觉得壬慎这孩子的女人缘看来一般,嘴也真有点笨,连邀请女孩子旅游的事情都搞不定。不过他既然开口了,也不好拒绝他,让他难堪,就说:好吧,我来试一下。

我随后就给幽岚打了电话,说:有人请你免费旅游,你何必拒绝?你爸和他爸是战友,那你俩就是兄妹关系,当哥哥的邀你去海南玩一趟,有啥不得了的?你这样一口就回绝让人家多难堪?好像人家真有什么不可告人的目的似的。依我说,大大方方地坐上他给你订的航班,飞过去,在他的陪同下去海口看看中国雷琼海口火山群、世界地质公园,那是世界罕见的第四纪火山群,熔岩景观特别丰富;去看看呀诺达热带雨林,认识认识热带珍贵的乔木、灌木和飞禽,了解一下热带雨林文化;再去儋州看看苏东坡被贬之后的住处。你是学文学的,又喜欢写诗词,了解一下苏东坡一些诗词的写作背景没有坏处。去看看他写《自题金山画像》的地方吧:心似已灰之木,身如不系之舟。问汝平生功业,黄州惠州儋州。到那儿你就能体会到他当时的心境了。

幽岚可能不好拒绝我,沉默了一会儿答道:好吧,那我听伯伯的。不过住宿费我自理……

这件事过去之后,我心里对自己保的这个媒就有点失去信心了,觉得壬慎这孩子智商可以,情商可能不高。幽岚是学文学的,原本就心思细密、感情细腻,加上又受过伤,以壬慎的本领,怕是难以俘获她的心。

幽岚大四上学期,我开始为她联系工作,这也是我当初承诺过的。

一个朋友在一家大型广告公司当老总,我问他能不能留下幽岚在公司工作,他沉吟了好久,才说:好吧,广告公司也需要名牌大学文学院的学生来写文案。再说了,你很少朝我开口,既是开口了,我不能拒绝;但你告诉她,最好能读个研究生学位再来,这样我在公司领导班子里也好说话。

我知道幽岚已经报考了研究生,就耐心等待,果然,过了一些日子,幽岚告诉我她考上本院的研究生了。我的心一下子放下了,告知她研究生实习时就到那家广告公司去,之后就可以留在那儿工作了。

既然壬慎和幽岚的工作都有了着落,媒也已保过,我就不再操心他们的事了,加上我家里也不断有事要忙,与他们的联系就少了……

壬慎研究生毕业去杂志社上班,领了第一个月的工资后,专门给我们老两口买了礼物送来。给我买的是两支徽笔、一方端砚,他知道我练书法;给他阿姨买了一套衣服。这次见面我和他先谈编辑部的工作,叮嘱他要注意哪些问题。谈完正事之后,我问他与幽岚的感情发展到哪一步了。他叹口气说:仍在谈着,但幽岚一直不冷不热,并没什么大进展。我于是点拨他:你搞明史研究,应该知道明朝的宫中,就曾发生过几起很动人的爱情。他说是呀,明英宗朱祈镇与自己残了一条腿、瞎了一只眼的钱皇后不离不弃。1463年,年仅36岁的明英宗在身患重病、知道自己将不久于人世之后,担心没有生育的钱皇后会在自己死后遭太子之母周贵妃欺负,特意口授遗诏,还面嘱皇太子:皇后名位素定,当尽孝以终天年。就这还不放心,又拉着顾命大臣李贤的手,反复叮咛:钱皇后千秋万岁后,与朕同葬。再次明确了钱皇后不能被废。这在美女如云、情如薄纸的宫中,确实是少见的一场爱情。

那朱祈镇何以会对钱皇后如此深情?我再问。

因为1449年英宗在土木堡大战中被瓦剌人俘虏之后,钱皇后为营救英宗,拿出自己宫中的全部资财交给瓦剌部的太师,希望对方能看在财宝的分上放回丈夫。但对方胃口大开,不仅不放回英宗,反而要求更多的条件。在得知英宗不能返回的消息之后,钱皇后如五雷轰顶,每天悲哀地呼天号地,祈求神灵保佑英宗,累了席地而卧,以致伤残了一条腿;又因终日哭泣,哭瞎了一只眼。到景泰元年八月初三,英宗终于由漠北返回了北京城,却又被其弟明景帝尊为徒有虚名的太上皇,囚禁于南宫。这期间,英宗生活困难,钱皇后又用手工针织补贴二人生活。

这表明两性之爱中,除了肉体和精神吸引之外,还可能存在别的因素。我提醒壬慎。

壬慎点头道:是,正是因为钱皇后为朱祈镇做出了巨大付出,才获得了朱祈镇的真爱。

那就是说,付出,有时也可能成为获得异性之爱的一个途径?

是的。壬慎颔首,我明白伯伯的话意了……

这次谈话不久,竟真来了一个考验壬慎的机会。

幽岚的妈妈邰盈盈有天坐公交车,车上的一个乘客与司机发生争执,上去就抢司机手上的方向盘,导致公交车冲上辅路、撞上电线杆,邰盈盈因此受伤,撞断了左臂和左腿。为了保证接骨之后不留任何后遗症,德诚打电话给我,让我在北京联系最好的骨科医院,他要把邰盈盈转来北京治疗。我说:那你就立马买票坐高铁来吧,就住积水潭医院。我同时给幽岚和壬慎打电话,让他们跟我一起去高铁站接幽岚的父母。那次幸亏壬慎去了,邰盈盈完全不能走动,坐轮椅在车站上上下下非常不便,德诚腰疼,背上妻子走十来米就得停下歇息,我年纪大帮不了忙,幽岚是没有那份背妈妈的力气,最后只能由壬慎来背。小伙子力气大,背上邰盈盈依然健步如飞。尽管德诚和幽岚都说不需要壬慎再在医院陪护,但壬慎还是坚持请了假,一直陪在医院里。从白天送饭买东西到夜间陪护,从用轮椅推着邰盈盈到多科室检查治疗,到抱着她进出卫生间。一直陪在妈妈身边的幽岚目睹着壬慎的所作所为,眼中慢慢涌满了感动,脸上原有的那股拒人于千里之外的冷色,渐渐变得柔和温暖了。到邰盈盈出院要走我去医院送别时,发现幽岚已在和壬慎说说笑笑地一起收拾东西了。

德诚这次送妻子来京接骨,与壬慎也是第一次见面,他也一直在默默地观察这个准女婿。他在高铁站与我握别时低声说:谢谢大哥,你给幽岚找了个好夫婿。不过眼下我还不能表态,幽岚对我有逆反心理,凡我同意的,她都有可能反对。

我记得我当时长舒了一口气。

邰盈盈的北京之行,既保证了她的左臂、左腿未留后遗症,也推动了两个年轻人爱情的发展。

这件事过去之后,我记得我又专门找壬慎谈了一次,叮嘱他不要忘了自己的专业,不能只满足于编稿子,还要继续搞历史研究。一个男人要赢得一个优秀知识女性的青睐,归根结底要靠自己在专业领域的成功。壬慎当时给我说:伯伯放心,我不会懈怠,我正计划写一部历史研究专著。

哪个方面的?我对他这个计划很感兴趣。

是关于离婚方面的,书名拟定为《中国离婚史》。

我记得当时听了很意外,觉得做这方面的研究有些古怪,就问他:怎会选定离婚作为研究对象?没有别的新内容可选了?

因为家庭是社会的细胞,家庭是靠婚姻来组建的,而离婚则是拆掉和损毁家庭的主要途径。历史研究是一种因果关系的研究,要研究一个朝代的社会状况,以及回答为何是这种状况,自然应该从检视这个社会的细胞——家庭开始,这就不能不涉及到对当时婚姻状况的探查。对婚姻状况进行探查,无非是从两个方面着手,一个是研究其结婚的情况,包括一个时期人们选择婚姻对象的观念、议婚的经过、嫁娶的仪式、婚礼的花销、婚后的家庭规矩、成婚的数量、繁衍的状况和家庭人口的变量等等;一个是研究其离婚的情况,包括一个时期人们离婚的观念、当时关于离婚的规定、人们离婚的原因、离婚的提起人、离婚的实施过程、离婚时个人要付的代价、离婚的家庭数量、离婚后的子女养育、离婚造成的社会后果等等。此前,已有历史研究者对中国各个朝代的结婚情况进行了研究,而对中国历史上的离婚状况还少有人关注和注意。人们忽视研究这个问题的原因,是认为离婚现象在各个朝代都很少,离婚现象对社会发展不具影响力,没有研究的必要和价值。我不这样认为,我认为离婚现象在各个历史时期的差异很大,隐藏着社会变化的密码,很有研究的意义,所以决定沿着这个冷僻的路径向前走一趟。

哦,也好吧!不论注视哪个领域,只要认真努力,付出研究的心力,都会出成果的。我鼓励他。

现在刚刚开始收集资料,把秦朝的《秦律》、汉朝的《九章律》、魏代的《魏律》、晋代的《晋律》、北齐的《北齐律》、隋朝的《隋律》、唐朝的《唐律》、明朝的《大明律》、清朝的《大清律》中关于婚姻的内容都找出来,把历代关于婚姻的令、科、比、例、诏都查清楚,把各省有代表性的方志中关于离婚的记载,和各少数民族族史中关于离婚的记录都寻找到,并不容易,估计需要数年时间才能完成。

不着急,慢慢来。有一些初步的发现没有?

有了一些!比如,原来很多人都认为,在民国以前的各个朝代里,离婚的人数很少很少,我在收集资料的过程中发现,其实不是这样。自秦朝商鞅变法之后,以一个男性为主体建立一个小家庭,实施一夫一妻制或一夫一妻加妾制之后,离婚就开始有了,而且数量并不小,只是各个朝代都不建立这方面的统计。大量的离婚个案,大都记载在家谱、族史和方志上。又比如,原来很多人认为,过去女性的地位很低,即使提出离婚,也多是男方休妻、弃妻,女性提出离婚的很少,其实不全是这样,汉唐两代,女性提出离婚的就很多。再比如,原来很多人认为,离婚造成家庭解体是一个朝代衰败的表现之一,其实并不是这样,离婚多的现象,恰恰出现在昌盛的朝代和一个朝代最昌盛的时期。

那你就好好研究,争取让这种研究能对今天的人们有启示。

好的,我会努力!

这次谈话之后,我觉得壬慎是真的喜欢研究新问题,也有自己的主见,他极有可能成为一个优秀的历史研究人才。也因此,我对壬慎获得幽岚的爱情又有了信心。幽岚喜欢写诗词,两个都喜欢创作、创新的人,心灵应该会有共振的,我觉得我可以期盼一个好消息!

好消息果然被我等到了。

记得是幽岚研究生毕业上班不久的一天,来文给我打电话说他来北京了,想带着孩子来看看我。我这才想起问壬慎与幽岚到底谈得怎么样了。来文说:去了当面向你汇报。我没想到,来文是带着壬慎和幽岚两个孩子一起来的,三个人脸上都带着喜气。两个孩子进屋放下礼物就朝我鞠躬。壬慎说:谢谢伯伯,我和幽岚要结婚了!

有一点点惊讶闪过我的心头,不过很快我就开怀大笑了:哈哈,做媒成功!我对得起我的两个战友加兄弟了!

我特意看了一眼幽岚,她俊美俏丽的脸上再无一丝阴霾,有的只是欢乐和幸福的笑容,完全恢复到初入北京上大学时的精神状态了。

神奇的爱情呀!

那天,趁着来文、壬慎父子在厨房帮我老伴做菜的当儿,我故意问幽岚:你确定你是真的想结婚,而不是因为屈服于各种外在的压力?

是的,伯伯,我真的想和壬慎结婚过日子。幽岚不好意思地笑了。

想结婚是因为觉得自己的年龄到了结婚的时候,还是真爱上了壬慎?

是爱上了他,伯伯。他值得我爱,我真心愿意和他共同生活!

爱上他的什么？可以告诉我吗？我要问到底。

首先是因为他善良，不会害人，这是我选择男朋友的首要标准。伯伯你知道，我过去遇见过心术不正的人。其次是因为他有才华，懂得奋斗。他写的文章我看过，我喜欢他能独立思考历史上的那些问题，并希望能够给今人带来启发。再就是他的脾气好，能容忍我的任性。大概是我爸妈从小娇惯我的原因，我脾气不太好，他宽容我的这个毛病。我们在一起从不吵嘴，有时我吵他，他能带了笑听，这不容易。这让我觉得和他在一起生活，有一种安全感，觉得他是一个我可以放心依靠的人。我过去其实一直想找这样一个人，没想到是伯伯你帮我找到的。我很感激你！

先别感激我，我还有两个疑问需要你回答：第一个，壬慎的长相算不上帅，而且皮肤有些偏黑，而你，颜值是很高的。我听说女性找对象，也很看重男性的相貌，那么，单在相貌这个问题上，你会不会觉得你们不般配？会不会有一种低就的感觉？会不会有一丝遗憾在心里？

幽岚笑了：伯伯你想得可真细。我没有低就的感觉，在我眼里，壬慎很帅！男人帅与不帅，得由爱他的女人来评价。其实，男人的帅与不帅，并没有硬性的标准，它只是一种软性的感觉。一个女人觉得某一个男人帅，另一个女人可能完全不觉得他帅。同一个男人，在不同的女人那里，得到的评价可能很不同。在我眼里，壬慎就很帅，看见他我就觉得心里很舒服，很快乐。

我的第二个疑问，壬慎的家境一般，根本算不上富有，差不多可以归入清贫之列，与你家的家境大概也有些差距，而且一家人住在小镇上，与你所住的泰安城在环境上也有很大不同，你不担心你们婚后会受苦吗？

我当然想过这个问题。我承认我害怕过苦日子，但我和壬慎都相信，我们要不了多长时间就会扭转这种局面，我们俩都懂奋斗。伯伯,你就放心吧。我还想对你说,感谢你让我认识了壬慎,你是我们的好媒人!

别感激我,孩子,要把这看成是一种命运的安排。你一个山东姑娘,他一个河南小伙,能走到一起,没有命运的安排怎么可能?假如你爸不当兵我不认识他,或者他当兵了却不在我所在的那个营,那你就不可能认识壬慎。假如壬慎的爸不认识我,或者认识我但与我没有更多的交情和联系,你也不可能认识壬慎。在这些人际链条中,只要缺了任何一个链环,你和壬慎就会在茫茫人海中错过。让我们感谢命运那只大手的巧妙链接,让你们走到了一起……

当然要喝酒。平日一喝酒就胃疼的我,那天也坚持喝到身子摇晃。来文和壬慎喝得脖子都红了,我老伴要给幽岚的杯子里倒酒,壬慎急忙拦住说:伯母,她现在不能喝酒!我们老两口相视一笑,明白了。

酒足饭饱之后,壬慎掏出了大红的请帖,要我们老两口参加他和幽岚的婚礼,并要我在婚礼上当他们的证婚人。我还能不答应?当即就表态会把他们婚礼那天原有的安排全部推掉。去!

婚礼在西三环航天桥附近的一家酒店举行。

来的客人很多,主要是新郎、新娘大学里的老师、同学和单位里的同事。婚礼虽不奢华但很新颖大气。我参加的婚礼不算少了,但这个婚礼仍让我觉得耳目一新。后来才知道婚礼不是婚庆公司办的,婚庆公司只出设备,策划案是新郎就读的北师大历史学院和新娘就读的人民大学文学院的研究生们写的,主持人是他们的同学,音响是他们的同学掌控的,影像是他们的同学编辑的。到底是名牌大学研究生的水平呀,和一般婚礼的程式完全不同。

婚礼一开始,就是一个女生用带着河南豫剧韵味的调子,反复咏唱《诗经》里的句子:死生契阔,与子成说。执子之手,与子偕老。悠扬的歌声一停,一个充满沧桑的声音就从音箱里响起:公元25年,东汉王朝建立,刘秀做了皇帝。协助刘秀创下帝业的武将雄义达担心陷入宫斗,激流勇退,辞去军职,在中原南阳内淅之地,买田购山,建祠盖屋,从此以养蚕种田为业。这位雄义达,便是今日的新郎雄壬慎之先祖。历经近两千年的繁衍,雄家枝繁叶茂,已是一个庞大家族。终于有一天,一个叫壬慎的男孩,由雄家这棵生命大树上爬下,向我们蹒跚走来。伴随着主持人的解说,童年、少年、青年时期壬慎的多张照片,在婚礼大厅四壁的屏幕上依次展现……

接着,主持人又满口沧桑地说道:大家知道,孔子的19代孙叫孔宙,曾在东汉时代举孝廉、授郎中,迁元城令。他任泰山都尉时,恰逢泰山发生动乱,孔宙的门人袁固安出谋,使孔宙智捉了动乱的首领,使动乱旬月而平,朝廷大悦。此事被后人立碑示后,即孔宙碑,此碑现存曲阜孔庙东庑。孔宙在动乱平息后要对袁固安行赏,对袁固安说:你想要什么?但凡我有的,钱、地、屋,你想要哪一样都行!袁固安道:门人为主人做事,本不该要赏的;若大人一定要赏,请赏我一个人吧。孔宙一愣:赏你什么人?袁固安说:请将大人的养女润芽赏我为妻。孔宙一时有些不舍,但因有言在先,也不好回绝,便唤出润芽对袁固安说:领走吧。孔宙原以为生得花容月貌的润芽会哭会闹,那时他再来发话处置,未料那姑娘竟是高高兴兴地随袁固安走了。其实孔宙哪里知道,这润芽早已与袁固安暗生情愫。袁家正是因为有了润芽这样一位国色天香的前辈奶奶,所以一代一代生出的女儿,皆貌美如花。今日的新娘袁幽岚,就是袁家众多代美女中的一个。伴随着主持人的声音,大厅四周的屏幕上出现了幽岚由牙牙学语到青春靓丽的一幅幅照片。我与坐在我身旁的袁德诚相视而笑,真没想到他们家还有这样一段往事。

新郎到底是学历史的呀!

主持人的声音再次响起时,一变而为轻松幽默:

100年前,那个名叫雄壬慎的男孩在中原南阳湍水岸边向东看,一下子看见了站在泰山脚下的女孩袁幽岚,这一男一女隔着广袤的大地互相凝望,渴望走到一起。100年过去了,他们的诚心感动了造物主,造物主今天显灵,把他们带来了这里,真真是百年好合,一桩美满的婚姻诞生了!大家看,这会儿新郎雄壬慎慌慌张张地向新娘走去,唯恐新娘被别人抢走,还好,在星光亭下,他抓住了新娘的手,她跑不脱了,现在他把鲜花塞到了新娘手上。老实告诉大家,今天是有一个新娘的爱慕者准备抢亲的,他连手枪和轿车都准备好了,手枪是99式的,擦得很亮,而且子弹上了膛,他希望我里应外合,助他成就好事,事后给我10万元的酬劳。我当时还有点动心,但后来算了算账,觉得有点吃亏。我今天出场主持的酬金是12万元,帮他抢亲还赔了2万,遂劝他道:万一你今天把袁幽岚抢走,明天你得知她的肚子里已有了雄壬慎的孩子可怎么办?你替他把孩子养大?他听我这样一说,才把抢亲的念头绝了。要不是我劝退了他,今天这个婚礼说不定就成了另一个局面了……

众来宾和我一起哈哈大笑,大家都看得兴味十足。

还与一般新人婚礼不同的是,增加了赠言一项,即壬慎和幽岚的那些老师、同学、同事,每人都站起来说出一句对新人的赠言。我记得一位老师的赠言是王维的诗句:君宠益娇态,君怜无是非。一位男同学的赠言是希望幽岚像拿破仑说的那样对壬慎:我将把你紧紧地搂在怀中,吻你亿万次,像在赤道上那样炽热的吻。一位女同学的赠言是希望壬慎像泰戈尔要求的那样对待幽岚:你若爱她,让你的爱像阳光一样包围她,并且给她自由。幽岚工作单位一位同事的赠言是:人生很短,一辈子很长,既要争朝夕,又要慢慢走……

我听得心生感动。

轮到我这个证婚人上台了。我开心地说：婚姻是一场路途遥远的旅行，这条路途的距离，通常要走几十年的时间才能抵达终点。很多人没有走完全程的耐心，但造物主是希望看到并欢迎人们走完全程的。我们今天在这里见证壬慎和幽岚踏上了起点，造物主更期望在路途的终点看到他们。让我们想象一下，在70年或80年之后，当鹤发童颜的壬慎和幽岚相搀相扶着向终点走过来时，那该是一幅多么温馨美好的画面……

那天的婚礼最令我感到震撼的场面，是进入爱的宣誓环节时出现的。其时，先是一首歌响起，歌词是《孔雀东南飞》里的句子：君当作磐石，妾当作蒲苇，蒲苇韧如丝，磐石无转移。歌声停止后，主持人举起右拳，让两位新人一齐跟着宣誓：雄袁两姓联姻，京城一堂缔约，良缘永结，匹配同称，看今日桃花灼灼，宜室宜家，卜他年瓜瓞绵绵，尔昌尔炽。谨以白头之约，书向鸿笺，好将红叶之盟，载明鸳谱！

之后，主持人又问新郎：雄壬慎先生，从今以后，无论贫困还是富有，无论健康还是疾病，你能一心一意忠贞不渝地保护她、珍惜她、爱她吗？壬慎没有像一般的新郎那样回答：是！而是把右手食指伸进嘴里，用牙咬破指肚，用指肚上的鲜血，在幽岚披着白纱的胸前写了一个大字：是。当主持人用同样的话反问幽岚时，幽岚也咬破了自己的食指，在壬慎白衬衣的胸部，用鲜血写下了一个"是"字。当他俩这样做时，原本喧闹的大厅，一下子变得鸦雀无声。人们先是吃惊地看着他俩，随后便爆发出热烈长久的掌声。那一刻，我这个参加过多次婚礼的老人，也被感动得热泪盈眶。

这使我越加坚信，这肯定是一桩白头偕老的婚姻。

那天的婚礼结束时，来文和德诚把我送到门外。德诚特别交代我：晚饭后先不要出门，我们两家人要去看望你和嫂子。我当时没想别的,就爽快应允:好的,我们把茶泡好,等你们来品茗聊天!

晚饭后,我和老伴刚把茶泡上,就听见了敲门声。我高兴地上前拉开门一看,嘀,老天,只见德诚怀里抱着一个巨大的猪头,两只猪耳朵一呼扇一呼扇地正对着我。他的身后,是拎着一腿猪肉的来文。那腿猪肉上还连着一只猪脚,无毛的猪脚一晃一晃的。我吓得后退了一步,高叫着:嗨,你俩这是搞什么把戏?德诚笑了,说:老大哥,我们这是来向你这个媒人道谢来了。我们商量着,这向你道谢的礼数,既不能全照河南的礼数办,也不能全照山东的礼数办,更不能照着北京的礼数办,咱们来个鲁豫合一,把谢你的心意表了。这个猪头,表示大哥你在这桩姻缘里,立的是头一份的功劳,没有你,哪有壬慎和幽岚的相识呢?这条猪腿和猪脚,表示大哥你为这桩姻缘,跑了腿,走了路,最辛苦!他说到这儿,又朝门外喊了一声:你们也过来吧。我这才看见,邰盈盈和景佳丽站在门外的暗影里,听见德诚的喊声,她俩各拿着一双布鞋走了过来。我急忙闪身让他们四个进屋。

这两双鞋,是盈盈和佳丽嫂子分别起头做的,中间也让幽岚缝了几针,大小是照着你的鞋码和老嫂子的鞋码来的,好看说不上,主要是想表达对老大哥和老嫂子对这桩婚姻穿针引线的谢意!

你们这两个家伙!我开始埋怨:亏你俩还是军人出身,怎么还搞这些旧名堂?

图个吉利嘛!来文笑着,老规矩是多少代人的智慧,咱不能忘了。

这两双鞋我们老两口收下没问题,可这么大个猪头和这么重的一腿猪肉我们可怎么办?我俩一天吃不了二两猪肉呀!

你送人呐!德诚叫道,把这些肉分送给你的好朋友,让他们分享咱们的喜悦,多好的事!

我有点哭笑不得:你让我拿把菜刀在家里分猪肉,真是搞笑哩!

不瞒老大哥和老嫂子,我和盈盈这次来京参加孩子们的婚礼前,专门又爬了一趟泰山,去了一趟接近山顶的千年道观碧霞元君祠,那是人们心目中的祈福圣地。上山时,盈盈拿了一张壬慎和幽岚的合影照,是主要照面部的那种喜相清晰的照片。进了碧霞元君祠,又通过熟人偷偷找到了祠里看相最出名的一位道长,请他给壬慎和幽岚看了相。如今不是取消抽签算命看相这些事了嘛,只能偷偷地进行。你猜道长看了两个孩子的合影照后怎么说?他说:壬慎天庭饱满,寓示前途广阔;耳朵厚大,表明先天肾气充足;耳垂厚实,显示财运旺盛;脸相方正,是证爱情稳定;地阁方圆,是会广结朋友。他还说:幽岚眉形秀美,表明待人和善;天仓满盈,表示处世阳光;鼻相端正,显明财运很旺;嘴唇红润丰满,显示有恩爱能力;牙齿整齐,表示气血充盈。道长说:这一男一女若结为夫妻,男的会事业兴旺,财运无边,儿孙绕膝,会荫妻;女的会温柔相夫,勤俭持家,智育子女,会旺夫!

哈哈,我笑看住德诚,你还相信看相的事?罢了,今天是大喜的日子,我就不批评你了。不过我告诉你,这些好听的话,只要你愿听,我也会给你说的,找一本看面相的书,一背里面的内容,就行了。

还是道长说的有权威!来文也站在德诚那边反驳我。

好,好,今天你们两家人多势众,我就不辩论了,反正我们这一代,很快就要被历史抛弃和忘却了,未来的日子,属于壬慎和幽岚他们,愿他们比我们这一代活得更好……

婚礼过去两个多月之后的一个晚上,我和老伴去国家话剧院看话剧。我们到得有点晚了,进场时戏已开演。那部戏讲的是文艺复兴时期发生在意大利的一个爱情故事,颇吸引人。当舞台上的男女主角历尽磨难、终得相见、热烈拥吻时,坐在我们前排的一对年轻男女,也忽然热烈地拥吻起来。而且亲吻的时间之长、之深情、之不顾一切的样子,比舞台上的演员有过之而无不及。他们离我们太近了,连他们舌头接触的声音我们都能听清,这让近距离观察的我们,有些难为情,也有些替他们难受,毕竟这是公众场合,感情如此外露不太合适吧?待到他们终于结束拥吻坐正身子时,我借着场内的微弱光线发现,他们竟然是壬慎和幽岚。嘀,我还不知道这两个孩子爱得如此浓烈,以至于在剧场里都敢当着外人的面表达出来,那平日在家里还不知要亲成什么样子哩!我暗暗一笑,今天的年轻人真是敢爱敢表现。戏快结束场灯还没亮时,我们就赶紧先走了,怕他们发现我们坐在身后会尴尬。

又一个星期天的上午,我去地坛公园参加一个读书活动,活动结束后在公园里散步,忽见许多年轻人围在那儿又是叫好又是鼓掌的,觉得好奇,就走过去想看个究竟。近了才看清,原来他们是在玩一个救妻游戏:三名少妇被放在一个橡皮艇上,橡皮艇被一部机器摇得一起一伏,喻示她们乘坐的小艇遇到了危险。三个丈夫被要求站在同一起跑线上,在发令枪声中同时起跑,然后通过一座长达100米的不停抖动的悬索桥,到船上抱起自己的妻子再通过悬索桥返回起点,先到达者为胜,可获一对芭比娃娃和两盒巧克力的奖品,落后者则需要交给游戏的设计、运营者200元钱。

一组连一组的比赛看得人精神紧张、血脉偾张,每一个丈夫抱着妻子通过悬索桥时都会出现各种险情,让观众一会儿惊一会儿喜地连声叫喊。

我被吸引得也看了三组比赛,也跟着大笑了一阵,转身正想走时,忽然两个熟悉的身影映进了眼睛,只见壬慎拉着幽岚的手,将她送上了那艘一起一伏的小艇,然后跑过来站在起跑线上。发令枪响了,壬慎第一个跑上悬索桥,摇摇晃晃地在桥上奔跑,又是第一个扑到小艇前抱起了幽岚,往回走时,险情不断,有几次眼看就要坠桥掉下。另外两位丈夫因为遇到晃动失去平衡,不得不先后扔下妻子,任其掉在桥下铺的厚海绵垫上,独有壬慎始终把幽岚紧抱在怀里,最后平安返回到了终点。待颁发奖品的音乐响起之后,我才离开了。我没打扰他们,知道他们情深爱浓,我就很欣慰了,觉得自己做月老让他们缔结姻缘实在是做对了。

后来,我还在郊区一处农家乐吃饭时偶遇过他们。那个农家乐餐厅设计得很有匠心:餐桌高低错落,各餐桌之间用浓密的南方绿植相隔,中间还有溪水潺潺流淌,每一个餐桌都是一个相对私密的空间,当然,这种空间是似隔还通的那种。我们这一桌的人到得有点晚了,开始上菜时其余各桌的客人都已觥筹交错、笑声一片了。吃饭聊天之间,我新奇地打量着这个餐厅,目光隔着绿植缝隙,去看其余的餐桌。忽然,我的目光一定:那不是壬慎和幽岚吗?只见他们两人正坐在一张小桌前用餐,我刚要起身去打招呼,却见两人正脉脉含情隔着桌子,用自己的筷子夹菜喂对方,你一筷我一筷地相互喂着。我止住自己要起的身子,不能惊动这对爱侣,让他们去随心表达自己浓烈的爱意吧!我挪动了一下椅子的位置,不再看他们。我在心里说:孩子们,把自己心中对对方的爱意好好表达出来吧……

那天,我在回城区的汽车上,心中充满了自豪,嘴里忍不住说道:看来,这鸳鸯谱的圈点之法并不深奥,我是完全可以随心去圈点的!同行的两个朋友自然听不明白我说的是什么,只抱怨我:这家伙喝多了,这会儿还在说胡话哩……

婚礼过后八个多月,壬慎和幽岚的女儿就出生了。通知我们这个喜讯的当然是壬慎。我记得壬慎在电话里说：伯伯，幽岚生了一个闺女，七斤半，母女都平安！

好，好，好！祝贺你们！当年，你岳父向我报告幽岚出生的喜讯时，说的也是：生了一个闺女，七斤半……

哈哈哈。壬慎笑了，接着说：我们想办一场满月酒，届时请您和伯母，还有我爸妈和岳父岳母都来参加。

我当然满口答应，又添一代人了，我升至爷爷辈了，时光如梭呀！

那一刻，当年德诚报喜和如今壬慎报喜的声音融和在一起，在我的心里冲来荡去，让我对这个世界充满了感恩和感激：造物主呀，你真是神奇……

满月酒还是在壬慎和幽岚办婚礼的那家酒店。那天，我们先到了酒店，幽岚抱着女儿由出租车上下来时，受到了热烈欢迎。如果用新闻记者的习惯用语，应该是：出席欢迎仪式的，有孩子的爷爷雄来文和奶奶景佳丽，有孩子的姥爷袁德诚和姥姥郇盈盈，还有当月老的爷爷和奶奶等一众嘉宾……

开席前，照例要传看一遍千金小宝贝。吃得胖乎乎有一双大眼睛的小姑娘，在大人们的怀抱里传递着，她没哭，只是好奇地转动着眼珠。她可真好看，长出了壬慎和幽岚，特别是幽岚的全部优点。那天的幽岚显得格外美，一脸的满足，满眼的骄傲，全身心的放松，因为坐月子而显得更加白嫩的肌肤，因为奶婴儿而更显丰满的胸脯，真真是一个俏丽的少妇。那天的壬慎多么开心，连脖子上都是笑纹。他不时地给我们几位老人添酒，不停地朝幽岚面前的盘子里夹菜，叮嘱着她多吃点。

酒至半酣之后，开始讨论孩子的名字。幽岚说：孩子现在只有乳名甜甜，正式的名字请各位长辈来定。身为爷爷的来文说：我想了想，叫她雄幸如何？寓意她将来生活幸福，而且也能给雄家带来

63

幸运。姥姥邰盈盈说:两个字的名字容易重名。外公德诚接口道:起一个四字的名字最好,叫雄袁安雯如何?奶奶景佳丽说:四个字的名字不好记。壬慎把目光转向了我,说:伯伯整天与汉字打交道,赐俺们一个名字吧。

我自然看出了两家老人的分歧,于是就和稀泥说:那就叫雄袁幸子吧,四个字的名字不重名,而且寓示这姑娘将来生活幸福并能给两家带来幸运。

大家都说:好,那就叫雄袁幸子!

名字定下来后,接下来就说对幸子的希冀。

幸子的爷爷来文说:我希望我孙女将来也能在北京读一所名牌大学,然后去当一名人民教师,接我的班!

幸子的外公说:我希望我的外孙女将来能当一名干部,最好能当上泰山风景区的管委会主任,把泰山这份国家的宝贵资产好好管起来!

众人就大笑,幸子的姥姥就想象着说:到那时幸子主任视察风景区时,我跟在她身后,好随时给她做个说明。

幸子的奶奶接口道:也许她那时会让我也跟着去看个热闹。

壬慎很严肃认真地反对:幸子是一个廉洁的管委会主任,怎么可能在视察工作时让你俩都跟着?那不是假公济私让你们随同旅游了?

幽岚撇撇嘴反驳:让你去当监察委主任了?奶奶和姥姥跟上有啥不得了的?

我和老伴哈哈乐了……

幸子在我们的笑声中睡着了,那安恬的睡姿透着幸福甜蜜!同时,我不禁又在心里暗自高兴:幸亏我保了壬慎和幽岚的媒,要不然,哪有幸子和这两个家庭的欢乐?

E. 异兆

大概在幸子一岁多的那年秋天,有天黄昏,幽岚的妈妈郜盈盈忽然来到了家里。我知道她在北京给女儿看孩子,以为她是来闲坐聊天的,谁知她坐下不久,就压低了声音说:大哥、大嫂,有件事一直放在我的心里,不知该不该给你们说说?

说呀,那还用问?咱们两家的关系,啥事不能说呢?我催她,心上觉着有点好奇,什么事还能让她这样犹豫?

唉。她先叹了口气。

我们两口子静待她开口。

我也不知道我这样做是不是应该。她还在犹豫。

究竟是什么事呀?我语气里可能添上了着急。

连续两天了,我在半夜时分听见他们小两口的卧室里有击打声。

啊?我吃了一惊。

他们租的那套房子墙很薄,隔音效果很不好,所以我就听见了。郜盈盈有点不好意思。

我也感到蹊跷。那种击打的声音类似什么?你感觉属于什么性质?这么问的时候我也顾不上别的了。

就像手掌打人时发出的声音。郜盈盈肯定道。至于属啥性质我也说不清,所以才来向大哥大嫂说说。

哦？我放松下来，同时又非常诧异。你是不是在怀疑壬慎和幽岚间有了矛盾，发展到了动手打架的地步？

我不知道是不是呀，不敢断定，可他们有这种声音是不是有点奇怪？这事弄得我心里很不安生。邰盈盈摇着头。

是最近两天才有的？过去你从没有听见过？

是的，过去从没有听到过这种声音。

这种声音出现时，还有没有其他声音传出来？比如说厮打声，哭声，吵闹声？我追问。

没有。她否定着。我听到这种声音后，曾悄步走近他们卧室门口，把耳朵贴到门上去听动静，并没听到有别的声音。当然，我这样做有点不对，不该去偷听孩子们卧室里的响动，这可是他们的隐私哩。不过我这颗当妈的心呀，总放不下来这事。

也许是孩子们在床上做什么游戏。老伴想让邰盈盈安心。

做啥游戏会发出这样的声音呢？邰盈盈满脸疑惑。

这说不好。年轻人爱起来什么游戏都可能做。你和德诚刚结婚那阵在床上就没做过游戏？老伴故意逗她。

邰盈盈的脸红了，说：要是这样我就放心了。

你告诉德诚了吗？我对孩子们做游戏的说法有点认同。

在电话上给他说了一下。

他怎么说？

他把我训了一顿，说我不该去听孩子们卧室里的动静。还说，假如你妈当年去偷听咱俩卧室里的动静，那还不把我羞死？

德诚说得有几分道理。我点头。

可我还是觉得怪，过去他们的卧室里从没有这种声音。邰盈盈坚持着说。

那你第二天早晨有没有发现他们有不正常的地方？比如说两个人都很生气的样子，互不理会？

那倒没有,我还很仔细地观察过,没发现他们与平日有啥不一样的地方,照旧是起床后洗脸、刷牙、吃饭,然后去上班。

两个人的神情完全与过去一样?我追问。

我不知道我看得是否准确,我觉得我在幽岚脸上看出了一点点恼意。

是气恼?

很像,是一晃而过的那种。我不知这与夜里听到的声音有没有关系。郤盈盈又不敢肯定了。

你婉转地问过幽岚吗?

没有,我没好意思问。

倒也是,即使在母女之间,有些话也不能随便张口就问。

既然你没有明显看出他们的关系有什么变化,那就没有必要担心。你想嘛,若真是一方对另一方的暴力攻击,必然会伴随有吵闹和争执,而且会有吃亏一方的哭声。我知道你是担心壬慎对幽岚有伤害,据我对壬慎的了解,他应该不是那种脾性暴躁、动辄对他人有攻击行为的人。他不至于敢打幽岚,而幽岚也不可能允许壬慎打她,如果两个人夜里真动了手打架,第二天早上不会不有所表现。

可这声音为何会出现呢?我真想不通。郤盈盈还在纠结。

很可能就是我刚才说的,两个年轻人半夜里在床上做游戏,小夫妻都在生龙活虎的年纪,夜里闹出点奇怪的响动很正常。我老伴坚持她的看法。

你再悄悄地观察几天,如果这种现象持续的话,再给我来个电话。

好的,谢谢大哥……

大约一周之后,郤盈盈又打来电话说:没有了,大哥,那种声音再没有了,看来是我神经过敏,你和大嫂也放心吧……

F. 调解

坏消息通常都是突然来到的。

倏忽之间,又是一年多过去。忽然有一天,雄来文由南阳打来电话,声音中满是沉重和苦痛:老大哥,他们要离婚了!

我的脑子蒙了一下:他们是谁?

壬慎和幽岚呀。来文像是抽泣了一声。

胡说什么?我生气地对着话筒喊了一声:你有没有搞错?你从哪里听到的?这年头不要总相信你的手机,那上边的好多信息不是谣言就是恶作剧,好好放心过你的日子吧!我劈头盖脸地训了他一顿。

是真的,大哥。来文强调着。

真什么?两个人爱得那么热烈,怎么可能冷却得这么快?你离得远,没见过他们爱起来的样子,我可是见过!

这消息是壬慎妹妹壬瑾告诉我的,她在北京打工。我也给壬慎打电话问了,壬慎只说此事为真,是幽岚提出离的,他不想离,但他没说具体的原因。来文很委屈,也很沮丧,而且加了一句:壬慎的妈妈中风,瘫痪在床,需要我来照顾,我无法去北京,只好麻烦你去帮我问问详细情况,看能不能劝劝他们……

这怎么可能?!我拿着话筒原地转了一圈,这事真的让我有些发蒙。我深呼吸了几次,平静了一下自己,然后对来文说:你先别急,待我向德诚问清情况再说。

来文又说:有一段时间了吧,壬慎给我讲他要写一本历史研究专著,书名叫什么《中国离婚史》,我当时一听这书名,就觉得不吉利,反对他研究这个。有多少有意义的问题你不去研究,怎么想起来要去琢磨离婚这种破事?他当时还嘴硬,坚持要写,说写这本书对人类的婚姻史是个补充,对后人了解前人的婚姻真相会有帮助。结果呢,一定是这种研究触犯了什么禁忌,要不就是他在翻查古书古画,找那些离婚案例时惊动了什么难缠的魂灵,就让他自己的婚姻出了问题,真他娘的自找倒霉!

我被来文逗笑了:亏你还是个中学老师,怎么这样迷信?写历史研究专著只有写得好与不好之分,哪会触犯禁忌惊动魂灵导致作者倒霉的?

挂断来文的电话之后,没有片刻犹豫,我就立马给山东泰安的德诚打电话,问他是不是知道这事。德诚说:听幽岚的妈妈说了,她还在北京,在壬慎和幽岚的家里帮他们带孩子,但我没问原因,也不想问。我的心脏不好,已确诊为冠心病,医生警告我不能生气。实话告诉老大哥,两个孩子这一年多的关系一直不好,我问过壬慎,他说没有什么事,让我放心。可我明明能从幽岚的言行中感觉到她很生气、很愤怒。我劝过幽岚多次,让她明白新婚后的那种幸福不是一直都会持续下去的,要她有迎接不快和烦恼的准备。可她让我少管她的事,有时还会同我吵起来。罢罢罢,我确实没精力管他们的事了。这结婚才几年呀就闹离婚,丢人现眼呀!我不想过问这事了,我只想多活几年……

我这才知道事情的严重性,才明白这坏消息的真实性已无可置疑。

怎么会发展到了这一步?我有点百思不得其解。忽然之间,我想起了邰盈盈那次到我家,说她夜里听到了女儿、女婿卧室里不正常的声音,会不会问题从那时就已经发生了?两个人原本爱得那么热烈,由热烈到崩裂竟会发展得这样快?

毕竟这桩婚姻是我促成的,现在忽然要离婚,我务必得去找壬慎和幽岚问问清楚。

老伴劝我:媒人没有保证一桩婚姻不散的责任。

话虽这么说,但事关我两个战友加兄弟的信任和一对年轻人的生活,我怎能不管不问?我先拨通了壬慎的手机,问他现在在哪里,他说:在办公室。我看看手表,已是傍晚6点50了,便问他为何还没下班,他答:在加班赶写书稿。

还是《中国离婚史》?话音刚落,就想起来文的话,我禁不住笑了。

他沉默了一刹那:是的伯伯,进度在加快。

现在先别研究历史上别人离婚的事了,先处理眼下幽岚要同你离婚的事吧。给我说说究竟是怎么回事?不是过得好好的吗?

伯伯,幽岚提出离婚已经有一段时间了,因为我不同意,法院让她冷静了一段时间,也做了些调解。我原以为这件事就算过去了,可没想到她又通过律师把正式的起诉书交到了法院。你年纪大了,多保重自己身体,这件事你就别管了,让我们自己来处理吧!我问:主要是因为什么?壬慎苦笑了一声:一言难尽。我知道这种事电话上说不清楚,就不再多说,问清了他们住的地方,我草草吃了点晚饭,就开车跑过去了。

我这是第一次到他们的小家来。过去参加他们的婚礼和吃他们女儿的满月酒,都是在外边的酒店,一直没到他们的家里来。进了小区问了几次才算找到了他们的家。敲开门一看,屋里的窄小和寒碜令我很是意外。这套两室一厅的房子,竟然是两家合租的,壬慎和幽岚只租了其中一间卧室,小客厅里放两张小饭桌和一张窄床，窄床三面拉着布帘子，显然还睡着一个人。再就是两家共用的小厨房和小卫生间了。壬慎还没回来，幽岚外出不在家，只有幽岚的妈妈邰盈盈在。邰盈盈说她一直没有回泰安，就在这儿看孩子。她近一段时间的变化令我吃惊，头发几乎白了一半，身上的水分好像都流失掉了，身子很干瘪，个子也似乎矮了许多，完全是个老太太了。我都不敢相信眼前的她是当初我见过的那个美女了。她显然没料到我会来她女儿家里，慌慌张张地涮茶杯给我倒茶。我细看壬慎和幽岚租的这间屋子，靠里边是一张大床，床尾放着一个书柜和一张书桌，紧挨床头放着一个小衣柜，再就是小孩床、一个单人沙发和几把折叠椅子，除此之外，就没有别的东西，也再没有放东西的空间了。

邰盈盈不好意思地说：老大哥，屋子太小了，沙发有点塌陷，折叠椅又都坏了，只好让你坐床了。我急忙说：没事，我这两年腰开始疼，坐椅子嫌低，坐床最好。

你多忙的人，还来家里看我们。邰盈盈同我客气着。我有些愧疚地说：嗨，我都是瞎忙，应该早来看你们的。弟妹，你晚上住哪里？

邰盈盈指了一下小客厅里那张拉着围帘的窄床：我晚上就睡那儿，睡时把帘子一拉，挺好的。

我的心又一"咯噔"。这些年北京城买房的年轻人很多，我一直以为壬慎也早已贷款买房了，根本没想到他们不仅没买房，租住的房子还这样窄小。唉，想想也是，两个年轻人的工资都不高，参加工作不过几年时间，能有多少积蓄？靠两家老人支援也很难，雄来文是初中老师，袁德诚是泰山风景区的普通职工，又都退休了，他们那点积蓄怎够支持儿女在北京买房子呢？

可是眼见着房价一天天涨，无论如何还是应该先凑个首付，我在心里埋怨壬慎，你这孩子真是不该呀，为何就不能贷款先买个两室一厅的房子呢?

两岁多的幸子一直站在那儿好奇地打量我。见她姥姥忙着给我沏茶,便走到我面前盘问我:哪儿来的?听到这声问,我突然想起多年前我在雄来文家的小院里壬慎盘问我的话:哈儿来人?我的心一颤:时间多快呀!又是一代人在向我这个来客发问了。

我笑笑,一边答着"郊区来的",一边把来时带的巧克力递给了她。

邰盈盈显然明白我的来意,轻声问:你知道幽岚提出离婚的事了?

壬慎他爸给我打电话说了,唉,不是过得好好的吗?究竟是怎么回事?我想她在这儿天天与女儿、女婿住在一起,应该了解详情。

我也不明白呀!邰盈盈忧心忡忡地摇着头,也不见有什么大事发生,两个人除了偶尔有点小口角之外,天天一起吃一起住的,不明白为何就忽然间要离婚了。我问幽岚为啥要离,她啥也不说,只让我别管这事。嗨,我这个女儿呀,都是她爸爸从小惯的,脾气不好,任性得很。

他们要离婚,与你从前说的夜里听见的声响会不会有联系?我主动提起了那桩旧事。

不知道呀!不过两个月前,我的确又在半夜里听见过几回。

依旧是不吵不闹?

是的。

近两年,你发现壬慎除了出差有没有夜不归家的情况?我问出了我最担心的一个问题。

这倒没有。壬慎这孩子偶尔会在单位加班,回来晚一点儿,但他都会先给我来个电话,让我把饭给他留在锅里。大多数时候都是按点回来的。

幽岚提出离婚之后,他俩也还是住在一起吗?我再问,话问出口就有点儿后悔了,眼前的这个家,小两口就算想分居,也没有条件呀!

是呀,要不能去哪儿住?他们那点工资,可经不起乱花——

话刚说到这儿,幽岚回来了。推门看见我,幽岚先是一愣,随后说了声"伯伯好!"便去给我的茶杯里续开水。

我注意到,幽岚虽然仍是那样美丽,但眼梢眉角,是分明露出一丝憔悴和疲惫的。看来,提出离婚,对她也不是一件轻松的事。

邰盈盈朝我点一下头,抱上外孙女幸子说:大哥,我带孩子出去走走,你同幽岚说说话吧。你懂的道理多,多开导开导她。

待那一老一少走出门,幽岚说:伯伯,你这么大年纪,何必跑过来?你以后要少开车,毕竟反应慢了,街上的新司机又多。

我叹口气道:看来我应该早点儿来。

伯伯知道我们的事了?

你来文爸爸打电话告诉我,说你和壬慎在闹离婚?

脸上勉强露着笑意的幽岚,听了我的话,神色为之一凛,说:伯伯,这事很复杂,你别管了!你的好意我明白,但这件事就让我自己来处理吧!

是因为家里生活困难?问这问题我很不忍心,但知道这又是不可回避的事实。

是,也不全是!反正是没法过下去了。幽岚的音调很硬,但话刚出口,眼泪也跟着流出来了。

我见状急忙从书桌上拿过一张抽纸纸巾递过去,心里也一酸。唉,这孩子肯定有委屈,心里肯定很苦。看她这样子,她和壬慎之间一定是出了什么她无法化解的问题。

如果是因为没买房子的事,我们一起来想想办法。我那儿也还有些积蓄,你们可以先拿一些来付首付,等你们有钱了再还我不迟。我看定幽岚说。

伯伯,没买房子只是我们离婚的原因之一,并不是全部原因。您该知道的,我不是那么物质!我真要物欲很强,当初是不可能嫁给他的。我从一开始就知道,他能给我提供的物质条件不会很好。

这我相信。

我们是确实过不成了!

要说离婚这事,是你和壬慎之间的事,原因也属于隐私,伯伯我不应该插嘴,可你来文爸爸非让我来问问原因不可,我就只好来了。你只需告诉我一个理由,让伯伯心里明白就行。伯伯今天不是来埋怨你、抱怨你的,也不是一定要劝你们。伯伯知道,婚姻的冷暖只有你们两个人才明白。

伯伯,看来当初我在婚事上还是草率了。要是我当年牢记教训,不答应雄壬慎结婚的要求,一直不结婚就好了,那样,就没有今天这样的事,也不会让你又替我着急操心了。

这是在抱怨我当了媒人吧?我那时以为你们是蛮相配的,真的是郎才女貌,而且你还是一个有思想、有追求的人。

我不是在抱怨伯伯,是在后悔自己当初的决定。我这双眼睛,怎么就看不准人呢?我觉得好的男人,为何都是渣滓呢?伯伯,也许这世界上,爱情和鬼一样,你觉得它在,但你永远看不到它的真身,你也休想触摸到它。我原本就应该放弃对爱情的寻找,你说一个人不停地找鬼有什么意思?我真应该坚持独身!

如果你们离婚完全是因为壬慎做了错事,那伯伯我的确有责任,的确应该向你道歉,伯伯不该把他介绍给你。倘是你当初不认识壬慎,那就不可能有后来的婚姻和你今天的痛苦,也说不定早找到了更适合你的人。

责任不在您,在我!您介绍我认识他没有错,多认识一个人有什么不好?何况他爸和我爸与您还是一个部队里的战友。错在我糊里糊涂地又动了真情,答应了他的求婚。我要是不答应他的求婚,哪有今天的事?归根结底,是因为我蠢,是因为我识人不准,是因为我眼瞎!

别这样责怪自己,告诉我到底是因为什么,我好帮你做个分析。

幽岚不再说话,牙咬着下唇想了一刹,然后转身去旁边书桌的抽屉里掏出一个大信封,从信封里取出一沓纸递给我说:伯伯,离婚的原因要让我当面说,我说着尴尬,你听着也会尴尬。您看看这个,这虽然是他们雄家过去发生的事,但你只需看看他们雄家人过去做过的事,就大致明白我今天为什么要离婚了!雄壬慎常说,人们今天的命运类型,历史上其实都有,都已经发生和表演过了,我觉得他这句话说得对。

哦?我伸手接过那沓纸,上边写着:嘉庆二十四年(己卯)雄氏宗族大事记之九。

我很诧异,问幽岚:让我看这沓古董?

幽岚解释着:我第一次去雄壬慎家见他父母时,他向我炫耀他们雄家的家族是多么古老,领着我去看他们的雄氏祠堂。他爸爸大概因为是中学老师,是有文化的人,管着他们雄家祠堂的钥匙。雄壬慎要来钥匙开了锁,让我去侧室翻看他们家族的几箱子族谱和大事记。这是我第一次走进与我有亲密关系的家族的祠堂,第一次看见这个家族的族谱和大事记,我很新奇。雄壬慎学历史,对历史资料感兴趣,他就以为我对他们家族的历史资料也感兴趣,其实,我并不喜欢那些旧东西。不过,那天也没别的事,不妨随便翻翻,就发现了这篇嘉庆二十四年的大事记。我当初看它并用手机把它拍下来时,并无别的考虑,只是觉着好奇,只是想了解雄氏家族的过去,毕竟我就要走进这个家族了。同时,雄壬慎经常说家族史是社会史的组成部分,应该给予重视。这就也让我有了寻找散落民间史料,找一点写作素材的愿望。您也知道,离开文学院之后,我曾经是想写一点东西的。可随着我与雄壬慎生活的延续,我慢慢觉得,当初无意间保存下来的这个大事记,居然具有了证据的意义。它在某一个方面证明,雄壬慎是这个家族的正统传人,他把他们雄家家族血脉里的全部东西都承继下来了。

嗬?! 我有点吃惊。

这篇大事记雄壬慎也看过,我曾问过他的看法,他说,他会把这篇东西用在《中国离婚史》里。

是吗? 这篇大事记是谈离婚的?

对! 伯伯你仔细看看,看完你大约就能明白雄家的前辈都是些啥东西,就明白我为啥要同他雄壬慎离婚了……

既然幽岚说得那样肯定,只要我看完这份史料,我就会解惑,就会明白她为什么要提出离婚,我哪还敢怠慢,当晚一回到家,就急忙钻进书房里去看——

嘉庆二十四年(己卯)雄氏宗族大事记之九
——常蕴洁弃家弃夫事

首　议

己卯年春三月初七,巳时。

在场人:三老爷;大爷振田,二爷振地,三爷振业;大伯广景,二叔广明,三叔广扬,四叔广阔,五叔广达,六叔广涵,七叔广封,八叔广林,九叔广驰,十叔广发,十一叔广进。

笔录人:小有。

三老爷:今年又是己卯年,每逢己卯年桃花要开时,咱老雄家就会出点儿不顺的事,这已是经过多次验证的了。你们要记住,己卯年与咱雄家犯冲。对咱雄家来说,己卯年不吉,是灾年,但凡重要的事,不要排在己卯年来办!今日里叫你们诸位来祠堂,是有一件大事要议!啥大事?老大振田的孙子谷丰,前几年不是娶了个媳妇,姓常名叫蕴洁,她今儿个天刚亮就哭着去找我说,她要和谷丰正式解除婚约,她回娘家住,永不再回咱雄家为媳!她生的女儿,谷丰愿留,就留下;不愿留,她带走。问缘由,她只哭不说。你们老三奶劝她想开些,说天底下的夫妻都会吵嘴生气,哪能一生气就要离弃呢?但她决意要走,说已托人捎信去娘家,让他娘家哥晌午饭后就来接她。这事在咱老雄家还没有出过,是新鲜事,咋着办好?请大伙来商议商议!

大爷振田:这些日子,我老做些稀奇古怪的梦。前天夜里,我梦见我正端着碗坐在院里吃饭,忽见一只大白鹅嘎嘎叫着冲进院子,径直跑到我面前,忽闪一下用翅膀把我手上的饭碗撞到了地上,碗摔得稀烂,面条洒了一地。梦一醒我就觉着这梦可能不是啥好兆头,是不是在向我预告着有关饭碗的啥事情?这不,应验了!嫁进家里三四年的媳妇,已经生一个闺女了,竟然公开提出要弃夫而去,要彻底离开雄家,不再为咱雄家男人洗衣做饭生娃娃了,可不是有关饭碗的大事嘛!咱族史上是有过夫妻离异,但那都是咱雄家男人休妻再娶,女方提出弃夫离家毁婚的事,真真是第一回。

丢人现眼呀!

事情出在我这一支,当然是我这个家长没当好,让爹替我操心,让大伙跟着心烦受累。咋着办好?你们都说说话,帮我拿个主意吧!

二爷振地:一个女人,动不动就要弃夫弃家,可不能开这个先例!此例一开,以后嫁进雄家的女人,因为一点家务琐事吵嘴生气了,都要弃夫弃家,那还得了?还不得把咱雄家生生搅乱了?把咱雄家的名声搞坏了?这事不能含糊退让。我觉着她是欠揍!应该让谷丰狠狠地揍她一顿!当然,不能打伤骨头,就在她身上肉多的地方打,既要打疼她,让她知道厉害,又不能把她弄成残废。倘是打一次她不改口,就再打!我就不信,老雄家的男人还治服不了一个女人!

三爷振业:我觉着打不是办法,一打,她抱着女儿回娘家了,在娘家住着不回来,而且不断地在娘家散布对咱雄家不利的说法,不断地传扬咱的家丑,时间长了,势必对咱雄家的声誉造成不好的影响。更要紧的是,会毁坏咱雄常两族的关系。常家也是这四镇八乡里的旺族,不仅人口多,而且有人在宛城知府衙门里做事,官职虽不大,但在上头的人脉还是有的,这事要再闹进府衙里,就麻烦了,就得不偿失了。老实说,咱们家族的势力主要是在县上,在府上咱还是少惹事好,惹了事还得到府衙里找人花钱打点,不划算!万一没弄好再惊动了哪个过去对咱雄家有仇有恨的人,说不定还能招出其他的祸来!

四叔广阔:我说个主意,既然这女人不愿在咱雄家过了,表明她已有了外心。干脆,她不仁,咱也不必讲义,无毒不丈夫!她走,就让她走,然后给在柳镇附近拦路抢劫的土匪杆子们透个信儿,让他们趁她弃夫回娘家走至半路时,将她抢了去,让她到土匪窝里去过一辈子,看她还置不置气了!

三老爷:说的都是些啥屁话?!雄家的一个媳妇,仅仅因为提出弃夫弃家,就不问青红皂白地要打、要送给土匪?那以后有谁家还敢把女儿嫁给咱雄家?说话都给我过过脑子,别他奶奶的瞎说!广景你开开口,这是你的儿媳妇,究竟她和你儿子谷丰是啥因由闹到这个地步,你给大伙说说,你也先拿个主意!

大伯广景：家门不幸，出丑了，让老人们也跟着操心受累。谷丰这个东西，打小就不是个省油的灯，捣蛋，顽皮，喜欢牵个狗四处游逛。他读书尤其没耐性，私塾没有坚持着读下来，乡试自然不敢参加，就只能废在家里了，让我和他娘操碎了心。当然，这怨不得别人，归根到底是我和他娘教子无方，没把他约束训诫好。他长大成人后，我和他娘想尽办法，想收他的心，把家里的那个棉麻杂货铺子交他经管，又分了15亩地给他来种。开始几年，他把那个杂货铺子经营得还行，地里活他虽然干得少，但种啥都还是他拿的主意，收成也算不错。这样，他的名声才算渐渐好起来，我和他娘才托人给他说亲，把常家的蕴洁姑娘娶过来给他做了媳妇。

成亲的头两年，小两口的日子过得还行，还有了一个女儿。我和他娘刚要对他放下心，没想到就出事了。他平日给杂货铺子进货时，认识了镇西头那个姓高的小寡妇。那女人守寡后，从男人手里承继下一个棉麻货栈，谷丰与她有生意上的往来，一来二去的，就熟了，后来就偷偷地好上了。一开始这事他们做得很隐秘，少有人知悉，连我和他娘也蒙在鼓里，可他三天两头地往那个小寡妇家里跑，能瞒得住人？好事没人说，坏事传千里。我和他娘听到这风声后，就赶忙把他叫过来盘问。他一开始嘴硬，不认，后来我就动了皮鞭，看我下手狠，他怕了，承认错了，说以后会改，再不去高寡妇家了。念他是初犯，又发誓要改，我当时也就罢了。男人年轻时闻不得腥，出点这事也不是什么大不了的事。可后来听说谷丰这东西并没有完全兑现他的承诺，又偷偷去会了那高寡妇几回，这消息自然也传到了蕴洁儿媳耳朵里，于是她就同谷丰吵闹。蕴洁这女子识字，心眼儿是好，就是脾气厉害。她同谷丰吵了几回，每回都吵得鸡飞狗跳，阖家不安。后来经谷丰他娘反复劝解,我又强迫着谷丰跪下发了誓言,决不再去见姓高的女人,这才算慢慢把蕴洁心里的火熄了。可能是因了这件事,两人之间有了隔阂。听谷丰他娘说,有好长一段日子,蕴洁都不让谷丰上她的床,说他身上脏。女人一读书识字,可能对这种事就特别在意,估计蕴洁心里过不去这道坎,如今就提出了离弃的事。

因由就是这个,至于咋着办,我听老人们的。

三老爷:少往别人身上推,这是你儿子的事,你先拿主意!

大伯广景:好的好的,我先说,说得不妥,老人们和各位弟弟再指点。谷丰有错在先,蕴洁提出离弃的要求,虽然过分,但也可以理解,毕竟女人都希望男人感情专在自己身上,只喜欢自己一个。这样吧,我让谷丰他娘和谷丰的几个婶子,再轮流去劝劝蕴洁,让她想开些,别钻牛角尖。谷丰犯这种错,固然是他不对,但蕴洁就一点也没有责任?她要是平日把谷丰伺候得周周到到、心满意足,谷丰他有必要去外边摘那带刺的野花吗?蕴洁他哥哥不是后晌要来接她回家么,我肯定蕴洁碍于脸面,还没有对他哥说出全部真相。后晌她哥来了,我好好招待,一定想法留下他吃了晚饭再走,晚饭时备下好酒,保证让她哥哥喝好喝足,喝到二八板上时,讲明最近蕴洁与谷丰为家里琐事生些闲气,想回娘家住住,但眼下时近春种夏收,杂货铺里事情也忙,蕴洁还是不回去的好。谅她哥哥听了这话,也不会再坚持着一定要接妹妹回家。只要把她哥哥送走,蕴洁的父母又都已过世,她肯定就离不开咱雄家了。只要她走不出雄家院子,她怎么与谷丰离异?怎么弃夫弃家?当然,我也会再教训教训谷丰这小子,让他保证再不能去见那个姓高的,断了他吃腥的念头。老人们看看这样办行不行?

三老爷:广明,你说说吧,谷丰是你侄子,你是咋着想的?

雄氏宗祠

祖德振千秋大業
宗功啓百代文明

二叔广明：谷丰犯浑做出这样的事，当然是他不对。但蕴洁因此就要弃夫弃家，也做得太过分了。咱族里的年轻男人过去也出过类似的事，都没见他们的女人敢提出弃夫。实话说，要不是咱族里有不娶妾的规矩，以谷丰现在的家境，他是完全可以再纳一房女人的，那样，他就可以堂堂正正地拥有两个女人。他如今偷偷去会一个寡妇，本就够可怜的了，他媳妇竟还要为此生气？这不是在犯贱嘛！咱们雄家的男人因了不娶妾的族规，本来就吃亏了，有谁出去偷吃一嘴，难道不应该给予理解吗？蕴洁难道不明白，这比娶一个小妾好多了么？竟然因此还要弃夫弃家，真是反了她了！我觉得不能惯她这毛病，要明白告诉她，想弃夫弃家不可能，必须老老实实在雄家过日子！她哥今儿后晌来了，按广景大哥的主意，好酒好饭之后把他送走；至于蕴洁，再闹就按违反族规处置，捆起来吊打一顿，也让其他的媳妇们看看，死了她们要闹事的心！

三老爷：说雄家男人不娶妾吃亏这话不妥！我们雄家正是凭了这一条族规，才在这内浙地面上享有了很好的名声，大户人家也才愿意把自己的女儿嫁给我们雄家男人，这怎么能叫吃亏？还有，咱雄家内部与那些允许娶妾的人家相比，吵嘴打架的事少多了，更没出现过女人间相互谋害的极端事情，这不都是不娶妾的好处吗？广明以后不能再说此类话了！

二叔广明：好的，爷爷，我错了。

三老爷：广扬呢，你是啥看法？

三叔广扬：我也觉得不能放蕴洁走，若是放了她走，怕是要开一个不好的头儿了。那会长了这一代媳妇们的气焰，以后这个家就不好管了。我同意广景大哥的主意，再教训一顿谷丰，让他不敢再与高氏寡妇来往——说实在话，谷丰因为一个寡妇坏了自己的名声，不值！说句开玩笑的话，真要想玩，去找个大姑娘玩玩,让媳妇闹一场也值了!我的主意是,好言重礼送走蕴洁她哥,厉言疾色对待蕴洁,告知她,再闹绝没有好果子吃!不仅娘家不能回,连镇街上也不能去!只要不让她离开咱雄家,就能慢慢断了她弃夫的念想。

五叔广达:我也说几句。照人之常理,谷丰犯的不是大错,但我们雄家一直强调耕读传家、戒淫戒赌。若这次轻饶了谷丰,族里的男娃们恐会照着去做,族风可能会跟着改变。因此,对谷丰的惩处,务必不要太轻!而且由谷丰这事,我想起要对族内他们这一辈的男娃,统统敲一遍警钟。他们差不多都进入了躁动期,对男女之事兴致很高。我在大街上见过,咱族里的几个男娃在街面上见了有姿色的女人,两眼瞪得像铜铃一样,腿都挪不动了,这像什么样子?务必要让他们懂得自我约束,保护好咱雄家男人的忠正形象,别落骂名,别自毁家庭。

三老爷:嗯,广达说得有理!各房当家的回去后,都要对自己的儿子来一番训诫。不管是成过亲的还是没有成过亲的,若有谁家男娃再出类似的事,实行连坐,先惩罚当爹的!你们几个当爷爷的,也给我小心些,弄不好,也会连累到你们。别看你们年纪大些,执行家法时不会客气的!咱雄氏一族,最初在山西,留下的是好名声;后来到河南扎根,留下的也是好名声。我们这一脉,多少年来一直正派做人、老实做事,在这四镇八乡里享有着好声望。若有谁胆敢故意坏我雄氏宗族声誉,决不饶恕!我虽然老了,可还没有老糊涂,还在意这张老脸,倘若有人存心往我脸上抹黑,向我头上扔尿布,我是不会答应的。谷丰这事,就按广景说的法子办,振田你也要亲自上阵,谷丰是你的长孙,这事再出什么娄子,我也要拿你是问!今日的议事到此作罢,散了。

复 议

己卯年春三月十二,巳时。

在场人:三老爷;大爷振田,二爷振地,三爷振业;大伯广景,二叔广明,三叔广扬,四叔广阔,五叔广达,六叔广涵,七叔广封,八叔广林,九叔广驰,十叔广发,十一叔广进。

笔录人:小有。

三老爷:今日叫大家来祠堂,是因为谷丰和他屋里人蕴洁的事并没有如愿办结。她仍然坚持着要走,公开说不让娘家人接就自己回去。眼下几个妯娌轮流看着她,但这不是长久之计,接下来究竟咋着办,请你们再来商议。

大伯广景:爷爷,是我无能,一点家事也处置不好,害得族人不安。上次蕴洁她哥哥来家,我好酒好饭招待,她哥也是个明白人,听说妹妹与妹夫因为家务琐事吵嘴要回娘家,当即表示不接妹妹回去,还当面训斥蕴洁:好好过日子,别动不动就回家回家的,要记住雄家才是你的家!蕴洁当时当着全家的面,不好多说别的,就只是哭。我当时也怕她对他哥哥说出谷丰与高寡妇的事,还好,她保全了谷丰的脸面。那天好歹总算把她哥哥送走了。原以为这样蕴洁就会死了弃夫的心,不料她还是执意要走,当晚就收拾好一个小包袱,第二天天一亮就要出门,连女儿也不要了。哪能让她走嘛,就派了她的几个妯娌天天看住她,唉,天天哭闹,真是烦死人了!

三老爷:广景,你儿子谷丰这些天又见没见那个姓高的寡妇?给我实话实说!

大伯广景:没有!我让他几个堂弟轮流看住他,陪着他去杂货铺里卖东西,陪着他去地里看庄稼,这几天他哪儿也没去。他要再敢去,我会把他的腿打断!这个狗日的最近被他媳妇闹得也有点害怕,办事低眉顺眼的,也怕我再找茬揍他。

三老爷:广景,你去让你们三奶陪着蕴洁过来。她们不能进祠堂,就站在门槛外边,我要当面问话!

大伯广景:好的,我这就去……

三老爷:谷丰屋里的,我今天问你,你执意要弃家弃夫,是因为谷丰与那个姓高的寡妇有染吗?

谷丰屋里人:也算是的,三老爷!

三老爷:咋叫也算是的?是就是,不是就不是,不要模棱两可!与高寡妇的事,谷丰已经表示了悔改,发誓不再去见对方,而且最近也确实没再去,你为何就不能宽恕他一回?得理也须让人。人非圣贤,孰能无过?你打算咋办,让他怎么样你才能消了气?

谷丰屋里人:我对他与高氏的事,早在两个月前就已经表示原谅了。但他并不是真心悔改,今日里既是三老爷相问,我也就不怕丑了,干脆把我何以要回娘家、不跟谷丰过日子的全部缘由都说出来!在说出来之前,我要先请三老爷宽谅我在雄家祠堂外扬了俺家的家丑。

三老爷:说吧,是我让你说的,这儿坐着的都是家人,你不必担心!

谷丰屋里人:我最初知道谷丰和高氏来往时,我很生气,后来看俺公爹用皮鞭抽了他,俺婆婆骂了他,他又发誓不去见高氏,我就消了气,准备跟他好好过日子。男人嘛,一时乱了性,以后改了就成,但没有多久,他就又旧病复发。有一天早上,他从我手里拿了五两银子,带上他弟弟赶马车去县城进货,当晚回来时,货没有进来,银子却没有了。我问他咋回事,他说在饭馆吃饭时不小心被人偷了。我心疼归心疼,可已经丢了你有啥办法？顺便给三老爷说清,家里的银钱所以由我经管,并不是我想管,是俺婆婆的主意。她说谷丰手松,花钱随意,让我管着她和俺公爹放心。这天晚饭后,我对谷丰的弟弟随口埋怨了一句:你和你哥在一起,两双眼睛看着,怎么就会丢了银子？真没用！12岁的弟弟年少好强,怕我这当嫂子的说他无用,就辩解说银子不是丢了,是他哥去揽花楼花了。他让弟弟在刘家汤锅喝牛肉汤,他一个人去的揽花楼。我一听就气炸了,想必三老爷也知道县城里的揽花楼是啥地方,那是妓楼呀！听说县城里很多人得脏病就是由那儿染上的。我娘家一个远房堂哥,就是由那儿得的杨梅大疮,33岁上死的。我听了弟弟这话我能不着急吗？万一谷丰他得了杨梅大疮,必会把我也染上啊！我立时就找到谷丰把他拉到卧房里,同他吵了起来:你不玩寡妇改玩妓女,改错改得真好呀！我气得抓他的脸,扯他的耳朵,他先是躲闪着否认,后来我说是你弟弟亲口告知我的,还能冤枉了你?!他这才算讪讪认下了,说是一时兴起一时糊涂,误上了揽花楼,被妓女们巧嘴骗去了五两银子,以后再不去了。并拿剪子剪下一绺头发发誓:再去妓楼,人头如同这头发,任凭你剪去作罢！我怕他发过誓就又忘了,就把俺婆婆叫了过来,让她看着他发誓,而且让他改了誓言:再犯此类事情,毁掉与蕴洁的婚约,放蕴洁离家,从此各过各的日子,永不再纠缠对方！他当着俺婆婆的面,发了这誓言。俺婆婆气得一只手捂住心口,脸色煞白,另一只手指着谷丰骂:你这个丢了八辈子脸的畜生,你想去揽花楼得个脏病早死呀……

三老爷:这是啥时候的事？我怎么一点风声也没听到？

谷丰屋里人:一个半月前。这是丑事呀,当时我和婆婆约定,这事不能在卧房外头说。对外只说他不小心丢了五两银子。

三老爷:那时你还没提弃夫弃家的事?

谷丰屋里人:没有。我那时还对谷丰改错抱着一点信心。我知道,一个女人弃夫弃家的下场是什么。我即使回了娘家,我娘家哥嫂到最后肯定也会不待见我,我只有两条路可走,要么是再草草嫁人,要么是去尼姑庵里出家当尼姑,不到万不得已,我怎会提出弃夫弃家?促使我下定弃家决心的,是半个月前发生的事。

三老爷:啥事?

谷丰屋里人:那天头晌,我姐姐的女儿和儿子来家里做客。我这外甥女刚过罢十七岁生日,人长得高挑匀实,出落得很漂亮。家里已经为她说好了一门亲事,我姐姐、姐夫与亲家议定的喜日子是六个月之后。我这外甥女带着她弟弟来看我,一是想我了,再就是带了两块花布来,想让我帮她做两身喜日子穿的新衣裳。那天正午,我做了几个菜招待外甥女和外甥,谷丰自然作陪。吃饭时,谷丰执意让我热酒,我说外甥女不会喝酒,外甥太小不能喝酒,热酒有何用?谷丰说:热了酒他们可以不喝,但不热酒则表明我们待客不热情。我见他如此说,只好热了两碗黄酒。结果酒端上桌子后,他死劝活劝地要让外甥女喝,我怎么也拦不住。外甥女可能也怕惹他姨父不高兴,就苦笑着说:好,好,我喝几口。我这外甥女属于完全不能喝酒的那种人,不过几口酒下肚,她脸、耳朵就全紫了,身子一软趴在了桌子上,连饭也没吃成。没办法,我只好把外甥女挽到卧房,让她先躺下来睡一阵,等酒醒后再吃饭。这边接着吃喝。我无心喝酒,热的那两碗黄酒就都让谷丰喝了。吃喝完毕,我送外甥去找我们的几个堂弟玩。送完回到我家卧房,三老爷你猜我看见了啥?那个挨千刀的谷丰,竟把我外甥女的衣裳脱了个干干净净,而且已经爬上了人家的身子,只差一点点就要把我外甥女的身子破了呀!我当时那个气那个恨呐,我拿起一根镐把子就朝他屁股上砸了下去,他疼得嗷地叫了起来,一边躲闪着去穿他的衣服,一边喊爹叫娘。俺婆婆听见喊声跑了过来,进屋一看啥都明白了。她一边骂着她儿子,一边和我一起追打他。他最后捂着头跪到了地上,强辩说喝多了酒把我外甥女看成了我,不是成心的。你说我能信他的鬼话吗?我这才明白他中午坚持让我热酒就怀着坏心哩!三老爷你说说,他这样一个人我咋跟他再过下去?但凡是一个女人,她心里能容下这样的事吗?不说我读过书,懂得纲常伦理,就算我是一个大字不识的女子,你说我还能跟他在一个屋檐下生活吗?他这是在乱天伦呀!三老爷,你今天别把我看成你的一个重孙媳妇,你把我看成你的一个重孙女,你说我该怎么办?我还要跟他过日子么?过下去我的心是不是要天天疼?我是不是要天天做噩梦?!

三老爷:好孩子!你今日说得好,让老爷我知道了你要弃夫弃家的全部因由。我过去是只知其一,不知其二,更不知其三,好了,现在让你老三奶先陪你回去,我晚点再告诉你我们商量的结果。回去吧,我会为你主持公道的!好孩子!

广明,现在你去叫你侄子谷丰过来。

二叔广明:好的,爷爷!

三老爷:在谷丰来到之前,我要先问问振田,对你孙子谷丰进妓楼和侮辱蕴洁外甥女的事,你知不知情?

大爷振田:我一点都不知道,我就知道谷丰一直在和蕴洁吵嘴生气,以为就是寻常的家庭不睦,没想到还有这种隐情。我没有细问这事,我有责,我有错!

三老爷:广景,对谷丰进妓楼和侮辱蕴洁外甥女的事,你是否知道？要给我说实话！既然你老婆都亲眼看见你儿子谷丰的所作所为了，就没给你说？她敢瞒着你？

大伯广景：很抱愧，爷爷，这两件事我都知情，因为是家里的大丑事，我上次就没说出来。我实在怕丢人，请爷爷谅解，我有错！

三老爷：谅解个屁！这么大的事，你都敢瞒住我不说，我以后咋还敢相信你？！好，咱先说到这儿，账，咱们晚点儿再算！我这会儿先同谷丰说话。下边站的可是雄家的重孙子雄谷丰？

谷丰：是我，老爷爷！

三老爷：听说你虽然没把书读好，但人可是"绝顶聪明"，最近接连做了几件"漂亮"的事，给咱们老雄家的人"长了脸，争了光"，能给我夸耀夸耀吗？让老爷爷我也高兴高兴？！

谷丰：嘿嘿，老爷爷开玩笑了，谷丰不才，只会守个杂货铺子和十几亩地，哪做过啥为家人为族人争光的事？不过是过个寻常日子罢了。

三老爷：是么？那去找高氏寡妇、到揽花楼找妓女、欺负来家做客的外甥女，不都是很为我们雄家"争光"吗？你个毫无廉耻的狗东西！给我跪下！来，上家法！让这个狗东西知道知道违了族规的厉害！广发、广进，给我把他按好！把他的裤子给我扒下来！广景，他是你儿子！今天就由你来执行家法！把那个荆条棍子递给广景，让他打！三十棍，一棍都不能少！广景，这是在教训你儿子，使多大的力气大伙都在看着你！我只给一条界线：不打死就行。其余的就看你了！谷丰，疼吗？疼，知道疼就好！别他奶奶的跟猪一样叫，你不是想快活吗？这就是快活的代价！告诉你，你再叫也得挨了这三十棍！我还不信就管不了你这个畜生了！去玩妓女，一次就花光了五两银子,你知道挣五两银子多不容易吗?流血了怕啥?打!不流血还叫动家法吗?给我继续打……

大伯广景:爷爷,够三十棍了。血流得太多了,还打吗?

三老爷:够三十棍就不用打了。现在有点心疼你儿子了吧?你早在干啥哩?广发、广进,把谷丰抬到镇南头的顺德堂药铺,请刘郎中给他上药止血,钱回头你老三奶去结。抬走吧,放心,伤在屁股上,死不了!这样的畜生,不严惩他是记不住的!

现在该广景了!广景,你身为谷丰之父,对他所犯的大错,是要担责的,而且你隐瞒他的错处不报,更增加了他的气焰,子不教,父之过!想想谷丰十岁时是多么可爱,那个时候我见了都想把他搂在怀里,现在他变成这个样子,你当爹的没有责任?根据我们雄门的族规,谷丰受罚之后,下一个受罚的,就是你!谷丰挨的是三十棍,你要挨十棍!振地、振业,把你们的侄子广景按倒;振田,广景是你的儿子,现在该你动手了,十棍,一棍都不能少!轻重由你来掌握,不能打坏骨头!开始吧!

大伯广景:爷爷,不用人按,我自己趴下。爹,你来打吧!我是罪有应得,你不必为难,照爷爷的吩咐,下手打!

三老爷:够十棍了?行,那就停下,没流血吧?流一点也正常。广林、广驰,你们两个把你们大哥抬回他家里,记住找你们三奶要点红花酒给他屁股上抹抹!振田,你是谷丰的爷爷,谷丰犯错,他本人负主责,他爹广景负不教之责,你身为祖父,就没有一点责?我看难以说得过去吧?你起码应该负不问之责!这样,你自扇两个耳光,左脸右脸各一下,以示有责,如何?

大爷振田:行,爹,我有责!我没有把孙子谷丰调教好,没

89

有教好儿子广景当爹,我应该自罚!我自扇四个耳光,希望两个弟弟和子侄们以后以我为戒!大家看着,我扇了!

三老爷:好,振田自觉,知道自己有责,自扇自己四个耳光。下边该我了!谷丰虽然与我隔着两辈人,但我没有尽到提醒之责,我一直觉着上有族规族约约束着,下有父母家人看守着,雄家的后人不会出啥事情,结果,就偏偏出了,而且是大事情。我应该想到,男人长到二十来岁,最容易在男女之事上犯错,看到长得好的女人,心里就蠢蠢欲动,两手就想动一动,裤裆里也想动一动,这个时候,我要是提醒提醒他们,拿规矩吓一吓他们,可能就没谷丰这事了。我忘了当族长的责任。我当然有责!这样,我也扇自己两个耳光,以示负责吧!

振地,你今晚带上你媳妇,到谷丰家里,对他屋里人蕴洁,把今天我的处置,给她细说一遍,然后劝她,从今以后,捐弃前嫌,不念旧恶,与谷丰好好过日子。

二爷振地:好的,爹,我照你说的办。

三老爷:今日的议事到此为止。散了吧。

又　议

己卯年三月十三。巳时。

在场人:三老爷;大爷振田,二爷振地,三爷振业;大伯广景,二叔广明,三叔广扬,四叔广阔,五叔广达,六叔广涵,七叔广封,八叔广林,九叔广驰,十叔广发,十一叔广进。

笔录人:小有。

三老爷:今儿个叫大家来,是因为振地两口子昨夜去见谷丰的媳妇了,可她还是坚持要弃夫回娘家。下边先让振地说说他们去劝解的经过,然后大家商量商量看咋着办好。振地,你说吧。

二爷振地:我昨夜离开祠堂后,当即就和谷丰他二奶去了谷丰家里。蕴洁在家,她好像已经知道谷丰和他爹挨打的事,我向她说起这事时,她没有表现出意外和吃惊的样子。我和他二奶劝说到最后,她仍然坚持想回娘家,要断了与谷丰的姻缘。我告诉她,雄家对谷丰已做了最严厉的惩罚,你为何不能得理让人?她抱着头想了一阵说:谷丰与高氏寡妇的事我可以原谅,他去揽花楼的事我也可以原谅,但他侮辱我外甥女的事不能原谅!他这乱伦之为,是对我本人的侮辱,也是对我们常家的大不敬!他趴在我外甥女身上的那个样子,一直都在我脑子里晃,我此生都不可能忘掉,只要一想到它,我就恶心得想吐。如果要我继续与谷丰做夫妻,看见他我就反胃,那可怎么好?既是这样,我俩还是分开的好!她当时就是这样说的。

三爷振业:我觉着这个媳妇做事实在是越了纲纪!都把谷丰打得不能动了,连公爹都受了罚,还要怎么样?!老实说,这四镇八乡出这事的男人多了去了,没听说有几个女人敢这样闹腾。我看咱们是有点惯着她了,让她越发的任性了,这不行!这世上的男人,有点花心不是很常见吗?一个男人要一点花心都没有他肯定是有病!想一想嘛,男人要没花心,那些妓楼妓院能开得下去?听说宋朝的时候,两个朋友好了,不送别的礼物,就买个漂亮姑娘送去给朋友当小妾或陪床丫头。祖爷活着的时候,曾带我去看城里一个家具店的一张红木大床,那张大床四周有花格木挡,上边有顶,一进大床的门,先看到的是一张可睡一人的窄床,再往里才是一张可睡两人的大床。我当时以为那张小床是给孩子睡的,一问老板才知道,窄床是给陪床丫头睡的,男人是可以在大床和小床上轮流睡的。

想跟夫人睡,就睡大床,睡得会舒服些;想跟丫头睡,就睡窄床,睡得会稍稍不舒服。跟两个女人睡觉的区别就这一点。看看宋朝人家那些夫人的气度,再看看蕴洁的气度,简直差得太远了,真的是天上地下嘛。当然,那是过去,而且我们雄家有规矩,不许纳妾。可女人也不能给脸不要脸,得点理就再不饶人了!我对这事有点生气!我觉着咱们不能再软了!得对她使出点手段了,要不然,她会忘了她姓甚名谁了!

六叔广涵:这次处罚谷丰,当然应该,但他与高氏寡妇的事,应该细究一下,是谷丰主动还是高氏主动。如果是谷丰主动勾引人家,那自然不可饶恕;若是高氏因丈夫去世,床上冷清,见谷丰长得英武,主动勾引,那就情有可原了。在女人的勾引面前,没有几个男人能顶得住。天下坐怀不乱的男人能有几个?我们不能要求谷丰是圣人!还有,谷丰去妓楼的事,是有人唆使、撺掇还是他自己自愿花银子去的,也要弄清楚。如果是有朋友开玩笑拉他去,那性质是有不同的。再说了,我曾听私塾先生讲过,娼妓并非历来遭人蔑视,它的起源是很崇高的,最早的娼妓是献身于神的神职人员,是很受男人尊敬的。

三老爷:这次严罚谷丰,主要不是因为他与高氏寡妇来往和去妓楼,这些行为固然可恨,但不是不可饶恕。男人偶尔偷两次腥可以理解,你们都是从年轻时过来的,能不懂?!不可饶恕的是他竟然欺侮蕴洁的外甥女。蕴洁既然是雄家的媳妇,那她就是咱雄家的人,她的外甥女,也就是谷丰的外甥女,是咱雄家人的亲人,欺侮她,就是一种丧心丧伦之举。这种事传出去,以后谁还敢跟咱雄家结亲?谁家的姑娘敢嫁咱们?没有女人愿嫁给雄家男人,雄家还怎样传宗接代?还如何能繁衍下去,怎么能做到人丁兴旺?牵涉到家族延续的大事,决不能宽恕,必须严惩!

七叔广封:我觉得,谷丰屋里人蕴洁如此坚决要弃夫离家,说不定还有别的原因。我听说她当年读私塾时,她父亲的朋友洪庆统因陷入一场官司,家里请不起塾师,她父亲就让洪家的儿子洪应武进了她家的私塾读书。几个孩子在一起听塾师讲课,时间长了,说不定就能生出感情来。虽然他们两家后来没有做亲,但也许常蕴洁对洪家的儿子洪应武心里生出过好感。特别是听传洪应武的媳妇前些日子因难产去世,洪应武续娶那就是早晚的事。恰在这个时候,蕴洁执意要弃夫弃家,毁掉婚姻,不能不让人起疑她是另有所图。

三老爷:哦,还有这事?那就赶紧给我查清!广封,这件事就委托你了,从明天起,你就带上你屋里人,去一趟洪家所住的村子,想办法给我弄清三桩事情:第一,蕴洁与洪家的儿子洪应武在一起读私塾,总共读了几年?当时他们各是几岁?第二,洪家的儿媳是不是真的去世了;若是真的去世,已经去世多久了?第三,若洪家儿媳真的去世了,那在洪家儿媳难产去世前后,蕴洁与洪家的儿子洪应武或洪家的亲戚有无见过面?我要尽快知道答案!这件事不弄清楚,我们无法做出决断。

七叔广封:好的,爷爷放心。

三老爷:接下来这几天,振田你要叫你屋里人还有广景的屋里人,把蕴洁看紧,婆媳俩要轮流着看守,不许她走出院子。时刻不能让她离开雄家人的视线,明白?

大爷振田:好的,知道了。

三老爷:今日的议事就到这里,我们等待广封打探的消息到了之后再做决断。散了吧。

再 议

已卯年三月十七日,巳时。

在场人:三老爷;大爷振田,二爷振地,三爷振业;大伯广景,二叔广明,三叔广扬,四叔广阔,五叔广达,六叔广涵,七叔广封,八叔广林,九叔广驰,十叔广发,十一叔广进。

笔录人:小有。

三老爷:今天请大伙来,还是商议谷丰的屋里人蕴洁弃夫弃家的事情。咱们先听听广封打探的消息。广封,你先说吧!

七叔广封:按三老爷的嘱咐,我带着内人,先后借故去了洪家庄三趟,把洪庆统家的情况彻底弄清楚了。多年前,洪庆统与常蕴洁的爹爹同做木材生意,各有各的货栈,两人常一同进山订木材,一同雇人拉木材出山售卖,关系很好。后来有一年,洪庆统在山里看中了一片林子,林子的主人出价很低,但要现银结账,他觉着这是一笔能赚大钱的买卖,就付银签了合约。谁知这是一个骗局,与他签约的并不是林子真正的主人,待他发现上当时,对方已经带上银子跑了。洪庆统的生意由此一蹶不振,以至于后来完全破产,连家里的正常生活都难以维系。蕴洁的爹爹看朋友家境艰难,无钱再请塾师教儿女,就让洪庆统的儿子和女儿来自己家读私塾。那时洪家的儿子是10岁,蕴洁是8岁,两年之后,洪家的儿子就不读了,因此可以断定,二人当时并不会产生儿女私情。去年冬天,洪家的儿媳因难产去世,但这期间,洪家的儿子与亲戚都未与蕴洁见过面,据此可以断定,洪应武与蕴洁二人应该不会有啥关于未来的安排。当然,若蕴洁真的弃夫弃家,以后会不会经人说合,与洪家儿子洪应武再结亲,也是说不准的。

三老爷:广驰,说说你的想法!

九叔广驰:谷丰犯错在先,蕴洁坚持要走,站得住理。我们要强压住不让她走,固然可以,但估摸她和谷丰今后的日子,不会好过到哪里去。强扭的瓜不甜,与其看着他们生生分分、别别扭扭、吵吵闹闹地过日子,还不如当机立断,长疼不如短疼,放她走吧。凭咱谷丰的长相和家底,再娶个大姑娘做媳妇应该是一点难处也没有的。说不定新娶的大姑娘还能再给咱雄家生几个顶天立地的男娃娃。

二爷振地:广驰这话我不爱听!若允许常蕴洁弃夫弃家,今后这些孙子媳妇都照着样学了去可咋办?都要弃夫弃家了可咋整?谁家两口子不吵个嘴生个气?一吵嘴生气就要弃夫弃家,这个头怎么敢开?女人原本就是水性杨花的,你再要惯她们,她们肯定就要蹬鼻子上脸,坐在你头上拉屎撒尿。谷丰固然有错,但他已得到了惩罚,依我说,就该压住她不让她任性。依我之见,在她腿上拴根细些的铁链,只让她在屋内院内活动,禁止她出院门,老老实实地在家里看孩子做饭洗衣服!

三老爷:好了,你们都不要说了。既然常蕴洁下决心要弃夫弃家,那就成全她!但她不能回娘家,回娘家之后,她极有可能再嫁,再嫁给她的私塾同窗也不是没有可能。她既然做过咱雄家的女人,为雄家生过娃娃,那就不能再与别的男人成家,为别家男人生儿育女,那样我们雄家男人的脸往哪儿搁?她离开雄家后能去的地方,只有两处,一个是阎王爷那儿,一个是寺庙里。去阎王爷那里做鬼,去寺庙里当尼。振田、振地、振业,你们弟兄仨今天晚饭后拿上纸笔去见蕴洁,她不是识字嘛,让她给她哥写一封信。若想做鬼了,这是一封遗书,上边要写明:我因身患绝症,今晚自尽,与别人无关,只是不想活了。若是想当尼了,这是一封坦承书,上边要写明:我信奉佛祖,愿去寺里当尼姑,从此青灯古佛,不与俗世来往。她要做鬼,赏她三尺白绫,在你们三人的亲眼目睹下,让她悬梁自尽,然后收尸入棺;她要当尼,明日晚饭后你们三人一起送她到后山灯笼寺,给住持交代,永不准她离开寺院,否则,雄家会断了寺里的香火钱并关闭寺院。今晚在这儿的人,从此不许再谈这件事,咱们雄家,也从此没有了她这个人。至于她生的女儿,由振田两口养大,待她懂事时再告知她,她的亲娘已经去世。以后族谱上要写下常蕴洁的名字,不然无法对其女儿说清楚。当然,族谱上要注明,常蕴洁去世的日期,是明天。

　　罢了,这件事到此为止。都散了吧。

嗬,我看得有点惊心动魄。雄家的族内大事记竟然记了这些东西?!夜深了,我虽然有点累,但已睡意全无。我在想,幽岚让我看这份两百年前的记录是想向我暗示什么?

　　由雄家男人对弃家弃夫女人的狠毒,来暗示壬慎对她狠毒?不太像。依我对壬慎的了解,说他为人狠毒应该是过分了。

　　由雄家前辈男人谷丰对两性生活的态度,来暗示壬慎也是一个风流成性、婚内出轨的人?!

　　应该就是这么回事!幽岚是在用此法告诉我她提出离婚的真正原因。她不好意思当面向我指控壬慎的这个问题。

　　这年头,大家的观念都很新,在性的问题上不保守,年轻男子偶尔出一次轨,与其他女人有了一夜情,是极有可能的事,不过也不是啥大不了的事。只是壬慎呐,你可知道,所有的出轨都是有代价的,你的家境还如此艰难,你准备好付出多大的代价来玩出轨呀?

　　仗着我是伯伯,又是媒人,第二天上午我就给壬慎打了个电话,请他来家里一趟。

　　壬慎爽快地答应了。

他进了门我才留意到,他瘦了不少,而且气色也不好,也许是走得太急的缘故,坐下时甚至有点喘。

你的身体状况不是很好吗?这是被离婚这事闹的,还是因为写书累的?我这样理解他外貌上的变化。

可能都有一点,最近睡觉不是太好,胃也有点不舒服,不过没有大事,伯伯不用为我担心。壬慎笑道。

你自己觉着,幽岚为啥要提出与你离婚?我想也不用兜圈子,壬慎一定知道我为啥忽然叫他来。

大概是因我工作太忙,对她照顾不周;加上家里的条件不好,没有满足她对生活的正常要求吧。

还有没有别的原因?

我一时想不出还有别的原因。壬慎坦率地看着我。

你上次告诉我,说中国的离婚从秦朝商鞅变法之后就有了,那咱中国啥时候开始允许女性提出离婚的?我觉得直接问下去恐怕也聊不出什么,索性让他聊聊他的研究。

汉朝大概就有了,当然是个别现象。那个时候,离婚主要是男人休妻、出妻。只有极个别的女性敢于自己提出离婚。有史料记载,汉武帝时期的朱买臣,在获得汉武帝信任、位列九卿之前,很落魄,靠砍柴为生。其妻每次都随他一起砍柴卖柴,这朱买臣常常一边挑着柴一边大声朗诵诗书。他老婆面皮薄,觉得丢人,劝他又不听,还变本加厉,妻子受不了,就提出离婚回娘家,朱买臣无奈,只好同意。到唐朝时,女性提出离婚的情况就比较多了。敦煌曾出土了12份唐朝的"放妻协议",其中有一份是样本,上边写着:凡为夫妇之因,前世三生结缘,始配今生为夫妇。若结缘不合,皆是冤家,故来相对……既以二心不同,难归一意,快会及诸亲,各还本道。愿妻娘子相离之后,重梳婵鬓,美扫峨眉,巧逞窈窕之姿,选聘高官之主。解怨释结,更莫相憎。一别两宽,各生欢喜。这份协议样本表明，唐朝时妇女的地位已升得颇高，夫妻之间提倡"好合好散"。

我还是想把谈话引到我今天要弄清的问题上，于是再问：历史上，若有女子提出离婚，她们的理由通常是什么？

大概有三种理由，一个是指控男方有恶疾，比如说生殖器官有病等。另一个是男方太丑而在婚前对女方加以隐瞒。比如宋朝的才子祖无择，他曾中进士，但长得很丑。他在结发之妻病故之后，想再纳一房。他看上了美女徐氏，可托媒人说亲时，徐氏要求先见男方本人。祖无择没自信，怕对方嫌自己丑，就找了一个长得挺帅的同学，冒充他骑马从徐氏门前过，徐氏以为这就是求婚的男子，遂同意出嫁。结婚之后看到真人，始悟其非，一怒之下，就以对方欺骗自己为由离婚了。再一个理由就是指控对方家暴并在人品上有重大污点。宋朝的李清照在第一任丈夫去世之后，改嫁给了一个叫张汝舟的人。这张汝舟看上的是李清照手里的文物，并不是李清照这个人。他一开始对李清照照顾有加，但很快就露出丑恶嘴脸，不给他文物，他就暴打李清照。李清照忍无可忍，就向朝廷告发了张汝舟考试作弊的欺君之罪，顺便也说了他对自己的家暴行为，最终使得张汝舟被发配，李清照也连带坐了两年牢。宋朝的法律规定，妻子告丈夫，无论输赢，都要坐牢两年。李清照宁可去坐牢闹得两败俱伤，也要离这个婚。

有没有因为男方另找女人而闹离婚的？我想直接点明。

民国之前这种事很少，因为那时大都允许男人纳妾，所以久而久之，女人们对这事也就想开了，只要不危及自己在家庭里的地位，对这种事情多是睁一只眼闭一只眼。直到共和国建立之后，男女平等成为国之重策，婚内男方再找别的女人，才成为婚姻解体的重要原因。壬慎不紧不慢地给我做着解释。

我不得不说得更直白点：我知道今天人们的观念都很新，对男女情爱持开放态度,一些男性会有一夜情和找情人的情况,这不是什么不得了的事,没必要大惊小怪,我现在特别想知道的是,你对这类事是什么看法?你会不会也这样去做?

壬慎笑笑,说:我不评判别人的生活选择,也不愿对别人的情爱观念发表看法,我能告诉伯伯的是,我不喜欢把自己的家庭生活搞乱。谁都能猜得到,一旦有另外一个人掺和进你的家庭生活里,一家人的正常生活步骤必会被打得乱七八糟,吵吵闹闹打打叫叫的现象一定会出现。

还是没有直接回答。于是我再次点明:我不喜欢说话含糊,现在我要更直白地问你一句,你在外边是不是有别的女人了?如果是,如果有,那是你的自由,伯伯不会埋怨你一句,更不会告诉别人;我也就不再过问幽岚提出离婚这桩事了。我所以这样问,可以说是你爸爸催我这样做的。

壬慎苦笑了一声,说:伯伯,你把幽岚介绍给我做妻子,我觉得是我此生遇到的最幸运的一件事!我怎么会不去珍惜她呢?退一步说,我就是想出轨,我总得有出轨的本钱才行呀!我和哪个女人在一起,不都得请人家吃饭、送人家礼物吗?我一个月那点儿工资,加上不多的稿费,够我在两个女人,还有孩子和岳母身上花吗?我每月的工资都交给了幽岚,身上的零花钱还是她给我的,平日里,我做梦都是存钱买房子的事,哪还有心思再把钱花到别的女人身上?

我感到壬慎的话说得还算真诚,没有那种想隐瞒什么的强词夺理。我在他答话时一直注视着他的眼睛,他的目光也没有躲闪,这给了我一种可信的感觉。

那天送走壬慎后,为了证实我这种感觉,我又给壬慎上班的刊物的老总打了电话。他是我的老朋友,我便直来直去跟他说话:我想知道我给你推荐的小伙子,干得怎么样?他答道:不错呀,交给他的工作,他都能很好地完成!人老实,在编辑部里的人际关系也挺不错。只是你知道现在的社科刊物赚钱很难,这一两年我们的盈利很少,给他的待遇不是很高,这要请你多原谅哟。我赶忙再问:他在男女的问题上没有出过什么事吧?老总哈哈笑了:你这家伙,他又没同你女儿结婚,你打听这个干啥?这是人家的隐私!我叹口气道:他的妻子,其实说是我的女儿也行,我和他岳父是战友加兄弟,他岳父救过我的命!老总听罢正色道:既是这样,那我就告诉你,这孩子在公司里是比较本分的一个,不是那种爱与女士们泡在一起眉来眼去的人,我也还没有听到他的什么绯闻……

我差不多放下心了。

我估计,很可能是壬慎有些言行,令幽岚对他有了出轨的猜疑,但也只是猜疑罢了。鉴于此,我想我还是应该去努力挽救这桩婚姻。我决定去一趟泰安,见一见德诚,让他出面去说服女儿。在他们老两口那儿,我觉得还是德诚对女儿的影响力更大一些,指望邰盈盈来劝说幽岚放弃离婚主张,怕是已经不行了。

当天下午,我就坐上高铁启程了。

当车窗外出现泰山巍峨的身影时,我想起了上一次来游泰山的情景。那一次,7岁的幽岚伏在我背上,是多么的快乐和开心呀!没想到转眼之间,许多年月已经过去,当了妈妈的她,竟会被婚姻闹得憔悴疲惫伤心流泪。那一刻,我忽然在心里生出了一丝后悔:我当初为何要保这桩媒呢?如果不当这个媒人,幽岚和壬慎可能都不会相识,更不可能结成夫妻。若是那样,他俩在各自的生活圈子里,最终肯定都会找到自己的爱侣,如今大约都过着幸福的生活,哪还需要我在这京沪线上为黏合他们的婚姻而奔波呢?

会不会是我违背了什么规律或天意?

德诚拄着一根拐杖站在高铁出站口迎接我。他比我年纪小不少,倒是先拄上了拐杖,这让我心里很难受。我扶着他坐进出租车,抱怨他不该来接我。他笑着:老大哥难得来一趟,我怎能不来接?我的腿没有大事,走走路还有好处……

我是个急性子,进了他家,刚喝了一口水,就迫不及待地问他对幽岚提出离婚这事的看法。他沉默了一阵,说:幽岚和壬慎结婚后,我是真心希望他们把日子过好。我也一直在仔细地观察他们,应该说,从结婚到幸子长到一岁这段时间里,他们的日子过得很好,能看出他们相互都很爱对方,互相体贴、互相关心,看对方的目光里都是爱意。但是到了近两年,我明显地感到他们的关系有了疏离,我注意到,幽岚看壬慎的目光里有了怨怒,壬慎看幽岚的目光里有了小心,很可能是他们的感情生活出了问题,而且是壬慎做了什么对不住幽岚的事情。

哦?你观察得倒很细!

幽岚这孩子,从小做事就有自己的主见。她这次提出离婚,虽说我不高兴,我当她的面说了反对,但我想,她不会是心血来潮就做出了决定的,一定有她的理由,虽然她不告诉我们理由是啥,但我相信,这理由必定在她看来是很充足的。她在我的娇惯下,是有些任性,可并不是个不讲道理的人,在这种涉及家庭解体的大事上,我相信她不会由着性子胡来。这也是我不想管这事的原因。她已经是一个孩子的妈妈了,又有研究生学历,啥道理都懂,应该让她为自己的人生做主!

她会不会是因为对壬慎的某些行为生出了误解?我说出自己的担心。

我想不会,她做出离婚的决定,肯定是因为壬慎的哪一种做法彻底惹怒了她。说到壬慎,我对他的总体评价不错,追求上进,懂得努力,知道心疼人,这都是他的优点和长处。但我对这孩子也有另外一些看法,主要是觉得他在家庭建设上不懂谋划。不说别的,就说买房子这事,他在婚前就向幽岚和我承诺要买,可直到如今,他们的女儿都这么大了,房子的影子还没见到。幽岚妈妈去给他们看孩子,竟然还需要睡到两家共用的客厅里,这像什么话?亲戚们想去北京看望幽岚和她妈妈,我都不敢让他们去,丢人嘛!

这是壬慎的不对。我叹了口气,应该先贷款买一小套,然后慢慢还贷不就行了?我不知道他是怎么想的,竟把这样的大事拖下来了。

说到壬慎,我还想让你看一样东西!德诚说罢起身,去里屋里拿了一沓纸出来。

啥东西?我有些好奇。

幽岚和壬慎结婚之后,我和盈盈想着与雄来文两口已经是亲家了,应该邀请他们两口子来看看泰山,就通过壬慎向他爸妈发出了邀请。他们老两口很高兴,在这儿玩得也很开心,临走时,他们又邀请我们去他们老家玩玩。我和盈盈觉着这邀请不能拒绝,就答应了。记得是一个秋天吧,我和盈盈坐火车去了壬慎老家。那是一趟很快乐的旅行,来文借了朋友的一辆小轿车,他开着,他爱人陪着,领我们看了南阳的卧龙岗、医圣祠和张衡墓,看了南阳的府衙和内浙县衙,看了邓州的花洲书院和桐柏县的水帘洞,看了镇平的玉器大世界和宛城烙画厂……我们四个老人,欢欢笑笑了一路。我和盈盈那次是真开了眼界,第一次亲眼看到了南阳盆地的风景,第一回感受到了中原文化的厚重。在参观游览内浙县衙博物馆时,雄来文还专门找了博物馆里的一个熟人给我们讲解。在观看县衙博物馆的馆藏文物时,雄来文的那个熟人还指着文物陈列柜顺口说道:来文兄,这里边还陈列着关于你们雄家的一份史料哩!来文和我闻言都很感兴趣,忙问是什么史料,那人就拉开陈列柜,从中抽出了一沓泛黄的纸。我和来文上前一看,原来是一份案审笔录,是《民国二年内浙县案审卷之七:尤桂蕊·雄长青离婚案》的案审笔录。来文一看卷首的那行字,大概就没了兴致,只

"哦"了一声，就转身去看别的东西了。可我觉着有意思，自打有了壬慎这个研究历史的女婿，经常听他讲历史上的各种旧事、各样故人，我慢慢也对历史有了兴趣，也喜欢阅读和收集历史资料了。我当时就站那儿看起来，而且趁着解说人去屋外与来文说话的当儿，用手机将这份卷宗拍了下来。我当时拍它的目的，并没有想它的用处，只是觉着好玩，想着日后可以交给女婿壬慎看看。我知道他在写一本《中国离婚史》，说不定这也可以成为他书中的一个案例。当我听说幽岚提出离婚的事后，就又从手机里调出这份卷宗看，越看越觉得这两件事可能有点联系。听说你要从北京来，我就去街上的文印铺子里把它打印了出来，今天交给你看看。因为壬慎平日给我反复讲过，当下任何事情的出现，你只要仔细去分析，都会发现其中必有历史原因。

嚆！是这样？！我很有兴趣地伸手接过那沓纸说：在北京，幽岚让我看了她保存的一份清朝时雄家媳妇离婚的记录，如今你又让我看你保存的民国时雄家人的离婚记录，你们父女可真是收集历史资料的一对有心人呀！

我们父女的这种习惯，大概都是学习和研究历史的壬慎给培养出来的。再说了，大哥，您是没养女儿呐，您养了女儿您就能体会到，身为岳父，实在是想打听清楚女婿家的所有事情，这样，才不担心女儿以后的生活哩！

我于是急忙看——

河南省内浙县衙博物馆馆藏史料——民国二年内浙县案审卷之七

——尤桂蕊·雄长青离婚案

西厅之审

案审官员：内浙县公署承审吏万金佑

案审笔录:内浙县公署书记员恒贵

案审时间:民国二年秋八月二十一日前晌

案审地点:内浙县公署西厅

原告人:内浙县柳镇雄家长媳尤桂蕊

被告人:内浙县柳镇雄家长子雄长青

案审差役:王领班等四人

万金佑承审:厅下跪的可是要与丈夫雄长青离婚的尤桂蕊?

原告尤桂蕊:是的老爷,俺叫尤桂蕊,家住柳镇,状子是俺送上的,堂鼓是俺敲响的,俺要与雄长青解除婚姻,俺不当他的媳妇了!俺再也不愿与他在一起过日子了!

万金佑承审:你站起来吧,尤桂蕊!如今是民国,不兴告状人再下跪了。我先告知你两件事:一,民国的规矩,告状只要递状纸就行,以后不要再敲堂鼓了。敲堂鼓是大清朝的陈规,大清早亡掉了,这规矩作废了,明白?二,本县公署自成立以来,还一直没人来打离婚官司,你才28岁,却是第一个来打这种官司的,明白?

原告尤桂蕊:明白了老爷,以后俺不敲堂鼓了;这次离了婚,以后再不结婚再不找丈夫再不成家更不会再来麻烦老爷了!

万金佑承审:如今民国才第二年,县公署建起不久,审检所更是刚刚成立,承发吏、检验吏还未选定,又逢宋教仁先生不幸遇刺,上边有多道公文下达,县里大事太多,知事大人整日忙得寝不安席,你们却又拿这等离婚琐事来烦人。罢了罢了,不说更多的了,知事大人今日在正堂有别的重要公务要办,特委派我在西厅审理你们这离婚之案。说吧,这状子是你自己写的,还是找人替写的?

原告尤桂蕊:禀告老爷,桂蕊我虽然识得几个字,但不会写状子,这状子是找俺们柳镇上的代写先生汪庆来给写的。

万金佑承审:嗯,这状子倒是写得不错!你想与丈夫雄长青离婚的理由我都看了,就是因为他经常打你?为何打你?是你不会生娃娃吗?

原告尤桂蕊:禀告老爷,俺会生娃娃,俺已经生有五个娃娃了,三个儿子,两个闺女,最大的十岁,最小的一岁。大儿子叫赛金,二儿子叫赛银,三儿子叫赛铜;大女儿叫如云,二女儿叫如雾。儿子们的名字是雄长青起的,女儿们的名字他不愿起,只好我来起。雄长青打我不是因为我不能生娃娃,他说他喜欢打我,打我时他心里痛快。他打我不是一次两次,不是一天两天,不是一月两月,不是一年两年,自打我17岁和他成亲后,他打俺已成家常便饭,几乎没有一天不打,不同的只是有时打得轻,有时打得重,有时用手掌,有时用拳头,有时用木板,有时用木棍,有时用藤条,有时用他奶奶拄的那根拐杖。他要饿了,我必须立马给他端来吃的,稍晚一会儿,他就要打,可饭做熟,是要时辰的呀!我要把不熟的饭端给他,他打得更狠!他要渴了,我必须立马给他端水,端的水必须不凉不热,稍热一点稍凉一点,他都要打,可水温咋能掌握得那么好呢?我觉着不热的水,他偏要说热呀!他说要穿哪双鞋子,我必须立马拿过来,慢一点也要打。他说要喝酒,给他倒少了,他要打;给他倒多了,他喝醉了还要打!门前过个男人,我只要看上一眼,他立刻就打。他只要说想做夫妻间那事,不管我是正在洗碗还是正在扫地,必须立马解衣裳脱裤子,脱慢一点,他就要打。我知道天下挨打的女人不止我一个,我应该忍,可我忍了一年又一年,我忍不下去了。我看过一张由大街上捡来的报纸,说如今的民国,是允许离婚的,我就来告状了。老爷你看,我这手腕上的伤痕,这脚脖子上的伤痕,这肿得乌青的地方,就是他昨夜里打的,胳膊上和腿上的伤痕、伤疤就更多了,你要不要验看验看?我已经不怕丢丑了,我掀起衣裳前襟和后襟让你看看,看看我前胸和后背上的伤有多少!

万金佑承审:不用,不用。王领班,你让一名差役去大街上找个灵醒些的中年妇人过来,去到西厅里间,让她看看尤桂蕊是不是身上真有被打的伤痕。

王领班:好的,老爷!小五,你去。

万金佑承审:尤桂蕊,你的五个娃娃平日都是你一个人照看?

原告尤桂蕊:回老爷,都是我一人照看,婆婆偶尔会帮帮忙。我的公公已去世,婆婆对我还好,但他管不了他的儿子。

王领班:老爷,小五把民妇韩氏领来了。

韩氏:老爷,现在是民国了,凡事要讲道理,俺正在买菜,一无强买,二无赖账,为何拉俺来这衙门里?

万金佑承审:韩氏,让你来衙门不是因为你做了什么错事,是本官有事想请你帮忙。看到你身边站着的那位妇人了吗?我想请你带她去里间,看看她身上有无被人打的伤痕。你看厅上的这些人都是男人,只好劳烦你了!注意看得仔细点,出来给我说个清楚!

韩氏:哦哦,原来是这事,这有何难?请这位妹妹随我进里间吧。

万金佑承审:王领班,被告雄长青可已传到?

王领班:已在前院西厢房候着,他一开始不愿来,后来看我要强制他,他才老老实实来了。不过一路上他都嘟嘟囔囔,不停地埋怨县公署纵容女人。

韩氏:老爷,这位妹妹的两只胳膊上都有新伤,好像是用拳头打的;前胸奶子上有伤,好像是用指甲掐的;后背上有伤,好像是用旱烟锅烫的;两条大腿上也有伤,好像是用竹片子打的;老爷,她的大腿内侧也有伤,像是拧的,肿着,太瘆人了!这是哪个挨千刀的畜生干的?

万金佑承审:好了,韩氏,辛苦你了,现在你去街上继续买菜吧。王领班,传被告雄长青进来!

被告雄长青:柳镇麒麟客栈大掌柜雄长青给老爷叩头了!

万金佑承审:嗨,麒麟客栈的掌柜,很牛嘛!雄长青,现在是民国了,照规矩是不该让你下跪的,但今天就让你先跪着吧。知道为啥让你来这县公署西厅吗?

被告雄长青:知道,知道,都是因为尤桂蕊这个贱人把我告了。说老子打她了,要离婚离家,不跟我过日子了。老爷,你说男人打自己的老婆犯了哪家的王法?你说咱内淅县有几个女人敢自己提出离婚?仅凭这些,我是不是就该打她这个不守妇道的贱人?!她身上的皮肯定是又痒痒了,欠揍了!尤桂蕊,你等着,看老子今夜不打晕你?!

万金佑承审:好你个大胆的雄长青!在这县公署的西厅之上,还敢一口一个贱人地骂自己的老婆,还敢恐吓着要打她,焉能想不出你平日在家里的霸道!焉能不信你平日里会经常打她?尤桂蕊为你生了三个儿子、两个女儿,没有功劳也有苦劳,你照理应该感激她才是,为何反要如此对待她?

被告雄长青:老爷说这话我就不明白了,男人娶老婆不就为生儿育女吗?我把尤桂蕊娶进家来,供她吃供她喝,她为我生几个男娃女娃还不是应该的?我凭啥要感激她?没有我她能生出娃娃来吗?至于打她的事,你别听她胡编瞎说,那是没有的事。你看她的脸和脖子,上边有一点伤痕吗?再说了,她要好好地当一个贤妻良母,我打她干啥?我闲疯了?!

万金佑承审:看来,今天不用点刑你是不想老实招供的!来呀差役,给我打!还用大清县衙的那些木板子,给我照他的屁股打二十下!

被告雄长青:老爷,老爷,不能打呀!现在是民国了,审官司不能打人呀!况且我屁股上生疮,原本就疼,我认我认,我打过贱人尤桂蕊,但那是应该打的呀。女人不调教,她能老老实实当个守妇道的媳妇吗?俗话说,棍棒之下出贤妻,我那也是为她好哩!

万金佑承审:理由说得倒挺充足,但我要告诉你,原话是棍棒之下出孝子,既然你喜欢改俗话,那我就也改一句:棍棒之下出好夫。来人,我今天就用板子教教雄长青怎样当一个好丈夫,给我打,二十板子!

被告雄长青:天啦,老爷,你真打呀?别打了……我保证以后不打她了……我保证……保证……保证……保证……天啦……疼死人了……这是什么王法呀……怎么打起男人来了……

万金佑承审:怎么样,被打的滋味不好受吧?

被告雄长青:是的……老爷……可那个贱人她真的是该打呀!

万金佑承审:我今天给你说话的机会,说,她为何该打?把你的理由都说出来!

被告雄长青:老爷你不知道呀,我和她是一个镇上的人哩。她娘家和我家只隔着几条街,我和她从小就认识。我承认她长得水灵耐看,也承认是我先看中的她,是我催我爹找媒人去她家说媒的。我家应许拿出在柳镇人看来是最重的聘礼,她的爹娘都同意了这门亲事,可她就是同她爹娘闹着不愿嫁给我呀,说我个子长得不高,两条腿短,牙长得歪七扭八,一只耳朵生得小,头发稀,鼻孔太大,腮帮子鼓凸,下巴短,两只眼睛眯缝着看东西,总之,一句话,人太丑,书又没读好,等等等等。她说的这些话媒人都听见了,回来都给我学说了,我当时那个气呀!奶奶的,糟蹋我呀,看不起我嘛,既是这样,老子还一定要非她莫娶了!后来,我要我爹又加大了聘礼的钱数,她最后没拗过她爹娘,这桩婚事方算定下。婚礼举行前,她还想跑哩,想跟着她自己看上的一个卖丝绸的小白脸私奔哩。兴亏我提醒了她爹娘,他们死死防着她跑,到最后算没跑成。婚礼那天,我让我爹花钱雇了一乘八抬大轿去接她,给足了她面子,可她嫁过来之后,新婚之夜我去揭她的盖头时,她竟然"呸"了我一口。而且在此后的整整三十个夜里,都不朝我看一眼,更不让我碰她一下。我只要一朝她伸过手去,她就把我的手打回来,我那个羞臊呀。蜜月过去,伙伴们都以为我多快活呢,可我连她的内衣内裤是啥颜色都还不知道呐。日她个姐哩,我那时心里委屈得想死的心都有了。后来我奶奶问我啥时候能抱上孙子,我赌气告诉她说,一万年也抱不上,尤桂蕊根本不让我脱她的衣裳呀!我奶奶听了,开始低声骂我:没出息的东西,连自己的老婆都治不服,算什么男人?!然后开始教我:给我打,打服她!一天晚饭后,奶奶把我爹娘和弟弟妹妹们都赶出院门之外,她插上院门,站在门后,随之递给我一根藤条,示意我进屋打尤桂蕊,交代我:不要打伤骨头,只要打服她,打得她自动脱下衣裳!我拿着奶奶给我的那根藤条,走进屋子,她也正冷冷地满眼轻蔑地看着我,说实话,我当时还真有点不敢下手,心里有点发怵。我奶奶见我没动静,就在院子里喊:长青,你个软蛋尿包,给我动手!我这才下手了,我就照她的屁股上打,头三下打过去,她竟敢上来与我撕扯,一副要拼命的样子。她这样干,一下子把我的狠劲、疯劲逼出来了,娘的,我就使出真力气打了!她死劲地反抗,她越反抗,我打的劲头就越大,下手就越狠,渐渐地她就没劲了,开始在屋里跑着躲。她能躲到哪里去?我追着她打,结果,我硬是把她打倒在了地上,打得她一动也不能动了。她不会动之后,我才把她抱到床上,放心放手地脱了她的衣裳,我才第一次弄了她。看着她流眼泪,我已经不心疼了;我弄了一次又一次,她一点也没力气反抗了。后来,她在床上躺了三天,不吃不喝,我有点害怕她会死掉,我奶奶告诉我不要怕。到第四天,她终于下床找水喝了,我娘把水递给她,她喝完说要回娘家,我奶奶守在门口回绝她:休想!除非你把第一个孩子生下来,要不,永远别想回娘家!从此以后,我每晚进睡屋都拎根藤条,只要她稍不顺从脱衣服,我就打。她跑过两次,但没跑出院门,就被我奶奶和娘抓住了。她上过两回吊,我娘都把她救了下来。唔,就这样,打了有一个多月,没超过两个月,她老实了。我再进睡屋时,她就慌得先把衣服脱了。我的几个娃娃,她都是被迫生的。我把种子撒进去,她不生也得生!老爷呀,你以为她愿为我生娃娃呀?她怀第一个娃娃时,她在屋里又是跳又是蹦的,就是想把娃娃从肚子里弄掉,但我奶奶没让她的诡计得逞。老爷,你以为她愿意为我做饭、洗衣、扫地呀?你以为她愿意待在我家呀?开头几年,她多次找机会想逃跑,要不是怕我抓住了打她,她早跑得无影无踪了。反正我每抓住她一次,就把她朝死里打,到最后打得她再也不敢朝院门走近了。她最后能老老实实给我生五个娃娃,全是打的功劳呀!

老爷,你看她的脸蛋和眼睛挺漂亮是不?她看你是满脸和善和可怜是吧?可你知道她平日是咋看我的?满眼卑视,满脸轻蔑和仇恨呀!老爷知道我现在最怕啥吗?我最怕我先于她病倒了,没有打她的力气了,到那时她可能就会折磨我,甚至打我,一直把我折磨死或者打死!她对我的恨可是咬牙切齿哩。我估计,现在只要任何一个男人朝她一招手,她就会跟人家走的。她不会要我和五个娃娃,她的心狠毒着哩!她这回趁我没留神跑到县衙敲堂鼓闹着要离婚,就是想抛弃这个家呐。我老实跟老爷说,我从来没有从她那儿得到过一丁点温暖,哪怕是米粒大的温暖也行呀,但凡她给我一点儿温暖,我也不会总打她呀!

万金佑承审:哦,原来还有隐情哩。尤桂蕊,就说当初你们这桩婚姻不般配,他配不上你,可毕竟大儿子都10岁了,你们俩睡一张床也有11年了吧,你就是一块石头,这11年也该焐热了吧?为何不能安安心心在一起过日子呢?为何宁要挨他的打也不能软下心来接受他呢?毕竟你已不是黄花姑娘了,离了婚又能怎么样呢?离了婚你能不想你的娃娃们吗?

原告尤桂蕊:老爷,你问问雄长青啥时候用手捂过我?他那双手对于我,除了打和砸还有侮辱,就没干过别的事!他只要有一次把我当人看待,我也不会一直把他当牲畜看。老爷,你刚才从他的话里应该听明白了,他是怎么对待我的,也明白这桩婚姻对于我是个啥东西,纯粹就是个想早点把我压死的大石头,所以我恳求你能判我和他离婚,让我离开雄家。要不是如今改朝换代成了民国,我也不敢有这个念想。至于那五个娃娃,能给我两个更好,他们毕竟都是我一把屎一把尿拉扯大的,如果雄家实在坚持要养,不给我也就罢了。说到家产,我一分不要,我就是想要个自由身子,想不挨打,想气气派派做个女人。我和雄长青离婚以后,就是沿街乞讨,冻死饿死,我愿意,我心甘,我认命,我谁也不埋怨!

被告雄长青:老爷呀,你可不能听这个贱人的话判我俩离婚,现在她要走了,我就说能再娶一个女人,可我的五个娃娃咋办?小的才一岁哩!五个没娘的娃娃,以后可怜不可怜?我要是给他们娶一个后娘,后娘虐待他们了可咋整?还有,离婚了她肯定会再嫁,再嫁后她能少了说我的坏话?这也会坏了我的名声!你是青天大老爷,你可要主持公道呀!

万金佑承审:雄长青,如果你回家还要打尤桂蕊,那我今天就判你们离了!你知道,如今是民国了,人人都有自由的权利,当然也有离婚的权利!

被告雄长青:不敢,不敢!老爷相信我,从今以后我再也不打她了!我把她当娇小姐养活,当老姑妈看待,当灶神奶奶一样小心伺候,好好与她一起过日子。请老爷给我一个改正的机会,我一定要做一个好丈夫!做一个中华民国的好男人!

万金佑承审:好的,我今天就信你一回。大丈夫一言,驷马难追。你今日的保证,我们会记录在案,如果你胆敢食言,天理不会容你,国法不会容你,县公署不会容你!若你下次再跪在这儿,等待你的必是更重的惩罚!你也必将失去自己的妻子!尤桂蕊,你男人今天已经受了处罚,他本人也表示以后改了打你的毛病,我看你就给他一个改正的机会,忘了过去的不快,回去和和睦睦地过日子吧!你不看别的,就看看你那五个娃娃。一旦我判你离婚,雄长青再给娃娃们娶个后妈,后妈要打要骂你的娃娃,你不难受吗?你能忍心么?你不心疼么?

原告尤桂蕊:老爷呀,你不能轻信雄长青的话。我和他打了这么多年交道,太知道他是一个什么样的人了。他是不可能改过的,他说话从来都不会作数。反正今天已经丢人了,我

天理國法人情

就把最隐秘的事都说出来。他有时趴在我身上,做男女间的事做快活了,他也会承诺:我以后会好好待你的,再也不打你了。可一翻下我的身子,他就又忘了他说的话,转眼之间便又凶神恶煞地对我抡拳头了。如果你不判我和他离婚,我恐怕要不了多久就会死在他的手里,到那时,我还怎样照顾我的娃娃们呀?!你明鉴呀老爷!

万金佑承审:好了!你一个妇人,也不要得理不饶人!你看看这内浙县的四镇八乡,有几个女人闹着要离婚?难道她们的婚姻都十全十美吗?难道她们与自己的丈夫就没有吵过嘴打过架么?可她们不都忍了嘛!婚姻还不是男女搭伙过日子,磕磕碰碰的事哪家没有?学学其他的妇人,忍一忍吧,退让一步吧,把日子过下去!我这也是为你着想,一旦我真判你离婚,你的名声能好到哪里去?何况你生的那五个孩子雄家也不会让你带走,你真忍心永远见不到他们?听我一句劝:甭把别人的婚姻想得那么美好,也甭把自己的婚姻想得那么糟糕!别这山望着那山高,回去过老天爷分给你的那份婚姻生活吧!差役们,送尤桂蕊和雄长青出公署,退厅!

正堂之审

案审官员:内浙县公署知事秦义维大人

案审官员:审检所帮审吏冯代显大人

案审笔录:内浙县公署书记员恒贵

案审时间:民国二年秋九月二十前晌

案审地点:内浙县公署正堂

原告人:内浙县柳镇雄家长媳尤桂蕊

被告人:内浙县柳镇雄家长子雄长青

案审差役:王领班等四人

秦义维大人：下边跪的可是上诉人尤桂蕊？

原告尤桂蕊：是的老爷，俺是没有办法才又上诉要求再审的。俺希望老爷判俺和雄长青离婚，要不，俺真的要被他打死了。俺实在是没法忍受下去了！但凡有一点点办法，俺不会再来麻烦官府。

秦义维大人：现在是民国了，不要再称我老爷，叫我秦知事或秦大人就行了。王领班，给尤桂蕊搬个椅子让她坐下说话。以后你们这些差役都要记住，案审时都要让原告、被告坐着说话，我们要讲平等，不能再按清朝的规矩办！

王领班：明白了，大人！

秦义维大人：尤桂蕊，你想离婚的案子，第一审判决你们夫妻不离婚，你如今又举状上诉要离婚，这类案子再审的事，照时下规定，是该到邻县的县公署去审的。但离内淅县最近的县公署，也有百里之遥，考虑到你有五个娃娃要照应，来回得几天，而且途中匪患严重，你的人身安全堪忧，故本知事特电报请求南阳府署同意，将案子的二审仍放在本县公署，由我亲自来审。来人，传被告上堂！

被告雄长青：大人，你的子民雄长青来了。我这个老婆不好好在家过日子，几次三番地来这县公署捣乱，骚扰得你们不能办理公务，实在是不应该。我为我没管好自己的老婆向大人你道歉了。

秦义维大人：雄长青，听你说话使用的文词，分明是识得几个字的，你读过几年书？

被告雄长青：不敢欺瞒大人，我读过几年私塾，后来玩心太重，就没有坚持读下去，所以长大后做不了官，无法像你一样拿着俸禄过舒服生活，不能"朝为田舍郎，暮登天子堂"，只好在家父的帮衬下开了一家客栈,在柳镇上过个温饱日子。

秦义维大人:你既是读过书的人,就该懂夫妻之间应举案齐眉,相敬如宾,却为何经常殴打妻子?而且是在第一审承诺不再打妻子之后再犯,你如此食言是为什么?

被告雄长青:大人明鉴。上次案审之后,我回去谨记诺言,一直对尤桂蕊很好,我和她百般恩爱过日子,根本没有打过她,你不要信她满口胡说。她的状子都是柳镇上那个不怀好意的汪庆来替她写的,全是对我的诬陷!她告状的真正原因,是她生了外心,想抛下我和几个娃娃另择高枝。

原告尤桂蕊:大人,上次案审过后,我回家只过了七天安稳日子。那七天里,他的确没打我,我以为他真的会记住他对案审老爷的承诺,从此给这个家一份平和,谁知从第八天起,他就又开打了,而且打得比往日更狠更重更让我痛不欲生。有一次,他几乎就要把我打死,一拳打到我的胸口上,我疼得张大嘴都喘不上来气,趴在地上半天没能动一下。他此后经常边打边叫,要把前七天我欠下的打都给补上!

秦义维大人:尤桂蕊,你今天就给本知事说说第八天的事,说说他第八天为什么缘由打你,又是怎么打你的?

原告尤桂蕊:那日早饭后,院门开着,平日镇上代写书信和状子的汪庆来先生从院门前走过,我当时正在院中晾晒衣裳,看见汪先生,我就打了声招呼:汪先生好,吃过饭了?汪先生回了一声:吃过了。跟着就走过去了。就为这两句对话,雄长青扔下手中的水烟袋,拎个棍子跑过来,一边骂着:你这个招引男人的贱货,我让你贱!让你浪!一边就抡棍朝我打过来。我被他打得在地上滚着哭嚎,五个娃娃也吓得在一旁大哭。他那天把我打得在院里躺了两个时辰没起得来身子,还是我大儿子跑到邻院喊来他奶奶,把我搀扶到屋里躺下。就是从这天开始,他又恢复了原状,又像往常那样,动不动就要打我。秦大人,这期间,我是真想一死了之的,可看看我没有长大的娃娃们,想想我在娘家排行老大,爹娘还都有病,不能再让他们为我伤心,我就又咬咬牙忍下没走绝路。

秦义维大人:雄长青,就为妻子对熟人的一声招呼,你就把她打成那样,你还是个男人吗?

被告雄长青:大人你有所不知,我这个老婆,自恃长得好看,看不起我,心里一直想着再勾上其他的男人,整日里拿一双狐媚眼睛四处瞟,只要看见有男人从院门前走过,眼里就放光,就想着法子要同人家说话,就想把人家勾引过来,贱得厉害!浪得没谱!我那天打她就是想让她改掉这个贱毛病,让她知道在我眼皮子底下,想浪是不行的。再说了,对于这个汪庆来,我是一直信不过的!他仗着自己的毛笔字写得好,人长得周正些,又会说个笑话,经常在镇街上摆代写桌招惹人,有小伙子、男娃娃,也有大姑娘、小媳妇,我怀疑他的用心,他有玩弄女人的嫌疑。上一回,我老婆就是偷偷找他代写了离婚状子。照说这种拆散别人家庭的事,他根本不应该干,他应该把我老婆劝回家,或者预先给我透个信,可他是咋做的呢?他不仅代写了状子,还添油加醋,把我这个丈夫写成一个十恶不赦的混蛋。我怀疑他的真心是想挖我的墙脚,想把我老婆拐走。我告诉老爷,这个汪庆来虽然字写得好,人模样也行,但因为家里穷,一直没有娶上媳妇。你想,替人写书信写状子能赚多少钱?他八成就是想让我老婆离婚,然后跟他过,他长的就是这个歪心!要不是我看得紧,说不定他已经和尤桂蕊弄到一起了。你说我看见尤桂蕊与他搭话并且眉来眼去,我能不生气?有一天晚上,我出去喝酒,回来时我娘告诉我说,好像听见有人从我家后窗跳下的声音。我当时冲到窗前去看,因为喝晕了,看不甚清楚。可我怀疑很可能就是汪庆来潜进我家,同尤桂蕊通奸。

秦义维大人:你怀疑尤桂蕊与汪庆来通奸,有何证据?

被告雄长青:这还要啥证据?一对男女弄到一起会给你留下证据?他们肯定会预先毁掉所有的证据。要不他为啥冒着得罪我的风险去给我老婆写离婚状子?而且是连写两次?他脑子有病了吗?

秦义维大人:王领班,汪庆来传到了吗?带他上堂!

被告雄长青:汪庆来你个混蛋!

证人汪庆来:你在法堂上骂人,还像个识字的人吗?我都替你感到丢脸!

秦义维大人:雄长青住口!汪庆来,说说你认识尤桂蕊的经过!

证人汪庆来:秦大人,我们柳镇四街八巷的人很多,我与尤桂蕊直到今年八月之前并不相识。今年八月初的一天傍晚,我正准备收摊回家,忽见一个拉着男孩的女人从街对面的桑家药铺里匆匆走过来,用很低的声音对我说:汪先生,能麻烦你为我代写一张给县公署的离婚诉状吗?我想与我的男人雄长青离婚!我一听她说写离婚诉状,立马觉得拆人婚姻不道德,何况我还认识雄长青掌柜,忙回答她:我一向只写结婚喜帖,不写离婚诉状。她听了,竟扑通一声朝我跪下,哽咽着说:恳求汪先生救我,要不我早晚会被我男人打死!说着,还递给我一包东西道:这是我被打之后的一身血衣,请你看看!我当时不由自主地放下代写桌,伸手接过来。尤桂蕊随后就拉着孩子慌慌走了。这个场面,街对面桑家药铺里的桑老大夫也看见了。我拿着这身血衣进到桑家药铺,和桑老大夫一起看那身衣服。那是一件白色棉粗布大襟上衣和一条浅灰色洋布裤子,上边沾满了干的血迹和血痂。我特意让桑老大夫辨别一下这身衣服上的血是不是人血,桑老大夫说是的,说他曾多次被雄长青的奶奶和娘叫去给尤桂蕊治伤,亲眼见过尤桂蕊身上的累累伤痕,并说刚才尤桂蕊也是来药铺买治红伤的药的。我一听桑老大夫这样说,顿时火上心头。我一个识字人见此等恶事,岂能闭眼装没看见?于是下定决心要帮帮这个女人。当天晚上,我就奋笔为她写下了第一审的状子,然后托桑老大夫悄悄给了她。上次县公署没判准她离婚,她再次挨打之后,又托她家的邻居姑娘小巧来找我,要我再写一张状子。我便替她又写了上诉的状子,让小巧姑娘偷偷带给了她。这就是我认识尤桂蕊并支持她打官司的经过。我一个识字的男子汉,若眼见此等事情,不拔笔相助,会对不起自己的良心!请秦大人明鉴!

秦义维大人:王领班,速派一名差役和一辆马车去柳镇,将桑家药铺的桑老大夫和雄家的邻居小巧姑娘带来作证!

王领班:好的,大人。

秦义维大人:汪庆来,你除了在八月的那个黄昏于大街上见到尤桂蕊之外,再没见过她吗?

证人汪庆来:回秦大人,我平日举凡晴天,都在镇上摆摊为人写字,书信、喜帖、丧联、保书、借据、契约、状子,样样都写,以挣钱养家,其间,确实没再见过尤桂蕊。只是在十几天前的一个早饭后,我有事路过雄家院门前,隔院门看见她在往绳上晾晒衣裳,也正好被她瞧见。她大概感恩于我前次帮她写状子,便抬头打了招呼:汪先生好,你吃过了?我回她一句:吃过了,便匆匆走了。这是我与她相见的第二面。

秦义维大人:好了,汪庆来,你下去吧。尤桂蕊,你刚才说,自上次判决后的第八天他又开始打你,而且其中有一次差点把你打死,差点把你打死的这一次发生在何时?是为了什么缘由?

原告尤桂蕊:差点把我打死的这次,发生在一个晚上。这天晚上,我在灶屋洗刷完毕,回到正屋把五个孩子哄睡,他从外边喝了酒回来,进屋拉住我就要脱我的衣裤办男女间那事。我当时身上正来红第二天,我求他说:我今天身上流血最多,拖延两天才行,你先忍一忍。但他不依,一边嘴里喷着酒气,一边使劲把我推倒在床沿,硬要来脱我的裤子。我当时实在是生气,就死拽着裤腰不让他脱,这一下惹恼了他。他先是抡起巴掌扇我耳光,把我打得两眼直冒金星,后还嫌不解气,又拿过他娘平日拄的一根拐杖,朝我身上乱砸,我躲闪不开,硬是被他砸昏过去。在我还迷迷糊糊的时候,他把我衣裤脱光,硬做了那事。我至今小解起来还钻心地疼,走路还得叉开腿走。那天我半夜清醒过来之后,才下定决心要再上诉,才冒险托邻居的小巧姑娘去找汪庆来先生代写上诉的状子。

秦义维大人:王领班,带尤桂蕊去公署后院,让我内人验看尤桂蕊身上是否真的有伤,验看她走路的样子是不是装出来的。

王领班:好的大人,请尤桂蕊随我去后院。

被告雄长青:大人,我承认那天晚上我喝了酒之后,可能醉得厉害,就失手打了尤桂蕊几下。但男人偶尔打一回自己的老婆,也算不了啥子大事,对不对?更算不上犯法对不对?她不守妇道,不尽妻责,难道就对了?男人想和自己的老婆睡觉怎么能叫错了?身为人妻,她拒绝丈夫的床上要求,是不是违反妇道天理?你说一个男人花钱娶老婆是为了什么?难道是要把她供在桌上当神敬么?但凡一个懂廉耻的女人,会把这种卧房里的事拿出来在法堂上说?你觉得正常么?她是不是该受惩罚？大人,假若这件事发生在你身上,你的老婆不让你睡她,你是不是也会发火打她？

帮审吏冯代显大人:雄长青住口,休得放肆!

王领班:秦大人,柳镇桑家药铺的桑弘德老大夫和雄家邻居小巧姑娘已传唤到了堂外。

秦义维大人:桑老大夫,今日传你到堂,是想请你为一件事作证。我先问你,你认识柳镇麒麟客栈的掌柜雄长青的媳妇尤桂蕊吗？

证人桑弘德大夫:认识,我多次为她治过红伤。

秦义维大人:尤桂蕊说,大约在一个来月前的一个黄昏,她本人去你的药铺买治红伤的药,可是真的？你当时查看了她身上的伤吗？

证人桑弘德大夫:回大人,有这回事。当时,她让我看了她的两个手腕和小臂,上边都瘀肿着,有几处尚在出血。我当时在她的伤口上撒了止血的药粉,又给她包了消肿止疼的草药要她回去捣碎敷在伤处,还给了她几块高温蒸过的白布以裹伤口。

秦义维大人:她的那些伤,据你看,是他人打的还是她自己不小心弄伤的？

证人桑弘德大夫:应该是别人打伤的。一个神志健全的妇人,是不会将自己伤成那样的。

秦义维大人:好的,另有一事也请你作证,柳镇上代写书信状子的汪庆来先生说,也是在那个黄昏,尤桂蕊递给他了一身血衣,他去你的药铺里向你请教这身衣服上的血是不是人血,此事可是真的？

证人桑弘德大夫:回大人,此事是真的。我记得很清,我帮汪庆来辨认那身衣裳上的血迹。人血与其他动物的血在布上的留痕是不一样的,我常处置红伤病人,识得明白。后来,那身血衣和汪庆来先生为她写的状子,还是我在尤桂蕊再来看伤时悄悄交回她手上的。

秦义维大人:好,谢谢桑老大夫,现在你可以去堂外歇息了。传小巧姑娘上堂!

证人小巧姑娘:老爷传俺干啥?俺又没偷没抢!

秦义维大人:嚄,小巧的嘴巴很厉害呀!小巧,今日传你到堂,是有几件事要问你:你今年多大?你家可是与雄长青和尤桂蕊为邻?几天前,尤桂蕊可是托你去找汪庆来为她写状子的?

证人小巧姑娘:回老爷的话,小巧今年一十六岁,住在雄家西侧,两家多年为邻。几天前的那个清晨,我起床梳完头刚出睡屋,忽见尤婶站在两家院墙的豁口处朝俺招手,并低声叫道:小巧救我!我闻言急忙跑过去轻声问她:要我帮你做啥事?她指指自己肿胀的脸和带着血迹的胳膊说:昨夜雄长青打我打到要死,麻烦你跑一趟北街,找汪庆来先生帮我写一张上诉离婚的状子。我一看她被打的那个样子,心里着实同情她,因为两家为邻,经常听见雄叔把她打得惨叫不止,所以当时就答应帮她的忙。她见我答应,方慌慌回屋。我这边对俺娘谎称去买个发卡,就噔噔地跑到北街汪庆来先生的摊子前,把尤婶的事悄声给他说了。汪先生听罢很气愤,用手使劲拍了一下桌子说:岂有此理!好,我就来管管此事,我来写,你午后来取就是!当日午后,我悄悄去取来汪先生代写的状子,回来趁别人不注意时,隔着院墙递给了尤婶。

秦义维大人:好的,小巧,你可以回家了。

汪领班:大人,夫人已带着尤桂蕊来到堂外,可否请她进来?

秦义维大人:请她进来说说验看尤桂蕊身上伤情的事,让尤桂蕊一同进来。

秦义维大人之夫人:我和娘都看了这女子身上的伤处,完全可以用伤痕累累来形容,令人视之不免心头打颤。尤其是她的裆部,仍在肿着,使得她不能以正常姿势走路。这女子说她身上的伤全是她丈夫打的,我无法想象一个丈夫怎么可以对妻子下如此狠手。这个丈夫应该是个衣冠禽兽,请务必给予重重惩处!

秦义维大人:好的,夫人,你下去吧。雄长青,现在已经可以断定,你经常殴打尤桂蕊完全属实,你说妻子与汪庆来私通完全是无中生有,而且你打妻子下手特别凶狠,显示出你对尤桂蕊已毫无夫妻情分,对此,你还有什么话说?

被告雄长青:大人明鉴,我承认我有时生气打过她,而且有时因为过于生气下手重了点,但这不能说明我不喜欢她,不能说明我对她没有夫妻情分。我坦白地告诉大人,我平日只要一看见她那个俏模样,就心中高兴!你看她的脸上和脖颈上是不是没有一点伤?那是我喜欢她的证据,我即使再生气也不会毁了她的脸和脖颈,我绝不打她的脸和脖颈,那是她最让我心动的地方!她即使已经为我生了五个娃娃,可我仍然爱她,我仍是一看见她还想把她拉到怀里,还想去脱她的衣裳亲她,大人你说,这难道不是夫妻之爱吗?这难道不叫夫妻情分么?

秦义维大人:尤桂蕊,你诉状上所说的情况已经查清,在我下判决之前,你还有什么想说的吗?

原告尤桂蕊:大人,我只求你发发慈悲之心,判我和雄长青离婚,让我回到娘家多活几年,使我能照应我的爹娘,为他们养老送终。至于我生的五个儿女,我想让最小的那个儿子跟我走,因为他还太小,没有我的照顾怕他难以活下去。

被告雄长青:大人你好,在你下判语之前,能不能允许我单独与尤桂蕊说几句话?

秦义维大人:尤桂蕊,你愿意再听他说话吗?你有拒绝他的权利!

原告尤桂蕊:我听从大人安排。

秦义维大人:那就让他再单独给你说几句话吧!以后,他可能就再无这种机会了。王领班,让他们走出堂外说话,你和差役们就在近处看着,一旦发现雄长青有想动手殴打尤桂蕊的苗头,即刻制止!尤桂蕊你放心,谅他也不敢在这公堂门口撒野!

原告尤桂蕊:好的,大人。

秦义维大人:雄长青,这么快就说完了?

被告雄长青:说完了,其实就两句话。

秦义维大人:那好,本知事现在当堂宣布:解除尤桂蕊与雄长青的婚姻关系!尤桂蕊自今日起,可回娘家居住,也可再嫁他人。尤桂蕊可带幼子同走。尤桂蕊本人的衣服、用物并个人所戴首饰及所存银钱,可一并带走。此判决由本县公署差役监督执行。尤桂蕊,你自由了!

原告尤桂蕊:感谢大人的大恩大德!只是,刚才听了雄长青单独跟我说的话后,我恳请大人收回刚才的判决,我与雄长青不离婚了。

秦义维大人:什么?尤桂蕊,你这不是拿公堂之审当儿戏吗?岂有此理?!

原告尤桂蕊:民女尤桂蕊感恩大人下了公正判决,这判决我已在心里盼了多年!但你可知雄长青刚才单独给我说了什么话么?他说:只要今天秦大人宣布判我俩离婚,我一定会买通一杆土匪,去杀你全家,保证一个不留!他这人的心狠手辣我是反复领教过了,我知道他完全敢说到做到,一旦我今天以离婚之身走出县公署大门,也许就在几天之内,我的爹、娘及两个弟弟一个妹妹包括我自己,便会全部死于土匪的尖刀之下!大人,我知道你是一个好官,可你是抓不完周围的土匪的,柳镇四周的土匪杆子太多了,而雄长青是一定能够找到一杆,他的秉性我知道。他是个从来不知道感情为何物的东西,他是个喜欢把恨意转为见血的人。一旦我全家被土匪杀掉,谁还会替我和我的家人喊冤呢?我这一生已经毁了,我不能再让我的一家人都跟着把命搭上。罢罢罢,尤桂蕊我想开了,也许是我前辈子做了啥伤天害理的事,上天要罚我此生来这世上受这错婚之罪。好了,桂蕊给大人磕头!从此以后俺完全认命了,生是雄长青的女人,死是他雄家的鬼。

秦义维大人:嘀,好你个大胆的雄长青,竟敢在县公署内如此恫吓上诉人!来人,给我打他三十大板!狠狠打!

被告雄长青:大人,我冤枉呀!我根本没说那话,那全是尤桂蕊编造的谎言,她是故意想惹恼你打我哩!最毒妇人心呐,大人明鉴呀!我刚才只给她说了两句话:既然你不愿与我做夫妻,那就带一个娃娃回娘家吧。我根本没说别的呀!疼死我了,老爷,别打了……

原告尤桂蕊:秦大人,尤桂蕊恳求你不要再打他了,既然我不与他离婚了,你打他的每一板,他都会在日后用十板子回给我。我已下决心跟他过以后的日子,请大人饶了他。

秦义维大人:嗨,嗨,嗨,你这个女人,竟还为他求情呀?!好,好,好,既是这样,我何必再做恶人?我就遂了你的心愿,判你们不离婚!王领班,让他们走!快点走!快走!

退堂!

读完这则史料,天已经黑了。德诚正在厨房里切菜做饭。要说我读完之后的心情很轻松,那不可能,我从没想到雄家历史上还出过这样的事,一个男人还可以这样对待妻子。但默坐细想之后,我又苦笑了一下,毕竟那是雄氏家族的过去,一百多年前的旧事,与幽岚和壬慎今天的婚姻有何干系?

我走进厨房,洗洗手想要帮忙。德诚拦住我:大哥你坐那儿歇着吧,你忘了我当年在部队当过营部炊事班的班长?弄咱两个人的饭菜是小事一桩,马上就好!

两个凉菜、两个热炒很快端上了饭桌,三杯酒过后,我开口道:我明白这个史料给你带来了一定的心理压力,但你肯定懂得,这与幽岚和壬慎的婚姻无关。雄家是一个延续近百代人的庞大家族,支脉繁多,这件事究竟是哪一支上出的,并未注明。再说了,即使这桩案子真的是出自雄来文雄壬慎他们这一支脉,那也已经隔了几代,根本证明不了什么。你不会是觉得壬慎也在对幽岚实施家暴吧?要是那样,你夫人和他们天天都在一起,她应该最清楚。

德诚默然一刹说:我倒不担心壬慎动手打幽岚,幽岚的脾气我知道,她性子烈,如果壬慎敢打她一指头,她准定会还他一拳头。她是个把尊严看得很重的丫头,惹恼她了她甚至敢拿起菜刀拼命。但家庭暴力并不是就这一种,我担心的是这个。在雄家人的血液中,有着一种异样的、类似流氓的成分,是一种一般男人身上所没有的东西,我担心如果壬慎承继了这个东西,倘若幽岚在某一件事上惹怒了他,他就可能用一种幽岚无法对外人说的法子来对待她。这就迫使幽岚只好提出离婚。

我心里一震,果然是家务事外人难断。那一刹,我想起了邰盈盈讲的夜半怪声的事,莫不是真还有其他的隐情?德诚的猜测让我心里一时对壬慎也没了把握。毕竟,我同壬慎接触的时间不多,见面的次数很有限,并没有与他持续地生活在一起,谈不到有很深人的了解。我对壬慎的信任主要来自于他的父亲来文,可儿子未必就能继承父亲的全部品性呀!

我一时心里空落得厉害。

知面难知心呐!德诚还在感叹。

那根据你的猜测,你觉得壬慎对幽岚可能使了什么法子?

具体的我也说不清,幽岚根本不让我过问她的事。德诚无奈地摇摇头。我只说今年春节他们来家过节时我的一点观察吧。他们一家三口,去年过春节去的是壬慎老家,今年春节就来我们家过了,大家说好的,一年一家轮着过。今年他们一家三口来家后,表面上看与过去一样,壬慎带了很多礼物,也给了我两万块钱,但我能感觉出,他和幽岚的关系不像过去那样亲密自然。两个人基本不怎么说笑,幽岚对他爱理不理的,他办什么事都有点小心翼翼,都要看一下幽岚的脸色,好像在怕着什么东西一样。过去可不是这样,过去壬慎来了之后就把这里看成了他的家,不由分说就去干这干那,有的事即使幽岚反对,他也照做不误。我们老两口,包括幸子,都不敢反抗幽岚在一些事情上的决定,只有壬慎敢。幽岚有时恼了,同他吵,他就一把抱起她,把她扔上扔下,弄得她只好转怒为笑去求饶。但今年这个春节,情况彻底变了,他好像在什么事情上输了理了,在幽岚面前不敢理直气壮了。而且,我注意到他对幸子的态度也有变化,他不亲近她,不抱她不同她玩闹,以往不是这样的,以往他总把孩子逗得咯咯大笑。总之,他和幽岚不是过去那种两情相悦、两心相通的美好样子了。我当时就担心会出事,结果,还真的出事了!

我是这样想的,既然他们一直没有分开住,那就表明两个人都没有把对方看作是危险人物,表明两个人都还在等待事情的变化。有鉴于此,我想还是应该做工作争取让他们和好吧。我说出了自己反复思考过的想法。

这倒是的,但愿他们能够和好。德诚叹口气。好好的一家人,拆开了多可惜。

我觉着你对幽岚的影响力还是很大的,你能不能出面了解一下情况,如果不是因为特别重要的问题,就解劝一下幽岚,让她与壬慎重新和好。我满怀希望地看定德诚。

德诚又喝完一杯才摇摇头说:大哥,我当然想让他们和好。这世界上最愿意让他们和好的人大概就是我了,毕竟我的外孙女都那么大了,他俩一离,以后我的外孙女不可能不受伤害;再就是我这身体,真的经不起什么家庭风浪了!可我知道我女儿的脾气,但凡她做了什么决定,我要想去改变是不可能的,常常是我越干涉,她就会越坚决地执行她原来的决定。当初,我是反对她的初恋的,结果,我一反对,她立马对人家更热烈了。实话给大哥说,当初你介绍壬慎和她谈朋友,我那时是很喜欢壬慎这孩子的,可当幽岚带了壬慎来家时,我不能当她的面说我很支持她与壬慎结成夫妻,我若那样说,她保不准就又不愿意了。我当时告诉她,我没怎么看上壬慎,我还向她提了三个问题,要她慎重一点,结果,她立马就坚定了决心,当晚就拉上壬慎出门在大众桥头定下了结婚的事。大概是她小时候我管她太多的缘故,她长大后就对我有一种强烈的反叛心理:凡是我支持的,她就要反对;凡是我不赞同的,她一定同意。所以,现在由我出面解劝,只会越劝越糟,我觉得眼下能改变这个局面的,其实还是壬慎。如果他过去对幽岚有什么不妥的做法,要让他自己先改变过来,主动向幽岚认个错,幽岚这孩子的最大特点是嘴硬心软,你给她来硬的,她比你还要硬;你给她来软的,她可能就无法招架。知女莫若父,你告诉壬慎让他来软的,说不定这样还能挽回他们的婚姻……

我们兄弟俩那夜聊到很晚,到最后我认可德诚的意见,壬慎肯定是在某些事情上做错了,惹怒了幽岚,我回京后要劝说壬慎向幽

127

岚认错！要他放下身段,来软的……

我本想第二天就回北京的,但德诚说:你难得来一趟,我领你去看个稀奇地方吧。趁这个机会,你也放松一下心情,幽岚和壬慎的事总让你操心,我真是于心不忍哩。

我们上次来,泰山和泰城该看的地方,你们两口子不是已经领着我们都看了吗？我笑问。

我这次领你去看的地方,是唯有我一个人才知道的一处景点,而且非常奇特,你看了我保证你终生不会忘记。

你夫人也不知道这个景点吗？

他点点头:天底下知道这个景点的,只有我一个！

是吗？我被他的话勾起了兴致,好,那就去看看！

第二天吃过早饭,德诚先让我换上了一双他的运动鞋。在部队时他就知道我俩脚差不多,他的鞋我能穿;然后递给我一个装了茶水的暖水杯和一瓶矿泉水,要我装进我随身背着的小包里;再递给我一根拐杖要我拿上。我说我不用,他执意让拄上。之后,他叫来他的一个侄子,开着一辆越野车,把我俩载上就出发了。

在他的指挥下,车先是沿着盘山公路走,之后又沿着一条山间的沙土路走,随后又沿着一条时令河滩走,走了足有一个半小时,在一片树林边停下来。我俩下车后,他告诉他侄子:我和你伯伯要在这儿爬爬山散散心,你先回去,午后三点来接我们,车还开到这儿就行。

他侄子点头将车开走后,他就带着我向山坡上的那片树林走。进了树林之后,我才发现,这是一片混交林,既有松树、柏树,也有板栗树、香椿树、银杏树、山枣树,而且再向里边走,就是灌木丛了。德诚用他的拐杖不停地敲打着灌木枝条,最终把我引领到了一个被灌木枝条掩映着的小山洞口,洞口的直径不到两米。

是让我来看这个山洞？累得气喘吁吁的我看着这个并无多少奇异之处的小山洞，很有点失望。

对。德诚一边点头一边从随身背着的包里掏出一大捆放风筝用的那种线绳，在绳头上绑了一个石块，再把石块朝洞里放去，然后开始逐渐松着手中的绳子。

你这是要探这洞的深度？

我是想让你先知道一下这个洞有多深。德诚边松着下坠的绳子边说，这个洞不是横着朝着山的腹部延伸，而是垂直地朝着山的下部延伸，我这捆绳子的长度是500米。

哦？我走到洞口，向洞里看去，黑漆漆的，什么也看不到，只能感觉到有一股浓浓的凉气在升腾。

德诚手中的那捆线绳放完了。

到洞底了吗？我问。

他摇头，示意我用手去拉拉那根绳子，我上前扯了扯绳子，果然，没到洞底。这样深？

德诚开始回收线绳，边收边说：幽岚读高一那年，为了挣钱让她去各种辅导班学习，我常在这山里跑，寻找特产，尤其是寻找泰山上长的六种中药材拿出去卖。第一种叫四叶参，这是泰山名药之一，有清热解毒、祛痰镇咳、强壮滋补的作用；第二种叫何首乌，也称白首乌，也是名贵中药，主治身体虚弱、健忘多梦、失眠、皮肤瘙痒等多种疾病；第三种叫紫草，有活血、凉血、利尿、滑肠等功效，可用来治疗血热毒盛，制成软膏外敷，对烧、冻、烫伤都有很好的效果；第四种叫黄精，可以滋阴养肺、健脾养胃益气，还能止咳；第五种叫灵芝，灵芝的药用价值人们都知道，但泰山灵芝对治疗耳聋有特别显著的效果；第六种叫穿山龙，有止咳化痰平喘的功能，对治疗心脑血管病也很有效。有一天，我找呀找的，无意之间来到了这个山坡上，无意中看见了这个小山洞，我就走到了这个洞前。

德诚把收好的线绳放在一边。

在这儿找到了药材？我猜道。

对。德诚拿过他的拐杖，拨开洞口的灌木枝叶，让我朝洞壁上看：看见了吗？那一片，就是四叶参；旁边的那一片，是紫草；这一片，是何首乌；靠这边的，是黄精。

嗬，有这么多种药呀！

我第一次来到这洞口，看见它们时和你现在一样兴奋，我当时估摸了一下，如果把洞壁上的这些药材都挖出来，大概能卖个几千块钱哩！

现在看到的这些是你采了之后又长出来的？

待我慢慢说。我就在你现在站着的地方先喝了一气随身带的温开水，然后又吃了一个凉馒头，让身上集聚了力气，这才把我随身带的用来溜坡下崖的粗麻绳绑牢在那棵柏树干上，目测了距离，留好了长度，再捆在腰上，背上药兜，提上挖药的铁铲，做好了下洞的准备。

下洞顺利吗？

刚开始很顺利，我下过太多的山洞，爬过太多的悬崖，溜过太多的陡坡，所以我根本没把这个小山洞看在眼里。我就从这个凹部俯身下去，让身体慢慢悬空，然后准备接近那片长药材的洞壁挖药。不想身体刚一悬空，我就感受到了一股巨大的吸力，就好像有什么力量在抓着我的衣服在往下扯我，我很吃惊，这太不寻常了！我往身下的洞里一看，除了一股冷冷的雾气，什么也看不见。我明白这个看似不起眼的小山洞其实很深很深，只有很深很深的洞才有这种吸力，我有点小瞧它了！我刚扬开手挖下第一铲，就听捆在我身上的麻绳咔地断了一股，我的头皮一麻，知道不好。这根麻绳我试过它的承拉力，吊拉1000斤的东西都没问题，怎么今天就吊拉我这点体重竟会断了一股？我紧忙住手，想攀上洞顶，不想就在这当儿,麻绳又断了一股,三股断了两股,剩下的一股怎么可能吊住我的身子?在那一刹那,我在心里绝望地喊了一声:盈盈、幽岚,永别了!

哦?我吃惊地看住德诚。

我本能地伸手想去抓住洞壁上垂挂的那些灌木枝条,但还没有抓住,最后剩下的那股麻绳也断了,我只觉得身子猛地向下坠去,我只来得及喊了一声:啊……

我心里明白我完了,死期很快就会到来。

可突然之间,我的一只手被另一只手抓住了,在我还没明白是怎么回事时,我的身子被提拎到了一块平地上放下了,可能是因为这突来的惊吓让我的身子发软,所以当时我是躺着的。

我过了好一会儿才睁开眼睛。我这才发现,原来在这个不大的洞口两三米之下,洞壁向四外里扩展成一片台地。一个类似黑猩猩但又不是黑猩猩的巨大动物站在我面前。正是这个体形庞大、我从没见过的动物刚才救了我。牠大概是在洞下几米处看到了我处的险境,就站在台地的边沿,在我绳断下坠的那一瞬,猛然伸手抓住了我的手臂,才使我没有继续朝洞底坠去。

谢谢你!我不知道牠能不能听懂我的话,我出于感恩的心情急忙朝牠说了一句。牠的样子要在平时肯定会让我害怕、恐惧,但此刻因牠救了我的命却令我感到亲切。

牠像是明白我的话意似的,朝我点点头。然后拉起我的身子,让我站起来。我环视了一下这个洞下台地,有上千平米大小,围绕着山洞向四下里延伸,类似一个洞中洞,高低不平的地面上长满了蘑菇,而且有一股不知出自哪儿的泉水,在台地的地面上流过,最后注入那个看不到底的洞里。我猜,这个救我命的动物,大概是靠吃这些蘑菇和喝这些泉水长大的。

那个动物显然知道我想很快地返回洞顶,便朝洞口外边指了指。我急忙点头说:对,对,我想上去!同时也用手做了出洞的示意。

牠听后,迈过一条长腿,站在山洞对面的台地边沿,然后伸过一只手臂,抓住我,将我朝上一举,嗬,我竟然已身在洞口之外了。

牠擎起手臂,将我轻轻放在洞口外的地上,然后缩回了手臂。

天呀!逃离死亡重见到天日的那份高兴,差点让我晕过去。我站起身后做的第一个动作,是朝山洞跪下,高喊了一声:谢谢你,朋友!

那巨型动物听到了我的喊声,把头朝洞口探了一下,朝我挥了挥手臂,之后,就隐去了身子。

接下来,我再没了挖药的心思,急忙收拾了自己所带的用品,慌慌张张、跌跌撞撞地回家了。到家之后,我扔下东西,一下子扑倒在了沙发上。天呀,我真是越想越后怕,今天,若不是碰巧遇见了那个巨型动物,蒙牠搭救,我早已沉入那可怕的洞底,必死无疑,再也见不到盈盈和幽岚娘俩了……

回家后,见我两眼发呆地坐在那里,她们感到了异样,问我怎么了。我没有说话,只是抓住她们的手,任凭泪水流出来。我在心里喊:我差一点就见不到你们了!

当晚,盈盈又问我今天怎么了,我嘴已张开了,却最终把话又咽回去了。我想,这件事若传扬开去,肯定会引得很多人去看,这就可能会惊吓了那个救我性命的巨型动物,万一有人看见了牠,起意要去捉牠可怎么办?

我不能毁了牠的安静生活!

我决定不对任何人透露牠的存在,包括我的妻子、女儿——我知道她们的脾性,要让她俩保守住这秘密很难很难。

就在当晚,牠便又走进了我的梦里。在梦中,牠温和地看着我,但却一脸的焦虑。梦醒之后,我想我得再去看看牠,起码要带点礼物去向牠表示谢意。

第二天早饭后,待盈盈和幽岚她们外出走了,我带上一个大挎包,去街上买了一堆鲜蘑菇,我估计牠爱吃这个;又买了几样水果装在一个竹篮里;外加几个我预备在中午吃的馒头,就又朝山上走了。

到了那个洞口,我把鲜蘑菇和几样水果装在竹篮里,系上一段绳子,然后把竹篮吊到洞里,约摸篮子吊到了昨天牠站立的地方,我开始大喊:朋友,你好!我给你带来了一点礼物,请收下!

大概在我喊第三遍时,牠的头探出来了。我看见牠拉过竹篮,用手在篮子里翻翻看看,之后,便又把篮子推开了。哦,牠不喜欢这些东西!

我很沮丧地把篮子又拉上来。倒下那些蘑菇水果时,我看见了那几个原本预备中午吃的馒头,心想,没有别的礼物了,只有把这几个馒头吊下去让牠看看喜不喜欢。没想到,我刚把那几个馒头吊下去,牠便立刻抓在了手中,很快地扔进嘴里吞吃了,然后,探头朝我看了一眼。我分明觉得,牠的眼里充满了笑意。

我好开心,原来牠喜欢吃馒头!

从那天之后,我每隔一些日子,就给牠送一些馒头去。每次看见牠贪馋地吞吃,我就特别开心,我总算有了一个回报牠救命之恩的法子。但这事,我依旧没有告诉过盈盈和幽岚,更没告诉过其他人,这主要是为了牠的安全考虑。

大概在三年之后,也就是在幽岚考上大学去北京读书之后,我有一次来给牠送馒头时,牠抓住系吊馒头的竹篮突然朝上举着,不像往常那样急切地抓住馒头就吃。我一开始没有理解牠这个动作的含意,可牠一直手举着篮子不动,最后,大约是见我没有反应,牠的手又把篮子朝洞口举了举。我突然间明白,牠这是在告诉我,牠想到洞外来。我于是用手势告知牠:我会想办法将牠拉上洞来。

我知道牠的身形巨大,体重不轻,要想把牠吊上洞来,没有工具不行。那天回家之后,我就在琢磨把牠吊上洞来的法子。我先买了两条最粗的麻绳,它们的承重量应该在两吨半以上。我预估牠的重量在一吨左右,预估洞子的下扯力在一吨左右,预备就用这两条绳捆牠的腰,然后将麻绳连接在一个滑轮上,再将滑轮固定在洞外几棵粗大的柏树树干上。届时,我只需转动滑轮,就能将牠系吊上来。我不能去找帮手,只能一个人来干。

全部东西准备好之后,我选定一个晴朗的日子,来实施自己的计划。

幸亏这一带山地特别偏僻,一直没人来妨碍我。

那天我在洞外先把滑轮固定好,然后到洞口,高喊了声:朋友!牠已经听熟了我的声音,闻声由台地里探出头来。我把预先系好的绳环拿起来让牠看,示意牠把绳环套在自己的腰上,牠懂事地眨眨眼。

绳环吊下去后,牠依嘱将其套在自己腰里,然后慢慢伸出手臂,扶住洞壁,再将身子一点一点挪离台地,以至完全悬空。还好!粗麻绳的承重没有出现问题,我开始转动滑轮,牠的身子开始缓慢升高。升高一米多之后,牠的两只手已伸出洞外,可以撑住洞沿,眼看就要大功告成,就在这时,我突然发现,因洞口小,牠的身躯太大,牠根本出不了这个洞子,牠只能勉强伸出头,看看洞沿。

牠和我的眼里同时露出了绝望。

没有办法,我只好又缓缓转动滑轮,让牠慢慢又返回到台地上。我看见牠在摘去绳环时,满眼悲哀。

那之后,我先是想用绑了长杆的铁铲去铲去洞壁上的土,以扩大洞口,包括铲去那些中药材,但铲下去之后才发现,洞口的土层很薄,薄土层的下边全是坚硬的花岗岩。后来,我又想用炸药去炸掉洞口的岩石以扩大洞口,但在这厚厚的花岗岩上用炸药,量小了无用,量大了则可能伤及牠的生命。

当我明白我无力帮牠出洞时,我无比难过。我也是那时才想到,牠大约不是就在洞中的台地上出生的,可能是在偶然的机缘里进入了那个台地,此后就再没了出洞的机会,一直到牠长大,被彻底束缚在了洞中的这块台地上,陷入了困境……

哦?我被德诚的讲述吸引住了,他原来还有这么一段奇特的经历。那牠现在还在里边吗?

在。我今天就是领你来看看牠,但牠老了,听力明显不如从前。从前我只要站在洞口喊一声"朋友",牠就会探出头来,现在要喊好久,牠才能听见。我不知牠这类动物的寿命能有多长,我很为牠伤心,一直被困在那个台地上,下,不能下;上,不能上。

你今天给牠带馒头了吗?

当然带了。德诚边答边从背包里掏出了五个馒头,放进一个塑料袋里,然后绑上一段绳子,朝洞里吊了下去。牠过去一次可以吃九个馒头,现在,只能吃五个。牠不懂储存,吃不完的馒头就让我再带走。

朋友!朋友……德诚连续大声地喊了有十几下,大概过了有几分钟,才见到一只长满了黑毛的手,伸到装了馒头的塑料袋面前,掏出了里边的一个馒头,又过了片刻,才见到牠探出了头,朝洞顶看了一眼。尽管我在刚才德诚的讲述中,已经对牠的相貌进行了想象,但牠的真实模样仍然令我吃了一惊。我去过的动物园不少,看过的动物照片更多,可牠的模样我是第一次见到。我同意德诚的说法,牠和黑猩猩长得有点像,但不是黑猩猩。我从牠迟缓的动作和眼眸里的疲态中感觉到,牠是老了。

德诚手提着那个吊有塑料袋的绳子,我则站在洞口另一边观察着牠伸手由塑料袋里掏馒头的情景。当第五个馒头掏出之后,牠伸出手臂,朝洞顶翻了一下手掌,那动作像是在表示谢意和告别。

德诚收起绳子和塑料袋,朝洞内高声喊道:保重身体,我的朋友!

牠的手臂又伸出洞壁一次,分明是在向德诚表示:牠听懂了。

我默望着洞口,心里还在为所见的情景惊诧不已。

大哥,我今天所以领你来看看这个洞和牠,除了想让你分享只有我知道的这个秘密,让你散散心之外,是想告诉你,我担心幽岚现在和牠一样,陷入了一种难以言说的困境!

是吗?我不安地笑了。没有这么严重吧?

我有这种担心!

那我明天就回京,争取尽快把事情的缘由弄清楚……

我次日回京。

到家刚喝了一杯水,来文就打来了电话,问我了解到了什么情况。他说他如今也不好给亲家母、亲家公打电话,更不好给幽岚打电话,只能向我求助。我哪说得清?只能根据我的猜测,含混地回他一句:大概是因为住房条件太差的缘故吧。来文听罢,叹了一声:唉,这也是我一直忧心的事情。他们一家三口加上他岳母四个人,与人合租在两室一厅里,住处确实太窄小了。归根结底,这事怨我们老两口,是我们拖累他们了。原本壬慎攒的首付款差不多够了,贷款就可买房了,可不想就在这节骨眼上,壬慎的妈妈脑中风,花了一大笔钱,我的积蓄不够,壬慎就把他们攒的首付款拿出了一部分。唉,都怨我们哩!

我劝来文别自责,养儿防老嘛,妈妈有病,儿子拿钱出来是应该的。并告诉他我正在努力做说和的工作,让他暂且放下心。

挂了来文的电话,我就决定,马上邀请幽岚和壬慎来家里吃午饭,吃饭时让他们俩都敞开心扉说话,特别是要先让幽岚把心里的不快和委屈都吐出来，把胸中的怨气和怒气都发泄出来，然后再让壬慎来解释来认错来道歉。不想我打通幽岚的手机刚说了请她来吃饭的事，她就声音很硬地一口回绝道：伯伯，待我把离婚的事情处理完了，一定去看你和伯母。我知道你的美意，但眼下我没心情！

我只好说：你让我看的那篇雄家的家族大事记已经看了，但我觉得婚姻主要是你们夫妻两个人的事，别让雄家200多年前的事影响你俩的关系。幽岚在电话里冷笑了一声回道：伯伯，我当然知道雄家历史上的案子与我和雄壬慎的婚姻没有直接关系，我让你看这则史料的目的，不是说这是证据，我只是想让你知道，雄壬慎身上流淌着什么样的血液。他们家族的基因序列里原本就保有折磨女人的成分！伯伯，你是搞写作的，难道不明白我们今天的生活哪能与历史完全分开？哪能与基因和血液分开？今天的生活，不过是历史在新的社会和自然环境下的延续而已。他雄壬慎是学历史的，他更懂得这个！好了，伯伯，我真的很感谢你的关心，也明白你的心意，但这件事你千万别再管了，我和雄壬慎的婚姻是确定地走到头了！说罢，她决绝地挂断了电话。

这孩子果然固执。

我只好又给壬慎打电话。在电话里，我首先埋怨他：为何要给幽岚看你们家族的大事记？看那些陈谷子烂芝麻有啥好处？偏要给她造成心理负担？你以为你是学历史的，懂得怎么看待历史上的事情，别人就会与你一样懂？壬慎笑笑道：当时只是想让她知道我们这个家族是多么古老，清楚老雄家不是没根没底的人家，没想到她倒当真以此来揣摩我了。

我让他想想究竟在哪些方面惹恼了幽岚，既然不想离婚，就赶紧给人家道歉认错。却不料壬慎说：伯伯，现在再道歉认错都无用了，法院已经受理了幽岚的起诉，海淀区第六人民法院民事庭已经通知我,明天就开庭。我只能到法庭上去道歉了。

哦?!我一时惊愣在那儿,事情竟已发展到了这一步,要上法庭了?!看来幽岚这次是铁了心要离婚。我忙在电话里问壬慎法院开庭允不允许旁听。壬慎说:是公开审理,允许旁听。不过伯伯,你那么忙,就别去了吧,听了你也会心烦。

去!我当然要去!这桩婚姻是我促成的,现在要散,我起码得知道真正的原因!

老伴得知我要去法院旁听,数落我是狗咬耗子多管闲事,但我想,我若弄不清他们离婚的真正原因,如何给我的两个战友、兄弟有个交代?来文和德诚可还都等着我回话哩。若是稀里糊涂地不过问,我这个媒人的心,岂能安定?

谁让我当初要去当这个媒人哩?!

后悔呀!

G. 庭审

　　幽岚和壬慎的离婚案先后开了四次庭。

　　这在离婚案的审理中算是很少见的。一般的离婚案,只要开一次庭,最多两次也就宣判了。

　　第二天早上我在法院门口见到了壬慎。壬慎显得更憔悴了,我估计他一晚上肯定没睡好。他看见我,苦笑了一下说:伯伯,您还真来了!本来我是倾向于壬慎负有更多的责任的,但见他的样子又不忍心了,只交代他:既是不想离婚,在法庭上说话就要特别客气,该解释的就要解释清楚,该认错的就要诚恳认错,该道歉的事情就要软语道歉,一定不能强词夺理,不能刺激幽岚的情绪!他点点头:好的,伯伯放心!我问他对法庭不判离婚的把握有多大。他说:我找了一个好律师,律师蛮有获胜的把握。他还教了我一些在法庭上的说话策略。而且据我对幽岚的了解,她心地善良,并不是不讲道理的人。她提离婚应该是对有些事情产生了误会,属于一气之下的决定,我在法庭上把事情说明并认错道歉之后,她肯定会回心转意。

　　我听了他这话心里宽展轻松不少,不由得暗暗叹道:德诚,可能是你想多了。

　　我得先去和我的律师打个招呼。他着急地想朝法庭里走。

　　凡事不能只向好处想!我抓紧时间提醒他,也要做好在法庭审理过程中出现对你不利局面的精神准备。很多事情一提到法庭上,就不是我们个人所能控制的了。他苦笑说:这是民事审判,不像刑事审判那样会出险情,应该不至于的。

第二次开庭前,壬慎的自信心更强了。我记得他当时在法庭门前对我说:伯伯,你放心,幽岚离不了婚的!

第三次开庭前,壬慎再次让我放心:伯伯,没有事的,我肯定能保住我的家庭!

第四次开庭前,他才显得心事重重。

这桩离婚案虽然是公开审理,但在四次开庭过程中,旁听席上都只坐着我一个人。大概这年头离婚的人太多,没有谁再来关心这种普通的离婚案。每次开庭,我都录了音,录音的目的,是为了日后向我的两位战友和兄弟去做说明——这桩婚事既然是我促成的,我必须得对他们有个交代!

发表在下边的内容,是我让我的学生根据录音整理成的稿子——我经过反复权衡,觉着看稿子比听录音对人的心理刺激会小些。明天,我要再去泰安,要把这份录音整理稿给德诚看看——

第一次开庭

开庭时间:2019年9月11日。

合议庭组成人员:

庭长,范览景。

审判员,刘韵玫。

审判员,章含钰。

合议庭书记员:应梦。

合议庭书记员:扈一卿。

出庭人员：

原告袁幽岚,29岁,本市海淀区三龙街美丽苑2号楼509室。

袁幽岚聘请的律师——平权律师事务所律师焦蕴恬。

袁幽岚聘请的律师——平权律师事务所实习律师冷婞。

被告雄壬慎,31岁,本市海淀区三龙街美丽苑2号楼509室。

雄壬慎聘请的律师——天义律师事务所律师谢国定。

庭长:关于袁幽岚女士起诉离婚一案,经庭外调解未果,今天正式开庭审理。现在宣布法庭纪律:一,不得大声喧哗,干扰庭审进行;二,不得打开手机,随意接听电话;三,不得拍摄照片和视频。

下边我要正式询问原告和被告,对于合议庭的人员组成,你们有没有需要申请回避的？没有？好！庭审开始,先请原告律师宣读已送达本庭的民事起诉状。

原告律师冷婞:民事起诉状。原告:袁幽岚,女,汉族,原籍山东泰安,1990年5月19日生,身份证号:370900199005194590。现住址:北京市海淀区三龙街美丽苑2号楼509室。

案由:离婚纠纷。

诉讼请求:1、请求人民法院判令解除原、被告之婚姻关系。2、请求人民法院判令婚生女儿归原告抚养,被告每月向原告支付抚养费人民币5000元。3、请求法院分割婚姻关系存续期间夫妻的共同财产,判决81万存款中的一半归原告所有。4、本案的诉讼费用由被告承担。

事实与理由:原、被告于2012年经人介绍相识,随后开始自由恋爱,于2014年登记结婚。婚后,于2015年生育有一女雄袁幸子。原告系东发盛达广告公司业务一部副经理,曾希望与被告共创新生活,但被告不愿正视生活现实,满足于钻在古书堆里玩弄文字游戏,有空闲即看电视上的体育比赛节目,无力养家和买房、购车,使家中的经济状况日渐拮据。平日视妻子为保姆,不干家务,将家中所有事务全推到妻子身上,对其没有正常的关爱表示。他还不管不顾女儿的成长教育,不尽做父亲的责任义务。综上所述,原告认为,原、被告夫妻关系已名存实亡,感情已完全破裂,恳请法院判决解除双方夫妻关系,分割夫妻共同财产,判令原告抚养女儿。此致,海淀区第六人民法院。原告袁幽岚。2019 年 9 月 1 日。

庭长:请被告律师宣读被告的应诉答辩状。

被告律师谢国定:离婚应诉答辩状。答辩人雄壬慎,本人就原告袁幽岚起诉与我离婚一案作如下答辩:

请求事项:请求法院驳回原告诉讼请求。

事实与理由如下:本人于 2014 年在相爱的基础上与原告结婚,于 2015 年育有一女,取名雄袁幸子。结婚以来,两人一直和睦相处,女儿也十分可爱。本以为自由恋爱的夫妻能够白头相守,没想到原告与我只过了不到 5 年就突然提出离婚,令我实在难以接受。首先,我们夫妻只是偶有口角,感情根本没有破裂。我自知家境清贫,能有相爱的妻子和可爱的女儿,是非常满足和珍惜的。日常生活中,对原告也是分外呵护和谦让。在我们共同生活的几年里,我处处礼让原告,偶尔因家庭琐事和原告拌嘴,也能很快重归于好。我们也没有经济上的矛盾,我的工资都是每月一发就交到原告手里。原告何必要一时冲动,执意离婚,从而遗恨终生呢?原告说与我夫妻关系恶化、感情破裂,这并无事实依据。我们一直住在一起,直到昨晚还睡在一张床上,怎能说感情破裂?怎能因一时赌气说散就散?其次,夫妻离婚,最大的受害者是孩子,这是人尽皆知的道理。我和原告婚生的女儿雄袁幸子聪明活泼,我们如果离婚,势必迫使女儿日后去面对继父或继母,这对女儿的心理健康自然不利。为了孩子的健康成长,我和原告也不能离婚。原告现在与我离婚的真正理由,坦率说不过是嫌我穷,嫌我没有买房子、车子。我承认我现在的确很穷,但穷肯定是暂时的。我并无赌博和好吃懒作等恶习,平日里不但勤苦读书,而且热心写作赚取稿费以补贴家用。我和原告都还年轻,女儿还小,凭借我的吃苦精神,我有信心让目前的贫穷状况在不久的将来得到彻底改变,让原告和女儿过上幸福生活,使这个三口之家变得和谐温馨。我请求原告再给我几年时间,让我继续为这个家庭打拼。我们千里有缘,结成夫妻并已结婚生女,盼原告能再忍受几年清苦,相信我会把美好的未来捧给你。综上所述,我恳请法院说服原告,请她看在女儿的分上,体谅一个有责任心的丈夫,不要离婚,给我和女儿一个完整温暖的家。此致,海淀区第六人民法院。答辩人雄壬慎。2019年9月5日。

庭长:下边,我们就原告向法庭提交的有关证据进行质证。请书记员应梦展示雄壬慎酒醉摔倒在地和殴打女儿的两张照片。

庭长:被告雄壬慎,你对这两张照片的真实性有无怀疑?

被告雄壬慎:没有。照片上的人是我,幽岚拍的是真实场景。

庭长:请书记员应梦播放雄壬慎不做家务看足球赛的视频。

庭长:被告雄壬慎,你对这段视频的真实性有什么看法?

被告雄壬慎:这段视频中的人是我,录的是真实情景。

庭长:好的,照片和视频可以作为本案证据。

最近一段时间,我们接连审判了多起离婚案件,案件审结之后,在回访调查中,有多名当事人,尤其是多名被告反映,法庭上的辩论时间太短,原告、被告之间,双方所聘请的律师之间,辩论不充分,没有给足大家说话和辩论的时间。有鉴于此,本着改革民事审判工作的精神,我们在报请院审判委员会同意后,决定从本案起,对原来的审理方式进行一下改革,给足原告和被告发言的时间,让双方所聘请的律师展开自由而充分的辩论,之后再由合议庭来作出判断和判决。

下边回到本案上。袁幽岚女士,我们给了你一段时间的冷静期,希望你能考虑你丈夫雄壬慎先生关于不离婚的请求,但期满过后,你仍然坚持离婚并向法院送来了离婚起诉状。除了起诉状上所说的离婚理由之外,你还有什么需要补充的吗?

原告袁幽岚:庭长先生,很感谢法庭给了我一个月的冷静期,我很理解并感谢你们的好意,但我与雄壬慎离婚的决心已定,不可更改!我坚持离婚的理由有很多,因为受起诉状这种法律文书格式的限制,我不能都写上。现在,我想在法庭上把我离婚的理由尽可能全面地说出来:

第一,雄壬慎他这人缺乏诚信,整天谎话连篇。我不想跟一个说话根本不靠谱、毫无诚信的人继续生活在一起。他平时说的谎话多了去了,比如他与我谈朋友时,我坦荡地告诉他,在认识他之前,我谈过一次失败的恋爱。照说他也应该坦率地告知我他的恋爱经历,可他说他从未与别的女孩谈过恋爱,与我的接触是第一次,当时给了我极大的好感。然而,就在我们婚后的第十一天,我的手机里突然出现了一则短信,短信的内容是:你说你已怀孕,我根本不信!我们多久没有做爱你应该很清楚,请算好时间后再给我发消息,休想讹我!我看后大吃一惊,急忙按发来短信的电话号码打过去,这才弄明白,发短信的是他的前女友,短信是雄壬慎在认识我之前发给他女友的。我也是此时才明白,他不仅谈过恋爱,而且还导致对方流过产。我因此同他大闹了一场。

又比如他本来身高只有1米79,但他在同我谈恋爱时告诉我是1米81;再如他前些年本来体重是85公斤,可同我谈恋爱时告诉我是78公斤,整整差了7公斤,7公斤的肥肉就这样被他瞒下了;还有,他老家本来只在镇上自建的三室一厨一卫的平房,可同我谈恋爱时告诉我他们家有三室两厅一卫的房子。

好了,今天不说这些陈年旧事,我只重点说一个他的谎言:他婚前曾多次向我承诺,婚后两年保证买到一室一厅的房子,面积在40平米左右,再加上一辆价值十万元左右的家用轿车。我因此也向他承诺,结婚时不要他一分钱,并同意在结婚的当年怀孕,以满足他爸妈想早抱孙子的愿望。但直到今天,我们的女儿已经几岁了,他交我存下的钱还不够一室一厅房子的首付,我连房子的影儿也没看见;轿车就更不用说了,家里连一个轿车模型也没买过。我们一家三口至今挤在与他人合租的两室一厅的小房子里。我妈来帮我看孩子,只能把床放在共用客厅里,床周围拉上布帘子。我每次看我妈的床都愧疚无比,感到太对不起我妈了。

我在一家广告公司工作,现在每天上下班还是坐公交车和地铁,参加同学聚会也只能骑共享单车。当然可以打车去,但来回打车的钱将耗去我一天工资的几乎四分之一,怎么舍得?去年冬天我骑自行车滑倒,摔伤了腿,一个月无法上班。我觉得雄壬慎当初给我的承诺完全是欺骗,开的是纯粹的空头支票,在把人骗到手后,就完全忘记了他的承诺。他经常安慰我:面包会有的。其实就是要我在贫穷中一直忍耐下去,陪他去过这种没有尊严的生活。他这种行为,让我担心他以后说的每句话都可能是假的,我因此不愿再与他共同生活下去。

第二,他懒惰透顶,差不多可以说,他是中国最懒的男人。他婚前哄我说,婚后的家务主要由他来做,拖地、刷碗、洗衣服、倒垃圾,都由他来干,我只负责采买家里吃、穿、用的东西,决不会让我累着,一定会把我当心肝宝贝一样地呵护着。但实际情况是,结婚仅仅一年以后,他在家里就什么家务活也不干了,关键是连他的内衣和袜子也得由我来帮他洗。有一次,孩子把奶瓶弄倒了,他就坐在孩子旁边看书,照说他完全可以伸手把奶瓶扶起来,但他没有,而是高声喊我妈去扶。他下楼从来不记得把垃圾袋捎下去。家里进了个苍蝇,他也是喊我去拿了苍蝇拍来扑打。每天下班回来,就是一屁股坐进沙发里玩手机,要不就是看电视上的体育节目,再不就是看他那些明朝、晋朝、汉朝的破历史书。心情好的时候,才会逗一下孩子。我哪是一个宝贝,不过是一个不要工资的保姆、一个佣人罢了!一辈子太长了,跟一个一点儿也不心疼你的男人过一辈子,我没这个耐心。

第三,他待人处事特别小气、吝啬。家里的钱虽然让我管着,但对任何开支他都要查问清楚,唯恐我多花一分。我想买瓶法国普罗旺斯产的珍妮橘光香水,他不让,说中国产的香水已经很香了,太香了会让人起腻;说香水其实也是一种对空气的污染,说总用香水是破坏环境。天下有哪个大方的男人会这样来评价香水?我想买盒韩国爱茉莉太平洋集团旗下的化妆品雪花秀,他说韩国的化妆品不见得就比中国的好,说不定用了雪花秀还会过敏,说他有一天看见一个因使用化妆品过敏的姑娘,脸肿得像一个脸盆;还说真正漂亮的女人是根本不用化妆品的,天下有哪个男人会这样来糟蹋化妆品?我买了一件40块钱的洛丽塔乳罩,戴上之后让他看,他说:好看是好看,但太贵了。乳罩戴在内衣里边,别人又看不见,最多是咱俩看两眼,值当买那么贵的么?十几块钱的就可以了,20块钱的已经很不错了。我有一次受闺蜜鼓动,也去买了一件1500元的盖世红颜旗袍。天呀,我穿回来以后他那个抱怨呀,先说这件旗袍根本不值1500元,我买它完全是上当受骗;又说这件旗袍的做工不好,很粗糙,要买就该去苏州买;后来还说我生完孩子腰粗了、腿壮了,穿上旗袍并不好看,还不如穿裤子好。他这话把我气得大哭了一场,我腰和腿粗了怨谁呀,还不是怨他和他爸妈催着我怀孕生孩子嘛!有几个女人生完孩子腰腿与原来一模一样?我每次去美容店做美容回来,他都讽刺说未见脸颊更白嫩呀!还一再警告说有人做美容把鼻子做塌了,把乳房做硬了,把臀部做陷了,唯恐我去做隆鼻丰乳美臀手术花他的钱。逢年过节,我给我爸妈各买件衣服,他就提出也给他爸妈买一模一样的衣服,唯恐我花在我爸妈身上的钱多了。我表姐做生意想找我借五万块钱,他坚决不答应,说,借钱就等于结仇。总之,家里的钱虽然是我在管,但其实我并没有一点随意支出的权利。他就是一个吝啬鬼、守财奴!

　　第四,他的个人卫生习惯极差,令人难以忍受。他当初跟我谈恋爱时,身上穿的衣服板板正正,衬衣的领子雪白雪白,我那时还以为找到了一个清清爽爽讲卫生的男人,谁知道这在他只是偶然现象,是他为赢得我的好感强迫自己做出来的。结婚以后,他的本相就暴露出来了。我告诉你们,他其实是天底下最邋遢的男人,经常不洗脚就上床,脚臭得能把人熏死;臭袜子乱扔,有一天竟然扔到婴儿车里,我们的女儿以为那是什么好东西,拿到手上乱抢,还捂到嘴上去闻。他有脚气,这会让孩子感染上真菌的。再就是他饭前很少洗手，不论是馒头还是苹果，总是看见后抓起就吃。进了厨房，只要看见菜炒好了，常常不拿筷子，直接用手捏了就向嘴里填。你不催他，他绝少去理发、剪指甲。上厕所小便时，只掀马桶盖，从不知道把马桶坐垫也掀起来，结果总是把尿液滴答到坐垫上；大便后，胡乱一冲了事，根本不看马桶壁，从不知道用马桶刷刷一下马桶壁，弄得屎星子干在马桶壁上，得让我和我妈来擦洗。而且他一年四季，从不知道用点护肤霜，你给他买来男用香水他也不用，身上永远是说不清楚的汗味。刚开始认识他时还想闻那味道，时间久了就非常乏味。他连洗澡也是胡乱应付，八分钟就能洗完，经常连沐浴液也不在身上抹一下。有哪个女人愿让一个脏兮兮的男人整天睡到身边？我受不了！也忍不下去了！

第五，他对我父母缺乏起码的尊重，是不孝顺的女婿。在我们的女儿出生之前，他从未主动地邀请他们来北京家里做客，当然房子小也是一个客观原因。女儿出生之后，他不得已，才请我妈过来帮助带孩子。我父亲喜欢下象棋，每次去我家，他同我父亲下象棋都寸步不让，经常为下棋把我父亲气得半死，有时老人家能气得把茶杯都摔了。我一再叮嘱他对我父亲要让一让，让他开开心，可他从不理会，总要把我父亲打败，让老人家着急。我问他为什么这样干，他说，谁叫他当初反对我和你结婚呢，我就要让他知道知道我的厉害。我母亲特别喜欢别人夸她做饭做菜的手艺，我刚认识雄壬慎就把我妈的这个小心思告诉了他，可他只在同我结婚前夸了我妈几次，我和他结婚以后，他吃完我妈做的饭菜后，总是说"味道一般""不太好吃"，气得我妈多次流下眼泪。我觉得他就是存心的，我妈过去也跟我爸一起反对过我们交往，他是存心要让我妈心里添堵。我觉得他这个人的心眼儿压根就不好，睚眦必报。只要我不提起，他从不会主动提出去泰安看我爸妈。其实我爸妈对他特别亲，因为我是独生女儿，他们实在是把余生的全部希望都寄托到他这个女婿身上了。

第六,他对孩子缺乏责任心,基本上不管孩子,对女儿没有尽到做父亲的责任。我们的女儿出生以来,他很少抱,更别说照顾她吃喝拉撒穿衣戴帽了。有时遇到节假日,他兴许会稍稍抱一会儿,但只要孩子一哭,他立马转手给我或是我妈。特别是近两年,孩子上了幼儿园,他差不多完全不管了,接送孩子的任务全落在我和我妈身上,更别说跟女儿在一起玩乐游戏了。两三岁开始,其他的孩子都开始报各种兴趣班学习,比如英语、美术、唱歌、跳舞、数学等等,可他以孩子尚小为借口坚决不让报名,这就使我们的女儿与别人家的孩子相比,显得笨多了。别人的孩子都能算加法了,我们的孩子连阿拉伯数字还不能写;别人的孩子能画一棵大树,我们的孩子连一个鸡蛋都画不出来;别人的孩子能说出好多英语单词,我们的孩子连一个英语字母也不认识。他生生把我们的孩子耽误了。在一个家庭里,还有什么比抚育培养孩子重要?他对孩子都没有责任心,我还守着这桩婚姻干什么?

第七,他反对我参加正常社交活动,肆意诋毁我的闺蜜。我有几个大学闺蜜,我们没事时总爱到咖啡馆里喝点咖啡聊聊天,舒解一下心里积下的生活压力。这本是一件好事,可他却看不惯我们的这种相聚,说我们的聚会是说东家道西家,无事生非,与乡村里的大嘴女人差不了多少。还对我的闺蜜吹毛求疵,反对我与她们交往。他今天说我的闺蜜大梁好吃懒做,整天就想着吃好穿好;明天说我的闺蜜小唐风流成性,见个英俊的男人就想向人家怀里钻;后天说我的闺蜜大苋爱嚼舌根,会把知道的邻居隐私添油加醋四下里传播。总之,我的闺蜜里没有好人!有时,我们也会去唱唱歌跳跳舞,他知道后更是大发脾气。他特别反对我和闺蜜偶尔喝几杯红酒,他说喝酒会乱性伤身,极易造成酒精上瘾,而且喝醉后会给男人造成可乘之机,还说很多强奸案都是在喝酒后发生的。他反复警告我与闺蜜们交往只会把我向坏处带,一心想把我完全禁闭在家里,只侍候他和他女儿,将我彻底变成一个家庭妇女,变成一个只为他个人服务和只供他驱使的老妈子。

第八,他的母亲偏心至极,而且脾性怪异,对我女儿的管教方法不当,令人生气,我们婆媳根本无法住在一个屋檐下。他母亲当过他们老家村委会的妇联主任,能说会道的水平达到顶级。老太太极端偏心,偏心他的儿子,说起话来还特别啰嗦,常常会把你啰嗦得头大如斗满头是火。我只说几件事你们就知道那老太太是一个什么人了。头一件,她初来我家照看她孙女时,说定早上她起来做早饭,我头天晚上就叮嘱她,明早要煮4个鸡蛋,保证全家每人一个。但第二天早上我往饭桌前一坐,才发现她只煮3个,而且,她已经先给她儿子剥了一个放到他的稀饭碗里,又给她孙女剥了一个开始喂,剩下的那个,她是老人,自然应该是她吃了!我当时那个气呀,这不是明明把我当外人吗?我一气之下,不管不顾,拿起那个鸡蛋就剥开吃下去了。二一件,她只要在我家住,每天早上必定在6点40喊他儿子起床,连双休日也是这样,她喊她儿子起床的同时,自然也把我弄醒了。我对此曾多次向她提出抗议,但她不理不睬,硬说这是在坚持一种好习惯。我们两口子夜里睡得晚,有时是因为工作加班,有时是因为做爱,为何一定要在这个时间点起床?真是见鬼了!三一件,我女儿小的时候,她经常把饼干泡在开水里喂孩子,说是这样好吸收营养,她根本不知道这恰恰会增加孩子胃部的负担,破坏她的消化能力。我多次想纠正她的做法,但她一直不改。四一件,她干涉我对我女儿的管教,每当我管教自己的女儿时,她都会瞎掺和,使得孩子更加任性不听话,照此下去,我女儿肯定会变成一个没有好习惯的孩子!

第九,他没有很好的生活习惯,导致身体偏胖,我讨厌他这种体形。他特别爱喝酒,只要有饭局酒局,他从不推辞,总是兴高采烈地去参加，然后喝得摇摇晃晃地回家，有时回家还吐一地，我得忍着恶心去收拾。若某一段时间没有饭局酒局，他还会着急，会自己上街买酒一个人喝，不是啤酒就是北京二锅头，我们家隔段日子就会堆一堆小二瓶子。他喝得满嘴酒气，这个时候他要再去亲你，你会烦死！再就是他爱吸烟，一天差不多吸半包还要多，吸的烟也不是啥好烟，味道很难闻，关键是我们的女儿很小，二手烟吸多了是要伤身体的，我多次反对，他就是不改。有时都半夜了还要吸，我不准他在家里吸，他宁可站在楼道里受冻也要坚持吸。一个满身烟味的男人，你怎么可能愿意和他拥抱在一起？还有一条，就是他特别爱吃油炸食品，油条、炸鱼块、炸鸡块是他的最爱。我告诉他吃油炸食品会使人变胖，会使人血压、血脂升高，他听不进去，还诡辩说人想吃什么就说明他的体内缺什么，结果怎么样？他把自己的肚子吃得跟怀孕四个月一样，凸得老高，丑死了，让人一看见就难受，怎么去爱他？！如果让他趴到地上，大家会看见他两头不着地，就中间的肚子着地，吭吭哧哧的，要多难看有多难看！

　　第十，他妹妹是个啃哥女，他对他妹妹的关照特别过分，我受够了。他妹妹在北京新北方公司打工，隔三差五要来我们家吃饭。吃饭是应该的，兄妹情嘛；关键她还经常朝她哥哥要钱，而且有时要钱是为了去旅游。我每月给雄壬慎的零花钱是400块，结果他妹妹能拿走300；她还不断地穿走我的衣服，有些是我不穿的，有些我正在穿的衣服，她看上了，也敢穿走。我受不了这个小姑子！有一次，她说她的房东提高了房租，从我们这儿借了5000元走，其实哪是借呐，找个要钱的借口罢了，果然，她转身就去买了一个苹果手机。那是我都舍不得买的东西呀，她都敢去享受。她还敢去做美容，一个打工的人最重要的是抓紧时间挣钱，钱还没挣到手，去美什么容？

　　第十一，他不注意个人修养，在生活细节上让人生厌。他爱说粗话，尤其是在家里，动不动就说"他妈的""日他奶奶的"，我受不了这种粗野。你一个历史学院的研究生怎会如此不文明？他还爱用手指头挖鼻孔，我告诉他这不雅观，可他不听，照样我行我素，有时当着我闺蜜的面也挖，弄得我羞臊不已；他还喜欢坐在沙发上抠脚指头，我看不惯这个，可怎么制止也不行；他还爱肆无忌惮地放屁，声音很响，有一回，我们单位的几个姑娘来我家小坐，结果他也无拘无束地放屁，惹得那几个姑娘哈哈大笑，我羞得都想钻到地缝里去。他这些行为都让我恶心，我受够了他。他完全不像与我初见面时那样优雅可爱，现在看来，他当初完完全全是伪装的，跟我结婚以后，他的真面目露出来了。

第十二，他在老家的亲戚、朋友动不动就要他帮忙在北京就医、找工作，旅游也来找他，骚扰得我无法正常生活。结婚前，我根本没想到他有那么多的亲戚和朋友，而且那些人屁大的一点事都要找他来帮忙。不是让他帮忙找名医看病，就是让他帮忙在大医院安排住院；不是让他帮忙在北京给孩子找工作，就是让他帮忙给孩子找对象；不是让他陪着游长城，就是让他陪着去看其他熟人。我们那个小屋里经常坐着他老家来的人，我们家变成了他老家的驻京办，我真是不胜其烦，可他就是不会拒绝，死要面子活受罪，拉着全家跟着受罪。

第十三，他胆小得出奇。恐高，电灯泡坏了，他都不敢安，还需要我去安；不愿坐飞机，逢到出差必须坐飞机时，他头天晚上都吓得睡不好觉；不敢登高山，去华山旅游，我都上山了，可他不敢，结果他抱着女儿和我妈在山下坐着玩。再就是怕蛇，看见蛇就吓得腿发抖。有一天我跟他开玩笑，把邻居孩子玩的一条玩具蛇放到了他的脖子里，结果竟把他吓得昏死了过去。我惊得急忙叫了救护车把他送到医院里。你说，假如有一天某个男人来欺负我，他敢去救我吗？有一次我问他：若突然有坏蛋拿了刀拦住我俩，对你叫:把女人留下,你给我滚!你将怎么应对?你们猜他怎么回答,他说:那我肯定先抱头跑开,好汉不吃眼前亏呀!我又问他:那我怎么办?他说:你那么聪明,同他们周旋周旋嘛!我再问:要是周旋不下去了怎么办?你们猜他怎么说——那就按他们的要求办。我想请法官们想想,这是说的人话吗?这不是要我任坏蛋处置嘛,我怎能跟着这样一个胆小鬼王八蛋过下去?!

第十四,我和他结婚后,不论是三八节、情人节、母亲节、"5·20"、七夕节、结婚纪念日、我过生日,还是其他节日,他从未给我买过一次花或一件小礼物,好像我根本不是一个值得他重视的女人。你说他不懂得浪漫?可在结婚前,他三天两头地给我送花送礼物,那时他比现在还穷。一结婚成了他的女人,他可以随便上我的床了,我就一钱也不值了。说实话,因为要赚钱买房子,我并不希望他把钱用在给我买花上,可过年过节过生日,给我买个实用的丝巾、买件内衣、买瓶香水什么的,总是可以的吧?可他根本没有这个心思,把这事忘得无影无踪。

庭长先生,想说的实在是太多了,二十条三十条都有,真要全说出来恐怕得三天三夜。算了,我觉得只说这十四条就够了。他对我已经没有了一丝丝爱意,我对他也已没有了一点点感情,与他再在一起生活对我实在是一种锥心刺骨的折磨,恳请法庭能判决我们离婚,给我留下一条活路,让我多活几年。

我想再说明一句:雄壬慎在家里的所作所为与他在外边给他人温文尔雅的印象完全不同;在家里,他就是一个懒蛋和蠢蛋,在外边,他倒像一个学者和智者。他是一个标准的两面人!是一个用两套面具生活的人!

庭长:焦蕴恬律师有什么想说的?

焦蕴恬律师:庭长先生,我觉得袁幽岚女士的离婚理由已经说得很充分了!十四条呀,条条都证明,她的离婚决定非常正确!

在谈论我对原告袁幽岚女士与被告雄壬慎先生离婚个案的看法之前,我想简略地谈谈我对人类婚姻制度的认识。目前,人类的主要婚姻制度,是一夫一妻制,当然,在世界的个别地方还存在着一夫多妻制和一妻多夫制及同性婚姻,但人类最重要的婚姻形式,是一夫一妻制。我们现在可以肯定,在人类出现在地球上的最初时期,是没有什么婚姻制度的,那时,人类和其他动物一样,其交配和繁衍,完全是凭本能来进行的。随着生产力的发展和人数的增加及族群的扩大,人们逐渐意识到,这种没有规则约束的交配和繁衍,会出现三个弊端:其一,会在男人和女人间分别造成矛盾甚至流血事件,因为几个男人可能同时想同一个女人交配,或几个女人可能想同时与一个男人交配;其二,对男女通过劳动共同获得的剩余财产无人珍惜和保护,这对人群长久的发展不利;其三,后代的健康受到了威胁,增加了畸形人和傻子的出现。人类进入一夫一妻的婚姻制度之后,上边所说的三个弊端解决了,可又出现了三个新的弊端:第一,固定的对象虽使人有安全感,但容易使人失去新鲜感和刺激感,一辈子就与一个异性生活会使人觉得无趣,故出轨、劈腿成为了婚姻中的经常现象。第二,性格完全互补的男女遇到的几率很小,男女两人兴趣爱好完全不同的大有人在,这就使大部分夫妻不得不在争执吵闹中过日子。第三,男女两人一旦走进婚姻,意味着要与对方所在的家庭甚至家族结缘,两个家庭、家族的事务和纠纷必然迫使两人卷入,男方与岳父、岳母的关系,女方与公公、婆婆的关系,很难完全处理得当,由此而起的烦恼和痛苦将会持续终生。

但一夫一妻制的婚姻在现阶段还无法取消。取消了,人类在幼年时期出现过的那些问题就还会重现。怎么办?只有采取弥补式的离婚制度。离婚法规的设计是对一夫一妻婚姻制度的一种人道主义补充。有了这个补充,那些陷入不幸婚姻牢笼的人便会得到拯救。可惜,在很长时间里,由于社会的封闭和旧观念的束缚,很多人不敢利用这个制度去自救。所幸,随着社会的日益开放和发展,陷入不幸婚姻的女性开始觉醒,她们不再依附于男性,她们终于敢于说出:大不了我单独过!

袁幽岚就是这样一个觉醒了的女性!

庭长:请焦蕴恬律师回到对本案的辩护上来!

焦蕴恬律师:好的,好的。下边,我想就原告袁幽岚刚才说到的十四条离婚理由,发表一点我的看法。

她提出的第一条离婚理由,是说雄壬慎缺乏诚信。我觉得这一条非常重要。诚即诚实诚恳,是指"内诚于心";信即信用信任,是指"外信于人",诚与信组合起来,是指诚实无欺,讲求信用。诚信是自汉代就形成的一条人际交往规矩,千百年来一直是维持中国社会正常运行的基本原则。墨子说过:言不信者,行不果。西塞罗向世人发问:没有诚信,何来尊严?左拉断言:失信就是失败。诚信原则当然也应该被引进婚姻之内,引进夫妻关系的处理中。不论是丈夫还是妻子,若对对方不讲诚信,说话不诚实,做事无信用,那另一半怎敢再让其陪伴在身旁?这个家庭肯定会散掉。中国古人都提出要求:大丈夫一言既出,驷马难追!而雄壬慎对妻子做出的重要承诺一个也不兑现,对妻子说出的话一句也不打算落实,那他算什么大丈夫?小丈夫嘛,非丈夫嘛!袁幽岚女士不想要这样的丈夫是很正常的!

她提出的第二条理由是雄壬慎出奇的懒惰。懒惰,是指人表面上在追求安逸,实则是陷入消沉的一种状态。它表达的是一种心理上的厌倦情绪。我据此可以断定,雄壬慎早就对他的婚姻产生了厌倦情绪。所有自愿走进婚姻的丈夫可以回忆一下,你新婚的头一个月懒惰过吗?在那一个月里,你唯恐妻子不满意,干什么事都会很勤快,因为婚姻的新鲜感让你充满了活力。在袁雄二人的婚姻里,雄壬慎的懒惰还另有原因,那就是他有大男子主义。他认为自己在家里是老大,你袁幽岚应该老老实实地为我服务。大男子主义来源于中国的男尊女卑文化,这是我们文化传统中的糟粕。雄壬慎在谈恋爱时表态要干这要干那,那在他其实只是要捕获女人的一种策略。说直白点,像他这种人谈对象其实不是在找白头偕老的妻子,而是想找一个合意的长得好看的女佣,或者说得更直白一点,是想找一个泄欲器。

有人在网上说,在婚姻里,一些男性的心理成熟度远低于女性,女性会自问:我嫁一个男人是为什么?凭什么我在管孩子的同时还要照管丈夫的日常生活?我做早饭时,他睡觉;我哄孩子时他看电视;我洗他内衣袜子时他玩手机。我凭什么要受这种折磨?她们因此要离婚,这是为了独立,也是为了止损。比尔·盖茨的妻子梅琳达·盖茨曾说过,女性结婚后在家里完成的工作,比如照顾孩子、做饭、打扫卫生、购物这些没有报酬的无偿工作,在量上通常是男性工作量的两倍多。就是这种家务扼杀了妻子们的人生梦想。男人的懒惰可以说相当普遍,有多少婚姻都被这个东西毁了。你今天不倒垃圾,你明天不洗碗,你后天不拖地,你大后天不刷马桶,你天天不洗袜子,哪一个都不是大事,但这么多的小事累积起来,就慢慢把婚姻这座房屋的墙壁都腐蚀掉了,直到有一天使婚姻这座大厦轰然倒下。雄壬慎就是这样毁掉了他的婚姻。

她提出的第三点是他吝啬。婚姻的一个最基本功能,是男女两人组成一个经济共同体。过日子自然需要金钱,金钱的使用在婚姻中是一个最敏感的问题,也是一个最容易伤害夫妻感情的因素。男女婚后的金钱管理样式,无非是三种:丈夫管,妻子管,夫妻共管。但不管怎么管,都有一个原则,那就是大度。丈夫管,妻子要大度;妻子管,丈夫要大度;夫妻共管两人都要大度。所谓大度,就是相信对方不会乱花钱,不轻易追问对方是怎么花钱的。雄壬慎显然是违反了大度原则,一天到晚地锱铢必较,婚姻怎么会不破裂?契诃夫说过:吝啬必受罚。你妻子要和你离婚,就是对你吝啬的惩罚。我劝你安心接受这个惩罚吧!

她提出的第四点是他的卫生习惯不好。男女结婚,意味着都把自己的身体交给了对方。不论是男人还是女人,在与对方赤裸相对时,第一个本能的要求,就是对方要干净。当然,男女两性在对这个问题的追求上有些差别。有的男人,可以和身上有污垢有异味、衣服不怎么干净的女人做爱,但女性,尤其是知识女性,常把干净作为做爱的一个基本前提。如果这个基本前提不具备,她们不可能来情绪。试想,如果一个女人,面对着一个脏兮兮、臭烘烘的男人,你能动情?你愿意倒在他的怀里?西方的男女在夜晚上床前会在身上抹点香水,为什么?就是为了给对方一个美好的感觉!很多男人以为不怎么讲卫生是一个小毛病,错!它是婚姻中的一件大事情,它会每日每时不断地销蚀女人对你的爱意,直到她对你生出嫌恶,并把爱意彻底收走!有人说,婚姻的四大杀手是嫌恶、批评、鄙视和冷战。男人不讲卫生就会引起女人的嫌恶,雄壬慎,你既然想保住婚姻,却为何不讲卫生?!

她提出的第五条是他对岳父岳母缺乏爱与尊重。不论是丈夫还是妻子,因与对方的父母没有血缘关系,要真正爱上他们并不容易。公公婆婆和岳父岳母,是一对婚姻的两个后方镇守使,表面上看,他们是婚姻的非当事方,其实,他们是当事方的"上司"。不论是丈夫还是妻子,只对对方好而不对对方的"上司"好是不行的。自然,我们都知道,婚姻中的当事人与对方的"上司"并没有感情。这就需要人的理智参与。双方要在内心里明白,你的爱侣不是从天上掉下来的,不是从土里蹦出来的,而是对方的父母抚养长大的,你既然爱你的伴侣,你就要连带着爱并尊重对方的父母。不管你心底里多么不愿意,这一点也必须做到,只有这样,你的伴侣才会爱你。雄壬慎当不了好女婿,他怎么可能成为一个合格的丈夫?他的妻子要离开他是完全可以理解的!

她提出的第六条是他对抚养孩子缺乏责任心。责任心是指对事情敢于负责勇于负责的态度,它是一个人事业成功的基础,也是一个人婚姻成功的基石。男人的责任心在婚姻中的作用是什么?它是一种看不见的安全罩,男人有了责任心,女人和孩子就会感到自己的头上有一个安全罩,他们就会有安全感,就会在心里有仗恃,觉着不管在前行的路上遇见什么不测和灾难,都有人来保护自己。表面看上去再强大的女人,内心里都潜存着一种不安全感,都有寻求男性保护的心理需要,或隐或显而已。这是女人的天性,其原初的根源在于女性体力上弱于男性的生理构造。在对孩子的抚养上,我们常常强调母亲的责任,其实,父亲对孩子的成长同样有着非常重要的影响。你们夫妻有一个女孩,在对女孩的抚养中若父亲的位置缺失,会使女孩在生活中缺少直接的男性榜样,还会使其缺乏安全感,她们长到青春期与男孩交往时,往往就会表现得焦虑、羞怯、无所适从。无论是男人还是女人,都有一种疼爱其所生子女的心理趋向,这是人的本性使然,如果一个男人连他的孩子也不疼爱,那他怎么值得一个女人去爱他?雄壬慎在生活中让妻子觉得他对抚养孩子没有责任心,那她自然不敢对这桩婚姻保持信心,她坚持要离开是很自然的。

她提出的第七条是他反对她参加社交活动。社会上所有的联盟都有领导人,唯有婚姻这种联盟不允许有领导者,两个人是平起平坐、完全平等的联盟者。但在实际生活中,男人总想充当这个联盟的领导,对女子颐指气使。在袁幽岚与雄壬慎组成的这个婚姻联盟中,雄壬慎就是想当领导的那个人。你凭什么反对袁幽岚参加社交活动?社交权是宪法赋予每个人的一项权利,你剥夺她的社交权,往大处说是违反宪法,往小处说是限制人身自由。剧作家易卜生曾说过:人的第一天职是什么?答案很简单:做自己。好的爱情不是完全地控制和占有,而是给予对方自由。而你呢?却想限制她的自由。其实,限制女人的活动范围,这是中国男人在历史上一直在做的事情。最开始,他们把女人的活动范围限制在山洞里和部落里;后来,他们又把女人的活动范围限制在绣楼上和院子里;再后来,他们想把女人的活动范围限制在村子里和街道上。一句话,就是不想让女人离开男人的视线。这是中国男人一种最传统、最丑陋的心理,就是想把女人的活动空间限制到最小,以保证女人不变心、不出轨,从而专属于自己。其实,丈夫越限制,妻子就越想离开。这在改革开放的今天,在一个现代化的社会里显得非常可笑。这是雄壬慎极端不自信的表现,是他经营婚姻无方,只能去历史的垃圾堆里寻找解决办法的表现。今天的女人,自己能挣钱养家,为何就不能获得社交的自由?不能去同自己的闺蜜喝酒聊天?这样一个观念保守的男人,怎么可能获得一个观念现代的妻子的爱?雄壬慎,你应该去清朝娶一个妻子,而不是继续把袁幽岚霸在身边。我劝你做一回现代社会的男人,恢复袁幽岚的自由身吧!

　　她提出的第八条理由是婆婆太偏心。婆媳关系是人间最难处理的一种关系,这是所有当过儿媳的女人都有的体会。婆婆以为自己把儿子养大,对儿子的家庭成员,包括儿媳和孙辈,有当然的支派、指挥的权力;而儿媳则认为,你儿子既然爱上我并同我结婚成家,就算归我所有了,你靠边站吧。有智慧的儿子,通常都会站在与母亲和妻子等距离的位置上,不偏不倚,随时调和她们的利益和矛盾,从而使她们的心理获得一种平衡,让母亲觉得儿子对自己很孝顺,不寒心;让妻子觉得丈夫对自己很疼爱,很暖心。你雄壬慎发现自己的母亲在偏心,就应该立刻出来制止和化解,而不是任由这种情况恶化,使妻子感到自己受了伤害,从而提出离婚!

她提出的第九条理由是他喝酒无度。酒是中国人际交往中最重要的润滑剂,尤其是男人,喝点酒并不是什么坏事,但雄壬慎喝酒显然是到了无度的地步,经常喝醉,经常因为醉酒在家里呕吐,这就不可能不让妻子生气厌恶。再美好深切的爱意,也经不起酒臭的反复磨蚀。我想请雄壬慎掉换一下角色想想,假若是你妻子经常喝醉,经常到家就呕吐,你在收拾她的呕吐物时心情会不会很糟糕?你能忍耐她多久?我记得你是反对她喝酒的,那你为什么允许自己喝醉呢?就因为你是男人,有天然的豁免权?再就是你的身体偏胖问题,我建议你尽快减肥,要不然,即使你再找一任妻子,我断定她也不会忍耐你多久。

她提出的第十条理由,是你纵容自己的妹妹干扰你和妻子的家庭生活。你当然应该爱你的妹妹,更应该给她关照,但当你组建家庭之后,就应该坚持一项原则,即不让你们的兄妹之情凌驾于夫妻之情之上,更不能伤害到夫妻之情。你竟然让你的妹妹穿走妻子的衣服,而且不经妻子同意,这哪里是一个丈夫应该做的事?这是典型的心智不成熟,是把丈夫和哥哥两种角色责任混乱处理的结果,既是如此,那你就只当哥哥,别再当丈夫了!

她提出的第十一条理由是你的个人修养太差。一般男人都以为,只要把女人娶进家里,就没有再在她面前展示自己修养水平的必要了,其实,男人的修养,永远会吸引女人的目光,这是人类不断向文明进化的一种保证。你自愿丢弃修养,只把自己原始的、动物性的一面展示给女人,她的心当然会离你越来越远了。社会上提出离婚的女人,有大约8%的比例,就是因为她们的丈夫在个人修养上无法吸引自己了。你,是最新的一个。

她提出的第十二条理由,是雄壬慎老家人对他们小家庭生活的骚扰。我们每个人都有亲戚和朋友,当他们向我们求助的时候,我们当然应该帮忙,但有一条原则,就是这种帮助要在自己力所能及的范围内,不能以伤害自己的家庭为代价。雄壬慎在帮助这些人时完全可以不把他们领到家里,家,不是你一个人的,你应该考虑你妻子的感受!你所以这样不管不顾地任他们来骚扰你妻子的生活,是因为你心中根本没有妻子,你认为这个家是你自己的!那么好,就让她退出这个家庭吧!

她提出的第十三条理由是他胆小。一个人胆小无可指责,这种心理问题通常都由很复杂的原因造成。猛一听袁幽岚拿这个作为离婚理由似不妥当。但你站在女人的角度上去想一想,身边的男人永远不能指靠,遇到危险时你必须冲在男人前边,一种孤立无援的担忧一直压在她的心上,你说,她想丢掉这种担忧有什么不对呢?我个人觉得,如果一个男人胆子非常小,他其实是不适合结婚的,因为婚姻要求丈夫必须去保护妻子和儿女。在英属圭亚那的马库西人中,一个青年男子在被允许选择妻子之前,必须证明他是一个男子汉,并能担当起男人的工作,在受到皮肉之苦时也不畏缩,或者他敢于让人将他缝在装满火蚁的帆布吊床上,以显示他的勇敢。有一段时间,在南美洲的博罗罗人里,每一个想要结婚的男子都必须杀5头南美野猪或者1头美洲虎。尽管现代社会的情形已不需要男人孔武有力,但一个胆子很小、不勇敢的男人,是不适宜当丈夫的,因为他无法尽到保护妻子和孩子的职责!

她提出的第十四条理由,是雄壬慎从不知在节日给她买礼物。送礼,是人类在处理人际交往时的一项重要发明。它来源于人类早年的物质匮乏,那时,人们主要靠摘取野果子和打死动物取其肉来填饱肚子,常常是饥一顿饱一顿,饥几天饱几天,剩余食物很少。如果有谁保存了一点多余的食物,送给另一个人,那就等于送给对方一份生的希望。大概就是因此,礼物被人们重视起来,并一直在人际交往中延续着。今天,人们所送的礼物,大多已不是生活必需品,但送礼物的这种行为,表示着对他人的尊敬和看重。我在这里特别想说说饰物类礼物,在今天,这类礼物是男性送给自己恋人和妻子的最佳礼物。女性喜欢饰物类礼物,是因为自我修饰的欲望,是女为悦己者容的愿望。在塔斯马尼亚人的女人中,她们甚至不想索要有用的物品,却急于得到一两件装饰品。你的妻子为你养育孩子、操劳家务,在过节和她过生日的时候,你给她买一个小饰物作为礼物,能表明你对她的爱和重视。而你一直没有这样做,正好证明了你对她已没了感情。

袁幽岚提出的十四条离婚理由,虽然都是生活中的琐碎事情,但它们的确已经毁掉了妻子对丈夫的信任和感情。我想在这里告诉雄壬慎先生,婚姻生活原本就是一堆鸡零狗碎。亲嘴做爱,怀孕分娩,抚养孩子,买米做菜,吃喝拉撒,刷锅洗碗,拖地洗衣,买鞋看病,洗脸刷牙,走亲访友,旅游逛街,照顾老人……婚姻中能有多少惊天动地的大事?再好的感情,若不用心去维护,都会随着岁月流逝,随着这些杂七杂八事情的消磨,而变淡变无。作家张爱玲说过:男女间的感情,经得起风雨,却经不起平凡。我还想告诉雄壬慎先生一个数字,在对 2018 年离婚案件的统计分析中,因为生活琐事离婚的人,占离婚总人数的 34.21%。

袁幽岚在家里的地位,如她所说,的确不是一个主人而是一个保姆了。她的丈夫雄壬慎在家里的形象,极像一个压迫者,甚至近乎一个剥削者,他在利用中国社会残存的男权,压迫剥削我的委托人。有压迫有剥削自然就有反抗。在当今社会,如果我们还允许这样的婚姻存在,那的确是社会的一种耻辱。袁幽岚女士研究生毕业,是一个知识女性,她在家庭里受到这样的对待实在是让人心疼和震惊。现在她勇敢地站出来,决心扯断婚姻的镣铐,把自己重新解放出来,是一种非常值得鼓励的行为。考虑到袁幽岚女士对她的丈夫已经毫无感情,而根据雄壬慎在家里的表现,他事实上对妻子也无丝毫爱意,他们的感情已经完全破裂,婚姻再维系下去对双方都毫无意义,而且只会给女方造成痛苦,我因此请求法庭果断地判决他们离婚!而且我恳请法庭,支持原告关于抚养孩子的请求。孩子对于母亲的意义,不用说我们也都知道。据我了解,原告怀孕时,全身浮肿,而被告,却很长时间在外边出差,没能给她以精心照料;当原告生产阵痛超过 15 个小时又转为剖腹时,他只是站在外边走廊上抽烟;有一天晚饭后孩子高烧,原告焦急地抱着孩子去医院,而被告竟在外边为刊物组稿喝酒应酬。鉴于此,法庭绝不能把孩子判给被告抚养。关于他们家庭财产的分配,我同意原告关于存款对半分的诉求,但今后被告应每月付给原告孩子抚养费 5000 元,直到孩子大学毕业找到工作。他们的房子是租来的,不存在分配的问题。家里的日用品,我建议法庭全部判给原告使用,被告只需搬走自己的衣服和日常用品即可。

我在这里特别想提请法庭注意,女性今天虽已在社会上获得了与男性平等的权利,但在家里,这种平等并未落到实处,女人仍然是"第二性",是从属于男人的,男人可以随时把他们的意愿强加在女人身上,使用强硬或柔性手段,使女人失去自由。我是一个离过婚的女人,我知道一旦两人因离婚走上法庭之后,就完全撕破脸了,这个时候两人当初的你恩我爱早已被忘到了九霄云外。我可以告诉法官,我的前夫对我曾恨到了何种程度。在法官的主持下我们分家时,最后剩了一个装进口饼干的空铁盒子,法官想把这个空盒子给我,我正想说我不要,你们猜我丈夫怎么说?他很坚决地说:不行,应该一分为二!结果,他拿过一个铁钳子,硬是将那个铁饼干盒剪成了两半,使其变成了废铁皮。一条毛巾也被他一剪两半。后来,他又发现厕所里有一卷卫生纸,他也拿刀劈开,拿走了一半。那一刻,他的绝情让我惊骇无比!我从来没想到我曾经爱过的男人会变得如此可怖。那一刻,我在想,如果我再和他住在一间屋里,他说不定会扑过来把我掐死!鉴于我的经历,我担心法庭如果在原告提出离婚后不判他们离婚,那被告回到家以后,很可能会以丈夫的身份,使用蛮力来报复原告。法庭一定要注意避免这样的事情发生!

庭长:冷婷律师还有什么要说的?

冷婷律师:我觉得以原告和被告目前的状况,离婚是最好的结局。如果再坚持让他们在一起生活,那必然是对原告的一种非人道折磨。她应该离开嫁错的人,终结错误的感情,开始新生活。离婚是什么?离婚就是婚姻中的一方觉得不合适了,想要回自己的身体自由,与对方停止在生活上的合作。不要把离婚妖魔化,不要觉得离婚是一件大逆不道的事,不要感到离婚丢人现眼。离婚,其实是婚姻的安全阀,也是男女亲密关系的安全阀。今天,我们一定要去除那种"宁拆一座庙,不毁一桩婚"的旧观念。其实,当夫妻两人没有感情之后,劝他们离婚才是在做善事,才是真正关心当事者。也不要说离婚会对孩子造成伤害,没有感情的父母天天吵嘴生气,对孩子的伤害会更大。我小的时候,我爸爸妈妈经常吵架,妈妈骂爸爸时我恨妈妈,爸爸打妈妈时我恨爸爸,有时我为妈妈感到羞耻,有时又为爸爸感到羞耻。当时爸爸妈妈常说的一句话是:要不是有女儿,我早跟你离婚了。我当时在心里不停地喊:你们快去离婚吧!你们离了婚才是真对我好!他们不离婚时我天天担惊受怕,夜里总被噩梦惊醒,睡不好觉,眼总是红肿着,学习成绩也不好;他们后来一离婚,我立马夜夜都一觉睡到天亮,学习成绩也好了。你们说父母离婚对孩子好不好?因为我有这段亲身经历,所以觉得无论当事者的亲友还是整个社会,都应该给离婚以更大的宽容。其实,我国的宋代就出现了"和离",就是和和气气地离婚。当时,觉得无法与丈夫生活在一起的女性,可以主动提出离婚,叫"求离""求去"。《师友谈记》那本书里就记载了一个名叫章元弼的男子与妻子离婚的案例。章元弼对苏东坡的作品爱不释手,经常因读书忘了就寝,这就冷落了美丽的妻子陈氏。陈氏本来就嫌章元弼长得丑,见他又冷落自己,就提出了离婚。章元弼倒也没生气,还向朋友吹嘘说:就因为我废寝忘食读东坡先生的书,陈氏才跟我离的婚。我说这件前朝旧事的目的,其一是告诉被告雄壬慎:妻子提出离婚,并不是什么新鲜事,宋朝就有了,你不必感到意外,更没必要觉着丢人!其二,希望被告雄壬慎向章元弼学习,痛痛快快答应离婚,给人自由,别在这儿推三阻四,说五倒六,恳七求八,装一副可怜相,这反而会丢了男子气概,更让人看不起!特别是让我们女人看不起!

我还想在法庭上说明:社会发展到了今天,观念革新到了今天,我们在不能妖魔化离婚的同时,也不能把婚姻神圣化。不能认为成年男女只有走进婚姻才算是开始了正常人生,不能认为不结婚的成年男女都是人生的失败者。

我认为原告今天通过诉讼来砸碎束缚自己的婚姻锁链,是中国社会进步的一个微小的体现。几千年来,在两性关系中,女性总是受压迫的那一个,但现在变了,男人再也别想让女人惟命是从,女性开始逐渐掌握自己的命运了。前几年有记者在过春节时做了个调查,几乎80%的已婚城市女性,春节时,都会带着自己的最大战利品——老公,回家过年。而那些有儿子的父母,则绝大部分是独自过年的,他们的儿子不敢违拗妻子的意愿,只得把自己的老父老母抛在一边而跟妻子走。我看到这个数据时非常高兴,事情终于朝着对女性有利的方向发展了！据说,现在的城里人,结婚后都想要女儿而不是想要儿子了,要儿子没用,儿子根本不敢,也不会照顾他的父母。我一个朋友在大学里做过调查,在不少大学的文科院系,女生的比例都超过了男生,在一些理工科院系和国家的科研机构,女性的占比也有了很大提高。前些日子,西班牙《国家报》网站报道,几个世纪以来,女性一直领导着各国语言的革新。早在1990年,语言学家威廉·拉博夫的研究就揭示了女性领导着90%的语言改革。而且女性更重视语言规范,她们在口语和书写上均有较高的正确率。这说明女性正在社会上扮演很重要的角色。如今,默克尔总理在领导着德国;梅琳达·盖茨在领导着世界上数一数二的慈善组织;玛丽莎·梅耶尔在管理着雅虎;奥普拉·温弗瑞在哈普娱乐集团当董事长;珍·古道尔成为了著名的灵长类动物学家;克里斯蒂娜·拉加德在当国际货币基金组织总裁;郎平,是威震世界排坛的中国女排教练;陈薇,是著名的中国传染病学家。我推测,照此发展下去,会有更多的女性担当重要社会职务,女性的社会地位会逐渐比男性高起来。也许有一天,女性会重新回到社会中心,重新接管社会的所有重要事务,社会可能再一次回到母系社会,到那时,在社会上说话算数的,全是女性！英国伟大的思想家罗素曾经说过:文明史主要是一部父权逐渐减少的记录。男性,将来极有可能在社会管理方面完全被边缘化,不再起主导作用,只是在个别的领导集团里,占一个象征性的无关紧要的位置——

庭长:鉴于冷律师不愿回到对本案的辩论上,那请问被告雄壬慎先生,对刚才原告袁幽岚女士指控的那些问题,你有什么想说的?

被告雄壬慎:庭长先生,我首先感谢法庭为我们离婚的事操心费力;其次,我也感谢焦蕴恬律师如此认真努力地为我妻子辩护,感谢冷婝律师为了我妻子不惜大胆预言。我感到我妻子在选择律师上很有眼光,焦律师是离过婚未再婚的,冷律师是坚持不婚的,那她们为她进行离婚辩护当然会尽最大努力!

原告袁幽岚:你少在这里油嘴滑舌卖弄聪明,我聘请谁当律师是我的权利、我的自由!你快回答庭长的问话!

冷婝律师:我不知被告雄壬慎说这话是什么意思,讽刺挖苦?人身攻击吗?我正告被告,不婚不是一种错误,而是一种人生选择!你这个历史学院的研究生,是不是还想对我念《周礼·地官司徒第二·媒氏》里的教导——"男三十而娶,女二十而嫁,若无故而不用令者,罚之"?我提醒被告,现在是21世纪,是2019年,不是周朝了!我不欠你一个说明,但我要在这里说明:不婚只会让我自己活得更自由、更舒心、更幸福!你可能不会理解,但你一定得学会理解!再说了,不结婚也并非全是我们女性的主张,你们男性其实早就这样做了,数一数那些终身未婚的有名的男人名字吧:尼采终身未娶,柏拉图终身未娶,笛卡尔终身未娶,牛顿终身未娶,贝多芬、王尔德、舒伯特、弗洛伊德、亚当·斯密、帕斯卡尔、安徒生、达·芬奇都未结过婚!在人类婚姻史里,也曾有过关于独身比结婚能赢得更多尊重的记载。在毛利族的图霍人部落里,他们把酋长的长女奉为普希圣女,她不得与任何男子有性接触,从而使她成为一个受人景仰和拥戴的女性。

庭长:被告雄壬慎先生可以直接谈你妻子对你指控的事情!

被告雄壬慎:好,好。我承认我妻子刚才说的那些都不是无故编造,而且我要向法庭郑重说明,她是一个好女人、好妻子,我此生遇到她是我最大的幸运。我非常爱她!但她刚才指控的很多事情其实是事出有因的。我想就刚才她的指控,作一点简单的说明:

其一,关于在婚前谈恋爱时对她说假话的事。庭长你也看见了,我这人长相一般,放在人堆里根本不显眼。肤色较黑,人又偏胖,身高也没过1米80,眼睛不大还是单眼皮,眉毛也不浓,上大学时同班男同学被女生打分,我得了61,刚刚及格,还没有达到班里男生的平均分数。而我认识幽岚时她非常靓丽,她现在仍然非常漂亮,可她当初要比现在漂亮一百倍。我认识她时就知道她的追求者很多。

庭长你没看过幽岚在大学时的照片,我可以在这里简单地介绍一下:她的下颌线条有着完美的赫本线,所谓赫本线,就是像当年英国女演员奥黛丽·赫本那样,下巴和脖子的交界线清晰可见,侧颜美得出奇。而一般姑娘的下巴和脖子浑然一体,看不出明显界线。她的胸是水滴胸,尤其是夏天穿上夏装而乳罩似透非透时,犹如水滴一样,即使远远看着也能让你心花怒放。她的体形也特别棒,坐有坐相站有站相。她站的时候背部挺直,肩膀自然打开,右腿向一旁微微拉出,特有气质,她这个样子你一看心都能醉了。她夏天穿紧身衣时,你能看出她的背部不是一马平川,而是有着最性感的脊柱沟,真的是沟壑分明,有着清晰的肌肉线条,让你看得心动不已。她的肩膀是直角肩,肩膀平展不倾斜,斜方肌不明显。总之,我第一次在一位伯伯家看见她时,啥都忘了,变得像傻子一样。心想,都说中国历史上的西施、貂蝉、王昭君、杨贵妃、冯小怜、苏妲己、赵飞燕、郑旦、褒姒、甄宓是美女，可我这个学历史的遍搜古书，看遍她们的画像和描述她们美丽的文字，觉得她们一点也不比袁幽岚漂亮！我当时就认为，我这一辈子要找的女人，就是袁幽岚了！庭长，你说在这种情况下，我能不在身高、体重、家境诸问题上说点儿假话吗？我要不说点假话，我会得到她的青睐吗?!我承认说了假话，但这并不表明我的人品就差，并不表明我不诚信。我估计在谈恋爱期间，天下男人说的话，80%都不是很可信。这些假话应该被理解为对女士的爱意很浓、情意很深，而不能被解读为不诚信，是不是?!

谢国定律师：我想提醒法庭注意，一个能对妻子说出如此赞美之词的丈夫，说他与妻子已感情破裂，确实令人难以置信。雄壬慎能在结婚几年之后仍这样赞美妻子，说明他对妻子有"积极错觉"。所谓"积极错觉"，就是婚姻中的一方认为自己的另一半是天下最优秀、最独一无二的人，对方身上的每一点都让自己非常喜欢，对方在其眼中十分完美。"积极错觉"，就是亲密伴侣以积极的态度甚至偏见来感知对方及双方关系。科学界一项长达13年的追踪研究发现，积极错觉对婚姻有很强的保护作用。彼此理想化的夫妻更为相爱，仅一方理想化的夫妻，理想化的一方会更爱另一方。由雄壬慎对妻子的赞美可以知道，他对妻子袁幽岚保持着美好幻想，把她想象为天底下最美最好的女人。这样，他会尽可能以积极的眼光去看待袁幽岚身上的缺点，认为对方的优点非常珍贵。这也是他坚持不离婚的深层心理原因！

焦蕴恬律师：我觉得雄壬慎今天说这些话是在有意讨好袁幽岚，是想通过赞美来软化她离婚的决心！可同样一句话，有说得真诚不真诚之分，何况雄壬慎说的还是在大学就读时对袁幽岚的感觉。威廉·詹姆森说过:人性中最深刻的本能就是对被欣赏的渴望。我怀疑雄壬慎先生为了达到不离婚的目的,在企图利用袁幽岚女士的这种本能。这可是有点卑鄙!这是在利用人性的弱点来达到自己的目的,这特别令我看不起!

原告袁幽岚:我才不会把他这些赞美当真哩!他心里要真是这样看我,就不会让我俩的感情发展成今天这个地步!就不会让我今天走进这个法庭!他是学历史的,习惯于把旧人旧事说成活的,说成是当下的真人真事。他那张嘴在需要的时候特别能说,能把死人说活,能把枯井死水都说得活灵活现,你们可不能都信了他的话!你们别看他表面上有些木讷,不喜欢多说话,一旦需要,他立刻能口若悬河,天花乱坠。他多次在学术会议上作演讲,他有这种说得人心动从而征服听众的本领!

庭长:雄壬慎先生,继续谈你的意见。

被告雄壬慎:至于说到曾经对幽岚隐瞒谈过恋爱的事,我承认也是真的。一般男人进入18岁之后,都会对女人感兴趣,不可能只谈一次恋爱。我在爱上幽岚之前,的确与一个同校的女生谈过恋爱,但那只是一个进入青春期男人的不慎和懵懂之举,是一次情感上的错误投入,是一场糊里糊涂的青春遭遇。至于女方所说的怀孕之事,完全是无中生有。我所以没有将这事告诉幽岚,是因为担心这可能会伤害到她。我认为,男女两人相识相恋之后,两个人的过去都应该成为对方探询的禁区和禁忌,这样,俩人才能在一张白纸上郑重描画未来生活的崭新蓝图。倘是男女双方都把自己的过去坦露给对方,等于是各抱来一捆废弃的用品放到两人的脚下,说不定有时就会把人绊倒。不论是男人还是女人,不管他们原来多么大度,一旦他们知道了对方过去与异性的亲密交往史,必会去想象其身体接触异性的情景,从而给自己带来心理上的不适,严重的还会感到对方不洁,甚至生出妒忌。鉴于此,我对幽岚保密自己的过去,其实是在保护她。我想庭长和所有的男性朋友对此都会有同感。我也想在这儿说明,那个给幽岚发所谓怀孕短信的女士,就是想破坏我和幽岚的关系,她没想到我能娶来幽岚这样的美女,她妒忌。我自己觉得,一桩婚姻能得人赞美,是好事,是婚姻成功的正面证据;能遭人妒忌,也是好事,那是婚姻成功的反面证据!

其二,关于买房子的事情。我的确在婚前向幽岚承诺过婚后两年买一套40平米左右的房子。我向她求婚时是在一家历史研究类刊物的编辑部工作,月工资八九千块钱。我平时爱写与历史有关的散文和研究性文章,每月大概能挣3000来块钱的稿费。此外,我还在一家文化公司里兼职策划,一个月也能挣5000来块钱。我当时算了算,我们平时的花销用幽岚的工资足够了,把我两年的工资加上奖金再加上业余创收和我的9万存款,付一套40平米一室一厅的首付应该没有问题。因为当时我们工作之处的房价是每平米5万元,200万的总价,即使首付三分之一也才60来万,应该能够签约的。没想到我算得好没有变化快,就在两年间,首先是房价一下子涨到了每平米8万,一套40平米的房子总价变成了320万,三分之一的首付就是一百多万,我确实没有这么多钱;其次,是我的母亲突然患了脑出血,所幸出血量不是很大,人抢救过来了,但半身瘫痪,生活不能自理,她病这一场也花了我不少钱。这几年我的生活可以说是雪上加霜,所以没能兑现诺言。这是我每一想起就觉得对不起幽岚的地方。我想在这里再一次对幽岚承诺,我决不会让你和女儿一直住出租屋,一定要给你们买一套房子。我现在正在为一家文化公司策划一个大型历史文化旅游项目,一旦成功会有一笔可观的策划费给我,请我亲爱的夫人再给我一段时间,宽限我些日子,房子会有的!

其三,关于买轿车的事情。我承诺过买车,买不起房子,我确也想过先买车的事,但在北京买车要摇号,我把我和幽岚的身份证和驾驶证都登记上传了,可那么多人抢一个号,怎么可能立刻就有我们的份?这事得等,我劝幽岚再耐心等等,也许命运会给我们一次特别的照顾?我想在这里宣布一下,一旦买到了车,保证会让幽岚开车上下班,我连摸也不会摸。

原告袁幽岚:你以后买的车与我没半毛钱关系了,你给别的女人开吧!

被告雄壬慎:其四,关于我懒惰的事情。我承认我懒,特别是从结婚第二年开始,我的确没再干家务。之所以会这样,首先是因为我没有认识到不干家务会伤害幽岚如此之深,我真是抱歉。其次,是因为我累。我要工作要写作要兼职干活,每天早上7点半离家,晚上7点多到家,搞得我精疲力尽。常常是回到家以后,身子就像散了架,一点都不想动。真的是筷子掉到地上都不想弯腰捡起来。听到孩子哭,心里就有些烦。每天到家最大的愿望,除了吃一顿饱饭,就是赶紧上床躺下休息。这样,就没有去体会幽岚的艰难,没去想她的不容易,真的很对不起,我以后努力改正,争取多干家务,减轻你的负担,实现我当初对你的承诺。

其五,关于我吝啬的事。我知道男人吝啬是很让人讨厌的,我也想当一个大方的男人,想一掷千金。我曾经设想过这样一个场景:我回老家时,也像国内的一个大企业家一样,从银行里一下子提出300万现金,进了镇子我家所在的那条街,给每个我遇见的熟人发两万。那条街上常住的人口大约在150人左右,那300万差不多够发了,每个领了钱的乡亲肯定对我非常感激并赞不绝口。

但这个设想只能存在于我的脑子里,我从来没有能力去兑现,因为我挣来的钱数目太小,又有那么多的事等我拿钱来办,我大方不起来。我于是只有计较,只有小气,只有吝啬,这样才能对得起自己付出的那些血汗。我请幽岚原谅,以后我会改正这个缺点。而且我已经想好了,只要我今后赚了大钱,或者等我刚才说的那笔策划费到了手,我一定要领你去一次法国巴黎的老佛爷百货,放开让你买一次。那天我要将你用一线大牌武装起来,给你买一双路易威登的女鞋,买一身爱马仕的女装,买一件古驰配饰,买一瓶香奈儿香水,买一套阿玛尼的护肤品,买一个迪奥的腕表,买一条范思哲的丝巾,买一个普拉达的手袋。我粗算了一下,每种都不要最顶级的那种,差不多10万块钱够了,咱争取一天花掉10万!然后再去吃一顿法国大餐,你要相信我一定能兑现这个承诺!

原告袁幽岚:你就在那儿画饼吧,画得越大越圆越好!然后再去骗下一个女人!

被告雄壬慎:其六,关于我不讲卫生的事。这的确是我的缺点,我要向你道歉。我所以没有养成好的卫生习惯。首先是我主观上没努力,其次也是因为在我们河南乡镇上洗澡比较麻烦,没有条件养成好的习惯。过去,河里、塘里、渠里都有水时,我在夏天就直接跳进河里、塘里、渠里洗澡,后来地下水位降低了,河、塘、渠都是干的,就没法洗了,只能用水瓢去水缸里舀点水胡乱地冲一下。尤其是到了冬天,天冷得厉害,谁还去专门烧水让你洗澡呀?所以一来二去,就没有养成经常洗澡的习惯。我刚考到北京上大学时,见到别的同学天天洗澡,我还很吃惊呢。这一点我以后改正就是,天天洗一次澡没什么难的,而且我要用最好的沐浴液,让自己的身体香起来,你要相信我能办到。

其七，关于对岳父岳母缺乏尊重的事。我觉得这是误会了。我对幽岚的父母是怀着很深的敬意和感激之情的，他们生出了漂亮优秀的女儿并把她许我为妻，这是我此生最大的福分。我这个人经常爱开玩笑，有时也同我的岳父岳母开开玩笑，我想他们并没有真生我的气，他们是理解我的。比如我说岳母的菜今天做得太糟，致使我吃得消化不良，我岳母听了就会含笑拿筷子敲一下我的头。我岳父平时总在想着他的腰疼，多次说担心腰疼最终会造成骨癌，我听人说这样时间久了可能会得抑郁症，于是一有机会我就同他下象棋。我岳父自尊心强，下棋怕输，我俩只要一下象棋，他就忘了腰疼，全心全意来思考棋局；我若是让他连输几盘，他便会一整天地去思考输棋的原因，想着要同我再战，从而不再把关注点只放在腰疼上。我妻子本来是明白我用心的，她现在拿这来说事，估计她是想寻找更多的离婚理由，对此，我表示理解。

其八，关于对孩子缺乏责任心的问题。我想请法官们想想，我没日没夜地做事赚钱，不就是想给孩子和妻子创造更好的生活条件吗？！这难道不是有责任心的表现？至于说没有送她去幼儿园之外的培训班学习，我觉得我没有做错。童年是人一生中唯一快乐的时段，童年一结束，学习的压力就来了。我想让我们的女儿开开心心地过她的童年，不想过早地给她增添学业的负担。按照德国人的理论，过早地让孩子学习数学和语文是对他们脑子的伤害。因为孩子的脑子是逐渐发育完成的，有些区域发育得早，有些区域发育得晚。负责文字的记忆和书写，负责数字的加减乘除这些区域，通常要到六七岁之后才会发育到可以开始学习的地步，你如果提前强迫孩子在三四岁就去做六七岁才能做的事情，那孩子的大脑就只好提前关闭其他区域的发育，来保证你强迫发展的这些区域的需要。这样，待孩子长大以后，他大脑提前关闭的部分，就不如其他同龄的孩子了。鉴于此，我是反对在幼儿园之外，再送她去其他培训班学习的。当然,如果幽岚以后仍坚持要她去那些培训班学习,我会改为支持。我们也随大流,不再按教育规律办事,而按中国人急欲望子成龙的心愿去办事。

其九,关于反对幽岚参加社交活动和诋毁她闺蜜之事。说实话,她的闺蜜之中,有很好的人,也确实有不怎么样的人,爱去美体店丰乳丰臀,爱跷着腿坐那儿抽香烟,爱一边喝着红酒一边去评说别家男人好坏,对这样的人,我是有点讨厌。我的确曾提醒她少跟她们出去混,你毕竟是当了妈妈的人嘛!你说一个女人,有必要反复去折腾自己的身体吗?万一丰坏了可怎么办?再说,我家幽岚的都特别耐看,与其他女人相比,大小都恰到好处,没人能比她的更美,我都非常喜欢。我担心她万一受了别人的蛊惑去做丰乳丰臀手术,可怎么办?这不是没有教训呀!我们小区的一位女士,因嫌自己的臀部不翘,花钱出国丰臀,不知是没找对医生还是丰臀的材料出了问题,回来后臀部只翘了没有两个月,又突然瘪了,弄得她后来都不好意思出门了。鉴于丰乳丰臀这件事牵扯到我的审美观念和审美感觉,考虑到幽岚很美的地方绝不能被他人毁了,所以我要坚持,不能任由她的闺蜜去蛊惑她!

原告袁幽岚:姓雄的,你说话能不能文雅点?

庭长:请雄壬慎说话注意措辞!

雄壬慎:好的好的。其十,关于我母亲偏心和我处理我母亲与幽岚关系不力、不妥的事。我们的女儿出生之后,大部分时间都是我岳母在这儿照料孩子,我母亲只是偶尔才来一阵。我先解释一下我母亲煮鸡蛋偏心的事。我母亲当新媳妇时,我奶奶的脾气很厉害。我母亲只要稍一做错事,她就训斥我母亲,久而久之,我母亲就很怕我奶奶,见了她就紧张就想躲。有一天早晨,我奶奶去我叔叔家吃饭,我母亲就只煮了两个鸡蛋,一个给我父亲吃,一个给她自己吃。我父亲吃饭快,很快吃完早饭去学校了,我母亲就坐在饭桌前慢慢剥她的那个鸡蛋,刚剥好要吃的时候,我奶奶进屋来了。我母亲一紧张,一下子把那个鸡蛋全塞进嘴里囫囵个吞下去了。这下子不得了了,鸡蛋那样大,嗓子眼又那样细,如何咽得下去?一下子憋得我母亲闭眼倒了下去。幸亏我婶子赶来,伸手把卡在我母亲嗓子里的鸡蛋捣碎,又灌些水,才冲了下去,要不,非把我母亲憋死不可。也就是因此,我母亲从此再也不吃煮鸡蛋了,她说只要一看见,她的食道和胸骨就疼。俺们全家人都知道母亲的这段经历,所以俺们家若要吃鸡蛋,只炒不煮。我本想把母亲的这段往事给幽岚说说,但我母亲不让,她说这事说出来太丢人。她来我们家后,因为幽岚说炒鸡蛋不如煮鸡蛋有营养,我母亲就只好不吃鸡蛋。她那次所以少煮一个鸡蛋的秘密就在这里,这不是她偏心。接下来我再说我处理母亲与幽岚关系不力的事。我母亲在我奶奶去世之后,开始执掌家政,她开始向我奶奶学习,慢慢在家里也强势起来,我父亲也不得不让着她。她渐渐变得说一不二,特别是在她当了我们那儿的妇联主任之后,更是把底层官场的那一套带回了家里,动不动就要别人服从她。她来到我们家看孙女之后,对孙女的吃喝拉撒一概包办,根本不让幽岚插手,也根本不把幽岚的意见放在心上,我行我素。我为此多次悄悄劝她听幽岚的,但她很生气,怒斥我:我当初把你们兄妹两个都养大了,我还没有育儿经验?还要去听你媳妇的?她才生几个?不就生了一个嘛!多大的本领?我不好同她吵,她毕竟年纪大了,而且血压高血脂高,万一她再气出了毛病,我还得送她去医院哩,所以就让了她。这大概是幽岚对我不满意的地方。对此,我向幽岚表示最深切的歉意!我还为此想到了一个补救的办法:咱俩以后再生一个儿子,待咱们

民事审判庭

儿子娶了媳妇之后,你也尝尝当婆婆颐指气使的滋味!

原告袁幽岚:你想得倒美! 离婚了谁还会给你生儿子?! 做梦去吧!

被告雄壬慎:其十一,关于我生活习惯不好体形偏胖的问题。我承认我爱吃油炸的东西,这大概源于我小时候家里太穷吃不到油炸食品的缘故。小时候过年,别家都炸油饼、炸鱼块、炸藕合,只有我们家因为穷,不炸,或炸得很少,这就使我看见别家孩子吃油炸的东西时特别眼馋。我记得我在小学四年级时曾对我的同桌发过一个誓言:待我长大兜里有钱了,一定要顿顿吃油条,天天吃藕合! 我现在当然知道吃油炸的东西不好,可一看见油炸的食品,我肚里的馋虫就全部拱出来了,搞得我不吃就得不停地吞咽口水。也因为如此,我把自己的肚子搞得很大,让幽岚看见觉着我丢了她的人,对此,我再次表示很深的歉意。我发誓从今以后再不碰油炸食品,力争用3到6个月的时间,让肚子像一个姑娘的肚子而不是像一个孕妇的肚子,把体重扎扎实实降下来! 我有这个决心,也有这个能力,夸大一点说,也有这个魄力!

其十二,关于亲戚和朋友骚扰家庭生活的事。我真的不好意思,我的穷亲戚和穷朋友太多了,他们以为我在北京工作就是无所不能了,以为北京就像我们那个小镇一样,人与人差不多都认识,找谁办事只要喊一声就行。所以他们遇到一点难事就来找我。尤其是现在通了高铁,来北京太方便了。他们来了之后,我本可以不让他们来家里,可我总觉得那会显得不亲热,会让他们不满意,会导致他们在背后骂我忘了本。当然,我还有一点私心,就是想让他们看看我娶了一个多么漂亮和贤惠的媳妇,生了一个多么可爱的女儿! 对此,我也向幽岚道歉,以后保证不会让他们再来干扰到我们的生活!

其十三,关于我纵容我妹妹的事。我承认我对我妹妹有些溺爱和纵容,关爱得有些过分,有时宁可让妻子不高兴也想让她高兴,这中间有点原因。我高三那年春天,眼见再有两个月就要高考,我却突然肚子疼起来。我爸当时借了邻居的一个手扶拖拉机,他开上,让小妹坐在车厢里,抱着我把我送到了市里医院。医生看完说是胆结石,需要住院手术,押金最少也要一万。我们家里穷,爸爸身上当时只带有7600块钱,怎么办?就在爸爸苦想着朝城里哪个熟人借钱的时候,出去买饭的小妹拿着一卷钱跑过来说她遇到了镇上的七叔,朝他借了两千多块。爸爸没有细问,我疼得更没心情问,爸爸接过钱急忙去给我办住院手续。等我手术成功出院之后我和爸爸才知道,小妹拿来的那卷钱,根本不是借来的,而是她情急之下到医院有偿献血的地方卖血得来的。她因为想凑够我住院的钱,一连跑了两个献血点,对抽血的工作人员说了假话。她因为抽血太多差点晕倒在街上。我那年考上了大学,在拿到高考通知书的那天,我就下了决心,我此生一定要照顾好我的小妹。大概就是因此,我对她有些纵容,导致她来家见到她嫂子的衣服,想穿上试试,我就说:你穿走吧,我再给你嫂子买新的。我没想到这会让幽岚如此生气,我发誓以后再也不会让这样的事情发生!

其十四,关于我不注意修养的问题。在这件事上,我的确如焦蕴恬律师所说,把妻子娶到家以后,就觉得不用再装了,老那样文文雅雅的,太累。我是这样想的:人在社会上和在家里,应该不一样些。在外边,你要装得一本正经,不然你就没有品位没有威信让人看不起;在家里,你可以放松,不然总紧张着就会得病。你在外边当然不能随意大声放屁,可如果在家里也不能痛快放屁,那就太痛苦了。看来,幽岚不认同我这想法,那好办,我以后在家里也像在外边一样,放屁就跑去厕所里。以后我保证,再也不让她听到我的放屁声！关于坐在沙发上抠脚指头之类的事，也决不会再发生！

其十五，关于我胆小怕蛇的事。我七岁那年，跟邻居的一个小伙伴去一条河岸上割喂羊的青草，那位伙伴拿着镰刀沿河岸向南割，我拿着镰刀沿河岸向北割，割着割着，我忽然发现了草丛里有几个小蛋蛋，就很惊讶地停下手用指头去拨弄。我哪里知道，那些是一条毒蛇刚下的蛋，而且那条毒蛇并没有走远，它就在近处守护着它这些宝贝。它见我拨弄它的宝贝，就迅速地扑过来照我胳膊上咬了一口，我急忙抓住它的头，它用它长长的身子一下子缠住了我的脖子，显然想把我缠死。我手捏住蛇头，蛇死死地盯住我，那种恐惧深入了我幼小的心底。幸亏我的小伙伴听到我的叫声跑了过来，用镰刀割断了蛇的身子。也幸亏我们镇里有个有名的蛇医，要不然那天我必死无疑。就是因了那天的经历，让我怕死了蛇，真的是直到现在我要见了路上有截麻绳，也会浑身打个哆嗦。有一年我旅游去广西边境，在一条岔路口，导游说，走左边的小路可能会踏上战争年代没有清除干净的地雷，走右边的小路可能会遇见几条蛇，大家自由选择着走。我听罢当即就选择了可能有地雷的那条小路，我宁愿被炸死也不愿看见蛇。当然，那天也没有踏上地雷，导游是在玩噱头。我想强调的是，我怕蛇不等于我在危难时会不管我的妻子和孩子，不等于我在其他的情况下也胆小，这两件事应该区分清楚。

其十六，关于我喜欢看篮球和足球比赛电视节目的事。我平日搞历史研究，面对的都是故人旧事，虽然也有趣，但不是活蹦乱跳的人，也不是当下正在发生的事，乏味感还是会时时生出来的，所以在工作之余，就特别喜欢看当下发生的、表现今人生龙活虎情景的场面。我想这也是在寻找一种心理补偿和平衡。每次看这种比赛节目，在我都是一次精神上的彻底放松，是一种最好的休息。我今天才知道，原来幽岚不喜欢我这样。那我以后不看就是了。

我请幽岚放心,这件事我说到做到!

其十七,关于我喜欢喝酒且时有喝醉呕吐的事。我承认这是我的重大缺点。这个缺点的形成缘于我的爷爷。我爷爷喜欢喝酒,我小时候去爷爷家,爷爷总是开玩笑地用筷子蘸一下他酒盅里的酒让我去吸筷子。一开始我很反感,觉得很辣,慢慢地,我就觉得酒很香了,就不限于去吸一下筷子,而是端起他的酒杯去喝一小口。我母亲发现我爷爷在教我喝酒之后,曾同他大吵了一顿。可我爷爷很有底气地反驳我母亲:男子汉早晚是要学会喝酒的,早学会对锻炼酒量有好处;一个连酒都不能喝的男人,不可能去做成什么大事情。我就是在爷爷这个理论的指导下,学会了喝酒,而且有了一点瘾头,若几天不喝就有点着急,哪一次喝少了就会自我谴责。今天我才知道,原来我喝酒让幽岚如此厌恶,那么好,从今日起,我就戒酒,从今以后幽岚若再发现我喝酒,可直接到我面前扇我耳光!我今日回家就把家里的那个酒杯砸了!

原告袁幽岚:离婚了谁还管你喝不喝酒的事?你喝死了才好!

被告雄壬慎:其十八,关于我恐高的事。这是真的,但我的恐高是一种生理恐高,医生说,这种恐高是人类得以繁衍的心理保障。正因为恐高,人们才会懂得远离悬崖峭壁和没有栏杆的高楼阳台,才能远离危险。英国的一项调查显示,91%的现代都市人,曾出现过恐高症状,其中,10%的人症状严重。我恐高,并不能说明我就胆小。我有时让幽岚去登梯安电灯泡,是为了锻炼她,通常她安时我都会站在她身边,万一哪天我不在家时电灯泡坏了,她不会安、不敢安可怎么办?

原告袁幽岚:你就编吧,最好把自己编成一个英雄才好!编成一个英雄,说不定以后还会有其他女人像我这样,傻了吧唧地扑到你怀里。

被告雄壬慎:其十九,关于我对她说"你去周旋"的话。诸位一听都应该能明白,我那是在同她开玩笑。任何一个心智正常没有傻掉的丈夫,都不可能允许自己的妻子去遭受其他男人的侮辱。幽岚为了考验我对她的爱意,经常向我提出一些原本不需要回答或不好回答的问题,比如:你爱我究竟爱到什么程度?你有没有在某些时刻觉得我不如别的女人?假如你开着一辆车载着我和你妈还有你妹妹去森林里玩,车突然坏掉开不动了,就在这时有一只老虎朝我们的车子奔过来,你会怎么办?我不知道庭长你是不是遇到过这类问题,我这时候通常是让她生点气,要不然,她还会找出更多的问题来折磨你。

其二十,关于未在节庆日送她礼物的事。这的确是我的重大失误,我在此向幽岚表示忏悔。我在这个问题上的失误是两个:其一,过于相信贝勃定律。社会心理学效应中的贝勃定律认为,当人受到刺激后,之后同样的刺激对其来说就变得微不足道。这就使我认为,若不断地给幽岚送礼物,她可能就会觉得习以为常,反会陷入关爱麻木,所以我就以为送还不如不送。其二,急于赚钱买房子。自打结婚以后,我就一心想着存钱买房,见到一张钞票,哪怕是一块钱,我也想赶紧把它存到存折里,好让存折里的数字变大。我只想着数字,忘记了人,人才是最重要的呀!人要离婚跑了,我存的钱再多有什么意义?这证明我是一个傻子,一个十足的傻东西!我保证,从今往后,只要过节过纪念日,我一定给幽岚买她喜欢的礼物!我决不再傻着存钱了!我知道幽岚喜欢什么,我相信她以后看见我买给她的礼物会分外欢喜!

原告袁幽岚:晚了,不稀罕了!不要了!你买给别的女人吧!

被告雄壬慎:总之,幽岚今天指出的这些问题,有些是我模糊意识到的。有些是我完全没有意识到的。对这些问题,我退庭后都会认真反思,保证有则改之,无则加勉。我尤其要对我喝醉酒之后的丑态和那次心情不好打女儿的行为向幽岚道歉,对只顾看球赛不做家务的事表示后悔!我过去让她失望了,但这些问题不应该成为我们离婚的理由,只应该成为对我的新要求,我会尽快去改正这些缺点,争取做一个合格的、优秀的、让她满意的丈夫。我爱她和我们的女儿,恳请她不要因为一时生气就想结束我们的婚姻。幽岚,我知道你生我的气,请你先消消心中的气恼,再想想我们的过去,千万别凭激情办事,别一气之下就把我们辛苦建起来的家毁掉。

原告袁幽岚:庭长先生,你不能相信雄壬慎的话,类似的话他过去也多次对我说过,但他一次也没真的兑现。他是一个伪君子,当面答应得很好,一回到家就变成了另外一个人。到只剩我们两个人的时候,他就会对我吼:我有什么办法?你就不能等一等吗?我已经等了他4年多了,人生能有几个4年?女人的青春能有多久?等我满头白发了再让我住上一室一厅的房子,有意义吗?

庭长:原告刚才已讲完了自己的理由,现在我们来听听谢国定律师的意见。

谢国定律师:在我谈袁、雄夫妇离婚的事之前,鉴于原告律师先谈了她们对一夫一妻制婚姻的看法,那我也想先谈谈这个问题。一夫一妻制的婚姻形式,我认为它的产生是人类向文明迈进的一个重要步骤,它是人类在面对繁衍、生存困境时的一项发明,是人类的一种文化行为。人类的性行为,除了满足纯粹的生理需求之外,还有另一种需求,那就是与自己的性对象打造一种亲密感,这是一种心理层面的需求。而要在男女之间打造一种亲密感,就必须要有一对一的性忠诚,因为只有性忠诚才能促发人脑的催产素产生,进而产生亲密感。全球知名的性学家兹古希指出,就是这种情况下,人类才发明了一夫一妻制。大家试想一下,若不实行一夫一妻制,男女可以乱交,孩子也不知是谁的,那男女两人怎么可能产生亲密感?我在这里还想说两个情况,一个是康有为先生的设想。鉴于人们对一夫一妻制度合理性的怀疑,我国近代的思想家康有为,曾在他的《大同书》里提出过一种设想,即在未来的大同社会里,不设一夫一妻的婚姻制度,男女只凭契约同居在一起,而且为期不得超过一年,当然,双方同意者可以再续约,生下的子女则由社会设幼婴院公养之。但他的这种美好设想至今没有实现的可能,在世界范围内也无人重视他的这种设计。另一个是西方的群婚制试验。上世纪60年代,西方一些人为了反对一夫一妻制,曾借鉴住在澳大利亚中部艾尔湖东岸和东南岸的巴尔库三角洲的迪埃里人的做法,进行过群婚试验。据说,迪埃里人的婚姻分为两种,一种是个体婚,称作"蒂帕-马尔库";另一种是群婚,称作"皮劳鲁"。所有未婚的和已婚的男女,都可结为"皮劳鲁",以发生性关系。一个男子可以有数名"皮劳鲁"妻子,一个女子可以有数名"皮劳鲁"丈夫。西方的这些试验者据此创立了一个名为奥奈达的社区,其创始人主张,凡自愿来此社区生活的男女,均实行群婚制。鼎盛时期有500余男女来此社区生活。尽管一开始创始人立下过众多规矩,可还是不能阻止这些男女之间萌生爱意,最终结成一对一的关系。如此,这些一对一的相爱男女,便拒绝与其他人性交,从而使群婚制的设计不能完全落实,试验最后因无法持续而终结。由此实验的终结也可以明白,一夫一妻制婚姻既是文明发展的成果,也是对人内在心理的一种满足,是人类社会发展到现阶段必须要有的一种制度设计。

好了,下边我来谈袁、雄二人的离婚案。我想先请袁幽岚女士听我读一首《长相思》诗词,词句是:船起帆,船离岸,愿船驶去爱海间,从此不回返。　迎着风,迎着难,水碧天蓝渔歌旋,携手看浪卷。我想问一下袁幽岚女士,知道这首词的作者吗?

焦蕴恬律师:我反对这样提问我的委托人!我们现在是在谈严肃的离婚问题,不是在研究诗词创作,她没必要知道这首词的作者!

庭长:对的,谢国定律师应该就袁、雄二人的离婚问题发表看法,不要扯远了。

谢国定律师:我所以要读这首诗,是因为它的作者不是别人,正是袁幽岚女士本人。当年,袁幽岚在大学文学院读研的时候,雄壬慎曾往袁幽岚书桌里放了一首表达爱意的《浪淘沙》,其中的词句是:月下风渐缓,有星作伴,相拥才御春夜寒,天亮方知在岩上,一亲雾岚。　单人不敢闲,相思无限,何时再尝舌尖甜,夜夜日日想念苦,求睹芳颜。袁幽岚女士在读到雄壬慎这首词七天之后,向雄壬慎回赠了刚才我朗读的那首诗词。我说得没有错吧,袁女士?

原告袁幽岚:那都是陈年旧事了,还提它干啥?!

冷嫒律师:我们现在应该关注这桩婚姻的当下境况,而不是它的开始。很多破裂了的婚姻,都曾有一个浪漫美好的开始。现在再来谈开始没有意义!

谢国定律师:我喜欢从开始说起。女人在婚姻中有了不快,若令她回忆一下婚前与丈夫热恋时的美好往事,会有利于改变她的心情,消除烦恼。当初,二位的示爱诗写得是何等美呀! 就是今天读起来,还依然能打动我的心哩。你们一个学史学一个学文学,诗词写得还真有点味道。我听说,最初,是他追的你,他在经人介绍认识你之后,常去你们人大的饭堂和校园里找你,你躲过他几次,但慢慢就不躲了。而且还把自己从图书馆里借来的书给他看,其中有一本英国作家凯维斯先生写的小说叫《爱》,对吗?

原告袁幽岚:你一定要谈开始那就从开始说吧。他经过一位伯伯的介绍认识我之后,就不停地找各种借口来我们学校烦我。说实话,我当时既没有谈恋爱的心情,也根本没有看上他。与当时追我的那些文学院男生相比,他根本就吸引不了我。他后来引起我关注,是因为他让我看他发表的那些史学论文和历史文化散文,应该说,是他那些文章诱惑了我,而不是他本人吸引了我。我得承认他是一个操纵文字的高手,同样的文字经他的手一组合,就有了感人的、直通人心的力量。我慢慢地不知不觉地读他的微信读上了瘾,以至于后来哪一天读不到他的微信,我就有点六神无主。如今回头去看,我才明白,我当初爱上的是他的文字,而不是他这个人。我现在特别希望告诉那些喜欢阅读的女孩,一定要接受我的教训,不要把你喜欢的文章、书籍与它们的作者混为一谈。前者是一种文化创造物,与现实生活保有距离,有一种自在的美;后者则是实在的人,就浸在现实生活里,身上有许多你不了解的脏东西!喜爱一些文章和书籍可以,但不能因此就去喜爱其作者。我现在后悔极了:我当时怎么就不知道把二者区分开,竟会爱上雄壬慎,我可真是瞎了眼!

谢国定律师:永远不要贬低自己的爱情!不要后悔自己曾经爱过!有人说爱情是把人骗入泥潭的诱饵,是基于上半身的吸引和下半身的冲动,是黄粱一梦的空欢喜。可我觉得这是一种以偏概全的说法!我认为爱情是人生最美丽的情愫,是证明我们在人世活过的最重要的一件事情!是人类作为高级动物被造物主赐予的一种宝贵享受。有一位思想家说过:我把爱看成是人生最重要的事情之一。爱情所表达的是男女之间强烈的依恋、亲近、向往,并且无所不尽其心的情感。爱情产生于脑部而非心脏,艺术家说,我们每个人的脑部都有个爱情环,由它掌管和控制爱情。科学家说,我们大脑里有一块最原始的区域,就在紧挨管理口渴和饥饿感的反射区旁边,管理着我们浪漫的情感和爱恋。爱情起始于原始的渴望,展开于相互的喜欢,引发坚定的信念,转化为深刻的责任。美国心理学家罗伯特提出过爱情三角形理论,认为爱情是由三个基本成分组成:激情、亲密和承诺。激情是指爱情中的性欲部分,指情绪上的着迷;亲密是指能引起的温暖体验;承诺是指为了稳定关系所做出的保证。不管怎么来界定和描述爱情,爱情都是我们人生中最不能,也最不该错过的东西。人生很短,烦恼很多,可一个人只要有过一次刻骨铭心、销魂蚀骨的爱情体验,他的人生就会显得特别有意义、有价值。每个生理正常的人,造物主都会让其享受爱情的快乐。这份快乐的强度,科学家认为只有吸毒所产生的短暂快乐可以与之相比。爱情能让人做出很多超常规的事情。热恋中的男女,一方甚至可以为对方去死。2018年10月,一个澳大利亚男大学生开着一条小冲锋舟带着他的女友去大海上游玩。他们彼此深爱着对方,双方都会开船。冲锋舟开到离海岸有几公里的地方,两个人停下船,开始下海游泳,就在两个人开心游玩时,一条体形巨大的鲨鱼朝他们奔袭过来。

男孩首先发现了危险。当时,鲨鱼离女孩最近。

男孩知道这时不能向女孩明示危险,那样,会把女孩吓瘫。于是他一边向女孩高喊:咱俩比赛看谁先游到冲锋舟前并登上去,胜者会得到三个吻;一边用牙咬破自己的手背并把血朝鲨鱼游来的海面上甩。闻到了血腥味的鲨鱼,转变了追击的方向,朝着男孩扑来。

当女孩游到船边爬上船,转头去看男友准备高喊胜利时,鲨鱼已咬住了男孩的一条腿。

男孩拼命喊了一句:快开船朝岸边跑……

鲜血此时已染红了水面。女孩急忙启动了冲锋舟。女孩含泪站在渐行渐远的冲锋舟上,看着男友在远处与鲨鱼做最后的搏斗。

船靠岸之后,女孩大哭着取下船上的监视器,才发现原来鲨鱼最初的攻击目标是她自己……

你听了这个故事,能说爱情不美好吗?

焦蕴恬律师:我想请庭长阻止谢律师的讲述,因为我们今天是在审理离婚案,而不是在开爱情故事会!

庭长:谢国定律师可以继续讲下去!

谢国定律师:我想再讲讲我妹妹的故事。

我妹妹是我们家胆子最大的人,她从小就喜欢爬高爬低,长大之后,特别喜欢旅游和探险。

她在西安交通大学读书时,爱上了一个男生。那男生是长春人,也喜欢探险,两个人有着相同的爱好。她读大三的那年暑假,与相爱的男生相约去秦岭里走一遭,看看秦岭深处的风光,顺便满足一下两个人的探险欲望。

他们做了充分的准备,睡袋、攀援绳、开路的砍刀、自卫的短匕首、毯子、衣服、指南针、手电、手机、充电器、药品、吃食、矿泉水等等,甚至还租了一部卫星电话,以便遇到紧急情况时使用。

他们由西安南行,进入终南山,六天之后,他们觉得进入了秦岭腹地,这里少有人的踪迹,林密草深,瀑布、怪石,从未见过的鸟类和大型动物,让他们开了眼界。他们不停地拍照、录像、高喊、欢笑。一个中午,他们正坐在一个悬崖顶部休息吃东西,忽然觉得脚下一晃,他俩想寻找脚下石头晃动的原因,不料就在这时,他们坐着的悬崖顶部一下子向崖下倒去——事后救援人员发现,原来,因千万年的风化,他们坐的地方与山体早已在暗中断裂开了,本就已经摇摇欲坠,只等再增加一点点外力,或许是一阵风,或许是一场雨,就向崖下倒去。他俩在崖顶的那点活动所产生的动能,恰恰给足了崖顶离开山体下坠的外力。还好,就在崖顶大石块轰隆下坠的瞬间,她的男友反应神速,一只手迅疾地抓住遮在头顶的一根树枝,另一只手抓住了我妹妹的右手。当崖顶坠倒、他们的身子悬空时,他们所带的东西都已滚下几百丈的悬崖,只留他俩的身子悬吊在那儿。

这陡然而来的危险令两个喜欢探险的人都吓得脸色煞白。她男友急忙将我妹妹奋力一提,让她的手也抓住了树枝。

两个人暂时没有了危险。但下一个危险紧接着出现了!

接下来的险境更令他们惊骇:树枝根本不能承受他俩身体的重量,正在缓慢地弯曲并一点一点断裂。男生最先看到了这种危险,他一边迅速摘下挂在自己脖子里的卫星电话,挂在我妹妹的脖子里,一边急切地对我妹妹交代:你尽快从树枝攀到树干上去,之后用卫星电话呼救!说完,就主动松开了手……

他在飞坠的那一瞬间喊出了两个字:爱你……

男生坠下之后,树枝恢复了弹力——它能承受我妹妹的体重。我妹妹一边哭着一边攀援到了树的主干上,之后由树干爬下,站在了坚实的山石上开始打卫星电话……

从此,我妹妹不论去哪里,都带着她男友的照片,即使在她结婚之后。

袁幽岚女士,你听了我妹妹的故事,还会觉得爱情不美好吗?

我从雄壬慎那里知道,你和雄壬慎之间有过真正的爱情,这是无疑的!

雄壬慎告诉我,他获得首都青年马拉松比赛第六名之后,你在冬天的黄昏,顶着寒风和雪花,去河南人开的小饭馆,为他买他最爱吃的羊肉烩面。你心里没有对他的爱怎会去做这个?

还有,你们婚后租住的第一处房子是个筒子楼的三层,在你们婚后第三个月,雄壬慎夜间下楼时踏空台阶摔伤了脚踝,医生给他打了石膏让他在家休息。没想到就在几天之后,邻居家失火殃及了你们,火到你家门口的时候,慌乱中壬慎找不到拐杖,他让你先跑,然后自己爬出去,因为你有身孕!但你没有先跑,反而以有孕之身,架着他跑出了屋子。下楼之后才发现,你的长发都被烧了,左腿裤脚也已燃着,小腿肚上现在还有伤口。壬慎在向我述说这件事时流下了眼泪。

我们不是为恨而生,我们是为爱而活!尽管有很多人在质疑爱情,但有更多的人在追求爱情。

你们的爱情,是值得你们永远记住和珍视的事情!

冷婙律师:谢律师在一场离婚诉讼案件中大谈爱情,我觉得这个辩护策略不高明。你对高三和大一、大二的学生谈谈爱情可以,还可能迷了他们的魂,你对马上就要离婚的一对男女再谈爱情,是不是已经晚了好几年了?人到了这个年龄,怎么可能再相信什么糊弄人的爱情？爱情究竟是什么，年龄比我大的谢律师难道不懂吗？它不过是两性在肉体吸引之后产生的一种短暂致幻激情，是一种人体激素在起作用，是人的脑部释放的一种类似可卡因的化学物质在作怪，是一种类似口渴和饥饿需要得到满足的感觉。这种意乱情迷的所谓爱情遐想状态，在双方相处15个月内就开始淡化，25个月内差不多可以全部消失。所有的爱情都不可能持续多久。你想让爱情激素早已经消耗完毕的两个人再去相信你谈的爱情，可能吗？

庭长：谢国定律师可以继续发表自己的看法。

谢国定律师：是的，我承认冷律师说得有道理。恋爱的男女，大脑会发出指令，使人体先分泌出一种可称为"爱情荷尔蒙"的物质，叫苯基乙胺，让你瞬间脸红、心跳加速、手心出汗、口齿不清；之后，大脑会制造大量的多巴胺，使你渴望接近和拥有对方；接下来，大脑又会产生内啡肽，使你降低焦虑，产生温暖亲密的感觉；再后来，你的大脑又会产生后叶催产素，让你只会对爱的伴侣一人产生爱的感觉。但所有这些物质所引起的兴奋与迷恋会在一到两年的时间里消失。可难道因为它会消失我们就去贬低它、无视它、忘却它吗？不，恰恰因为它存在的时间短暂，会在我们的生命中很快消失，我们更要加倍地珍惜它、记住它，并把它永远收藏在我们的人生记忆里。对于爱情，日本作家坂口安吾曾说过：虽然知道终归是一场梦，也清楚永恒之恋是弥天大谎，但还是无法说出不要去恋爱之类的话。因为如果不恋爱的话，人生本身也将不复存在。

刻骨铭心的爱情，除了特例，造物主通常只给每个人一生一次。

但人们的爱情消失之时，它会进行三种转化：其一，是转化为亲情,把爱的对象转变成亲人。原本没有血缘关系的夫妻两个人,在爱情将要消失时,会悄然转化为一种类似有血缘关系的亲人,二人之间拥有了兄弟姐妹间才有的那种亲情,一方遇见了不测事件、有了什么病痛时,另一方会感到锥心的痛苦和难受,会感同身受。此时,他们可能对对方的身体已兴趣不大,甚至已不做爱了,但两个人却像亲兄妹那样连着筋、连着肉。个别的夫妻可能连相貌上也开始越来越相像,即有了"夫妻相"。其二,是转化为冷漠,把爱的对象转变成路人。一方在另一方心里的重量,变得越来越轻;此方在彼方心里的位置,变得越来越偏;一人对另一人的感觉,越来越漠然,二人之间互相不再关心,形同陌生的路人,但仍可以因惯性而生活在一起。其三,是转化为恨意,把爱的对象转变成敌人。两人因爱生恨,开始绝情。绝情的结果,不是离婚,就是互相折磨、伤害甚至残害。多少杀妻案和杀夫案的发生,就是这种转化的结果。不要以为那些杀妻杀夫的凶手,当初就从没有享受过爱情,他们只是没有想到爱情会有这种转化而已。对于后一种转化,是我们必须要尽力去避免的。

我听雄壬慎说,在幽岚女士和他相爱之后的那个暑假,幽岚女士主动邀请他去了山东泰安自己的家,对吧?

原告袁幽岚:什么主动邀请?是他死皮赖脸三番几次的要求,我没有办法推托。他最初说想去爬爬泰山,让我给他当个向导,我当然知道他是啥意思,便说泰山我已经爬过多次,每次爬都累得要死,我可不想再爬了,我只想回家陪陪我的父母;再说了,泰山就在那儿,那么高,你到山脚下买个登山地图,自己爬不就行了,还找什么向导?他当时高兴得屁颠屁颠地买了车票,要跟我一起走,还给我爸妈买了一只袋装的北京烤鸭。

焦蕴恬律师:我想提醒谢国定律师,我们现在是在讨论袁、雄二人的离婚问题,而不是要回顾他们的罗曼史!我反对用这样的提问来有意延长开庭的时间!

庭长:谢国定律师可以继续提问。

谢国定律师:听说雄壬慎那次去你家,你爸见了他后曾在私下里向你提问:第一雄壬慎长得不帅,第二他家境不富,第三他学历不比你高,你可要仔细想想,你敢保证你以后不会再生后悔?

原告袁幽岚:你调查得倒是很细,谁给你说的?这话我从未给雄壬慎说过。

谢国定律师:先不管谁给我说的,请先回忆一下你当时的回答,你当时说:爸,爱情不是去市场上买东西、不是算计,不能计算各种条件的重量并要求平衡,我爱他,就是直感和直觉他会给我带来幸福!你不能这样庸俗,不能让我的爱情浸泡在世俗的脏水里!

原告袁幽岚:我当时傻呗!分不清情、爱、欲有不同的内容,把它们三者混在了一起。其实,不论是雄壬慎还是我,当时对对方可能只有"欲"罢了,我错把欲当成了爱和情。他当时说他很爱我,不过是因为我的长相。我很后悔那时没听我爸的话。

谢国定律师:据说你爸当时听了你的回答,半晌没有说话。你以为你爸反对你与雄壬慎交往,便去到另一间屋,把枯坐在那儿的雄壬慎拉起来就走。你妈拦住你们说:孩子,天都要黑了,你们这是要去哪儿?可你推开你妈的胳膊,拉着雄壬慎的手就冲到了黑暗的大街上。

原告袁幽岚：其实，我那次带雄壬慎到家，原本就是想让父母看看他，说一点看法，我心里也还有犹豫，并没有准备就和他结婚。我爸的话把我惹火了，反倒促使我更快地下了跟定雄壬慎的决心。我当晚带着他沿着街边乱走，一直走到了泰城东边黑龙潭下的大众桥头，就是冯玉祥先生墓前的那座桥。桥据说也是冯先生修的。不过，你现在再让我回忆这些东西有什么用？

冷嫒律师：他这是在故意恶心你！让你觉得既然你自己选择了雄壬慎，你就应该好好对待他，你不能要了他又抛弃他。下边谢律师就会引用佛教的教义来教育你，告诉你根据《善生经》《长阿含经》的要求，女人应该以慈悲为怀，应该去除自私的病根，不要抛弃自己的丈夫，要与他白头到老。

谢国定律师：雄壬慎先生告诉我，那天晚上，你俩在大众桥头的凉亭里，一直坐到了深夜。当时是暮春时分，夜里还挺冷，你们先是相偎着坐在那里，静静地听着夜风对亭外树叶的抚动，听着夜鸟偶尔发出的叫声。他怕你冷，脱下自己的褂子披在你身上，慢慢又把你抱在了怀里；后来，你就主动亲他；就在那个凉亭里，在夜空众星的注目下，在松鼠的围观下，他把褂子铺在亭内的石桌上，你们做成了夫妻。

原告袁幽岚：我当时有点想报复我爸：你不是不想同意吗？我现在就把身子给他，气死你！现在回忆起来我真是蠢！我当时真真是鬼迷心窍，宁愿让爸爸难受也要让雄壬慎这个狗东西快活。一定是黑龙潭里的魔鬼施了法术，让我吃了糊涂药了！黑龙潭你知道吧？泰安城里的老辈人都说黑龙潭里有一对淹死鬼,专门迷惑人去做错的事情。

焦蕴恬律师:我想提醒我的委托人,谢律师这是想借对美好过去的回忆,来软化你离婚的决心,来让你忘却眼下的苦难!我现在明白,谢律师的辩护策略其实挺高明。

谢国定律师:大约是凌晨三点钟,你带着雄壬慎离开那座见证了你们新婚初夜的凉亭,去爬泰山,你对他说:让泰山山神东岳大帝见证我们的婚姻!你们当时很年轻,精力体力无限,你俩只用两个来小时就爬到了中天门。爬到南天门时,你没了劲儿,腿很疼,在紧十八盘,雄壬慎毫不犹豫地蹲下身说:来,我背你!雄壬慎背着你,一步一个台阶地向上走,一直走完了十七盘。到最后那一盘,他的喘息像拉风箱,你心疼他,想下地走,但他不让,坚持着上台阶,直到上完十八盘走过1600多级台阶。后来他在放你到地上时,一下子扑倒在地,好久都没站起来。再后来,你们相扶着走过天街,来到玉皇顶,面向东方,双双跪下,仰面向天,先是雄壬慎高叫:东岳大帝在上,吾妻袁幽岚,为嫁贫生,不惧其父阻拦,余当铭刻此情于心,不忘妻恩,若违此誓,应遭天谴,可罚吾永坠地狱!你听了眼含热泪,也举手立誓:既嫁壬慎,生为其妻,死入其坟!你们的举动,引来不少游人围观,很多人还为你们鼓掌喝彩。就是眼下,当我重复你们当初的誓言时,也感动得鼻子有些发酸。

原告袁幽岚:那都是过去的事了,你问问雄壬慎,他还记得他的誓言吗?

被告雄壬慎:我当然记得!雄壬慎誓言既出,岂能违背?!

原告袁幽岚：狗屁！全是狗屁话！庭长，很抱歉我也说了粗话。

谢国定律师：发完誓言后，你们草草吃了点东西，就来到了大观峰崖壁前，去观看唐玄宗李隆基于开元十三年登封泰山时御制御书的《纪泰山铭》。看完，你大概还在记着刚才立誓的场景，心有所感，随口背出了唐朝鱼玄机的诗句：易求无价宝，难得有心郎。站立你身旁的雄壬慎立即回诵宋朝蔡伸《长相思》中的词句：我心坚，你心坚，各自心坚石也穿。你们当日在泰山顶的表现，我不知你们日后重温时的心情，但起码我在今天复述时也心生感动，没想到仅仅四年多过去，这桩自由恋爱结合的婚姻竟闹到了要离婚的地步。我想，东岳大帝作为你们婚姻的见证者和目睹者，肯定也会心生遗憾。

我在想，所以会出现这种情况，除了袁幽岚女士刚才说明的那些原因，很可能还有如下的因素：之一，袁幽岚女士走进婚姻时，并不知道婚姻对于自己的真正价值是什么。婚姻并不会让你每一天都笑容满面，并不会让你每一天都感到心满意足，更不会让你每一天都感受到爱的激情。婚姻是当你遇到疾病和灾难、无比伤心的时候，有人会陪伴在你身旁，为你抹去眼泪；婚姻是当你遭遇挫折觉得前途无望的时候，有人会轻声给你安慰和鼓励；婚姻是当你寂寞孤独的时候，有人会拉起你的手给你一个笑意。你说这些父母都会给你，但他们给不了你多久，他们会提前离开你，能在你身边的，只有你的丈夫和你与丈夫共育的子女。

之二，袁幽岚女士走进婚姻时，并不知道失望原本就是婚姻生活展开以后必然会伴生的东西。所有将要走进婚姻的男女，都对婚姻保持着非常美好的想象和希望，以为它会让双方的相互了解更深,爱意更浓。可当双方赤裸相对朝夕相处之后,对方身上的弱点、缺点甚至缺陷,也都呈现了出来。有人说过:婚姻是夫妻两个人缺点的放大镜。我觉得这话说得有道理,天天在一起,夜夜睡一床,生活中的琐碎,时间对容貌的消耗,荷尔蒙的退却,展露在夫妻眼前的,不过是最真实的彼此。对方身上的缺点,在自己的眼中不仅清清楚楚,而且成倍地放大,此时,若没有宽容心态,人就会在意外、吃惊之余,对对方产生原来不过如此的失望之感,从而对自己选择结婚对象的正确性产生了怀疑。人步入婚姻之后,正确的做法是抛掉一半的自我,去容纳一半的对方,忍受并宽容对方身上的缺点、弱点甚至缺陷。婚姻伴生的另一件重要事情,就是家务。袁幽岚女士像很多走进婚姻大门的女子一样,不知道家务是一个感情磨损器,它每天都在磨损着夫妻两人的感情。幽岚女士因为自己总做家务而愤怒,对此我完全理解。但我也想在此向幽岚女士推荐一本书,叫做《家事的抚慰》,作者是一位女性律师兼教授,名叫雪瑞·孟德森。这部书中,作者把家务就当做生活本身,而不是当做一种负担。她在书的序言中说:收拾屋子时,你用你的脑、你的心和你的双手来创造一个家——这是你私人生活中最重要的部分。

之三,袁幽岚女士走进婚姻时,并不知道享受丰富物质成果的机会通常只在婚姻中、后期才会到来。除了极个别嫁入豪门的女子,会在婚姻初期就开始享受富裕的物质生活之外,大部分走进婚姻的女士,要想享受富裕的生活,必须耐心等待,等待丈夫的奋斗和打拼结出果子,或者干脆与丈夫一起去打拼,以促使富裕的日子早日到来。也就是说,你必须给丈夫留出打拼的时间。你不能要求丈夫几年之内就成为能买房买车的老板,你不能要求他在几年之内就成为省长、将军,你不能要求他在几年之内就成为教授和科学家,这些是在婚姻中期甚至后期才会到来的东西。任正非和马云35岁时很富吗？谁能断定雄壬慎50岁时不会是富翁？你得耐心等待呀！

之四，袁幽岚女士走进婚姻时，并不知道想要婚姻保鲜除了换人还有其他法子。我听说如今在30至40岁的已婚女士中，流传着一种新的保鲜婚姻的理念，那就是另换一个男人做丈夫。这种理念认为，既然丈夫已经熟悉了妻子的身体，没有新鲜感了，不愿再与妻子亲热做爱，想去外边寻花问柳，那好，妻子干脆与他离婚，把孩子留给他或者带上孩子，再找一个新丈夫；最好是找一个年纪稍大些的，事业有成富裕些的，让他觉得新鲜，重新对自己的身体着迷，再尝一次结婚的甜蜜。我不想对这种理念做评价，我只想说，靠这种另换丈夫的办法解决婚姻保鲜问题，有点不保险。因为过不了几年，第二婚的丈夫也会对你的身体失去新鲜感，那怎么办，再离了找第三婚？第三婚的新鲜劲儿能持续多久？再来一次第四婚？其实我们在婚姻里，并不全是与另一方相处，我们还会与自己的万千心理变化相处，包括自己喜新厌旧的心理。我们每个人都喜欢新鲜感，可我们个人的新鲜感就能持续很久吗？靠离婚去维持新鲜感不可持续！所有离过婚的人都知道，离婚不像普通的分手，它不是寻常地断绝俩人的来往，它是连皮带肉的一次撕裂，会伴随剧烈的心灵疼痛，何况还有儿女心理的受伤害。我不知道袁幽岚女士是不是受了这种理念的影响，我今天特别想告诉袁幽岚女士，让婚姻保鲜也有不换人的法子。

原告袁幽岚：我不想听这种说教！

焦蕴恬律师：这哪是正规的法庭辩护？这是在传道！

庭长：谢国定律师可以继续说下去。

谢国定律师：请允许我在这里背诵一个结婚庆典主持人的一段话——

人类在群婚制时代是没有结婚庆典的，因为男女都互不相属，两人即使在一起过夜也没必要昭告他人。但进入对偶婚制，也就是一夫一妻制以后，婚礼庆典就成为必须了，因为只有通过婚礼庆典，才能让周围相熟的人知道，有一对男女已经互为对方所属，其他的男女不要再去干扰他们，男人不能再去引诱那个女人，女人也不能再去诱惑那个男人。这结婚庆典等于是在一对男女四周建了一个安全隔离带。从最普遍的意义上说，举办婚礼庆典的目的，在于使男女的结合具有一种公开性。

现在，我们来看看新郎和新娘怎样来表达他们互属对方的决心的。

我们先请出新郎的同学覃先生，让他拿出一条透明胶纸，将新娘的一缕头发和新郎的一撮头发粘在一起，以象征他们是结发夫妻，忠贞互爱。大家看到了吧，他们的头发已黏结在了一起，若有一方想逃走，另一方必会疼在心里。这种礼仪是我们民族的传统，饱读史书的新郎特别喜欢用此法来表达他对新娘不离不弃的爱意。

我们请出新娘的同学方小姐，让她把新娘的左手放进新郎的右手掌里，然后用一块绘有牛筋图案的新手帕将二人的手系在一起，以象征他们婚后永不分离，即使遇到了狂风暴雨，他们两人的手也会紧握在一起。这种礼仪是在欧洲某些国家以及印度一些地方兴起的，新娘在书上看到这种记载后，特别喜欢，认为它能恰切地表达她对新郎的心意，所以就提出在婚礼上使用这个异邦的习俗……

焦蕴恬律师：我反对被告律师玩这类噱头，我看不出这种背诵与本案审理有什么关系？

庭长：谢国定律师可以继续用自己的方式进行辩护。

律师谢国定：我刚才背诵的那段主持词，是我从雄壬慎先生和袁幽岚女士的结婚庆典录像上看到的，我所以要背诵它，是想让原告和被告再回味一下几年前他们那个欢乐的结婚庆典。那个庆典举办得很隆重，很新颖，录像片也拍得非常棒，画面和声音都非常清晰。我想，雄壬慎先生和袁幽岚女士当初所以决定把这个庆典用录影机记录下来，就是为了留给晚年的自己看，留给他们的孩子看。如果他们真的离婚了，那这个录像片也就作废了，这真是一件遗憾的事。

根据本律师调查发现，凡持续几十年的婚姻，一般都会经历六个时期：第一个时期是蜜甜期，男女两人如胶似漆，恨不得时刻在一起；第二个时期是微甜期，男女两人若即若离，都想有一点自己的自由；第三个时期是无甜期，男女两人身体不太想接触，出于习惯和义务，还会亲热，但已不觉得有甜味了；第四个时期是微苦期，两个人的身体不愿多接触，即使接触了也不再有激动，关系变得像普通朋友那样平淡；第五个时期是涩苦期，两个人都不愿再和对方亲热，但责任和义务又迫使他们在一起，表面上风平浪静，内心里已浪涛汹涌；第六个时期，经过重新调整，重归微甜期，相扶相搀过日子。通常，当婚姻进入涩苦期时，男女双方就必须开始调整自己在家中的姿态，学会经营自己的婚姻，特别是走进情感银行，开始向对方的情感账户里存钱。不然，接下去的结果大约就是离婚。我觉得袁幽岚女士和雄壬慎先生的婚姻，现在就是进入了涩苦期，袁幽岚女士想以离婚摆脱这个涩苦期，不是不可以，但是若这样处理，换一个丈夫后，还是会进入一个新周期，迟早还是要走入婚姻的涩苦期。

焦蕴恬律师：你是在吓唬我的委托人，想以此不让她离婚？

谢国定律师：不，不，我是想劝袁幽岚女士不要换人，而是换换法子。有人说婚姻就像一座山，横看成岭侧成峰，我觉得这个说法好。夫妻两个因为站的角度不同，只能看到山朝向自己的那一面，如果他们不能及时交流自己看到的图像，也就无法体谅对方，结果就会造成各执一词，相互嫌弃。我觉得你们两人现在最重要的，是交换彼此看到的图像，从而达到相互理解，而不是急着离婚。其实，夫妻两个人心中的天平，都是不准确的，通常都会向自己那一边倾斜。当你认为你和自己的另一半获益相等、都很快乐的时候，你的另一半可能觉得自己在吃亏受委屈；当你觉得自己在吃亏受委屈的时候，你的另一半会觉得勉强公平；当你觉得很舒服快乐的时候，你的另一半可能已经觉得忍无可忍。所以，学会站在另一半的立场上去看问题，是夫妻最好的相处之道。

在结了婚的人群中，想离婚另换一个婚姻对象的，远不止袁幽岚女士一个人。美国婚姻学者温格·朱利在《幸福婚姻法则》中说过，就算再幸福的婚姻，丈夫或妻子也都会在某一时刻产生过离婚的念头，甚至产生过掐死对方的冲动。他们所以最后能让自己的婚姻幸福，是因为他们懂得握手言和，懂得调节自己的情绪，懂得及时释怀，懂得妥协退让，懂得原谅宽恕。婚姻就如窗户玻璃，想打碎它很容易，扔一块砖头就可以了，但打碎之后，要收拾那些玻璃碎片很麻烦，说不定就划伤了你的手，划伤了你的臂，甚至划伤了你的心。我们环顾一下四周，看看身边那些能始终相伴的夫妻,你以为他们夫妻之间就一直很好,是天生的一对？错！你若用放像机回放他们的婚姻生活图像,准会发现他们也都有过怒目相对的时光,也都有过恶语相咒的时候,也都有过摔门而出的时刻,他们最后所以能始终相伴,是因为有一方摇摇头做了退让,有一方苦笑之后压下了任性,有一方吞下一口气说了句对不起。我看到网上有过这样的议论:所谓的婚姻,就是有时候你习惯他的存在,有时候又想一枪崩了他;大多的时候是在买枪的路上,遇到了他爱吃的菜,买了菜却忘记了买枪。我觉得这话说得好！我劝你先不要换人,先换换和丈夫相处的法子。比如,两个人先不要谈论当前的家庭困难,而是把孩子托付给父母照看一段时间,出国旅游一次,在一个陌生的环境里重过二人彼此依偎的生活;比如,带上丈夫去跑步健身,去保健馆里做几次打通经络和补充元气的保健治疗,让他重新充满阳刚之气;比如,花点钱和丈夫一起去看看话剧、听听音乐会,争取获得新的心灵共振;比如,为丈夫和自己各定制两身好衣服,然后去拍照,彼此重新感受对方的美。你只要去想,肯定有办法让对方高兴,从而让婚姻焕发出新的活力。没必要冒着撕裂皮肉和伤害孩子的危险去离婚。我从网上知道,现在我们国家的离婚率比较高,2018年民政部的数据显示,全国有1010多万对新人结婚,有380多万对夫妻离婚,离婚和结婚的年比率为38%,平均每天有超过1万对夫妻离婚。在这些离婚案件中,根据最高人民法院在2016和2017这两年的统计数据,离婚案中的73.4%为女方提出离婚。这当然是社会进步的一种表现,要在过去的朝代,包括民国,婚姻中的强者从来不是女人,女人哪敢如此自由地处理自己的婚姻问题？多少代的女人,不是婚姻被包办,就是在婚内被卖、被休、被打、被凌辱。但是,我们也必须指出,在这些女方提出的离婚案中,有不少是在一气之下草率做出的决定。因此,我想劝劝袁幽岚女士,再仔细想想,是不是真的需要换一个丈夫。前些年,在上海社科院社会学研究所一位研究员主持的中国人婚姻状况调查中,专家从婚姻质量的六个侧面进行打分排序,得出的结论是:22%的婚姻处于低质量,75%的婚姻达到中等水平,高质量的婚姻只占3%。如果处于低质量和中等质量婚姻中的人们,想让自己的婚姻达到高质量的标准,都采取离婚换人的方法,那中国人的婚姻岂不要陷入大混乱了?

焦蕴恬律师:我不知道谢国定律师搬出这么多数据是想证明什么,证明袁幽岚不该离婚?难道社会上离婚的人多了,离婚再结婚的比例高了,袁幽岚就该委屈自己,就该在一桩折磨人的婚姻里永远待着直到被折磨至死?这真是荒唐的逻辑!我都怀疑谢律师是从宋朝、明朝穿越而来,根本不是出生在当代。既然谢国定律师谈了这么多数据,那我就也给你搬出一点数据:据日本社会保障及人口问题研究所的数据显示,到2015年,日本的"生涯未婚率"创历史最高。所谓生涯未婚,也就是指50岁仍未结过婚。其中,男性达23.37%,女性达14.06%。这就是说,大约每5名男性中,就有1人到了50岁还未结婚。而且据预测,这一情况还会变得更加严重,据日本厚生劳动省的预测数据,到2035年,日本的生涯未婚率男性会升高到29%,女性会达到19.2%。这就是说,到那时,每5名女性中,就有将近1人到了50岁还不结婚。进入发达国家行列的日本社会为什么会出现这种情况?就是因为人类原来设计的婚姻制度魅力不再,对现代人的吸引力、诱惑力大大降低。人们不愿再受婚姻的约束和禁锢,人们想要更大的生活自由,一个人生活,当然会比两个人在一起互相妥协忍让顾及要舒服得多。一夫一妻婚姻制度消亡的钟声已开始敲响,而且会越来越响。在这种大趋势下,你却来鼓励原告委曲求全,忍辱受苦来维持婚姻,这合适吗?这人道吗?这符合潮流吗?

庭长:请焦蕴恬律师的发言针对本案。

谢国定律师:我刚才搬出那些数字的目的,是想让袁幽岚女士,包括焦蕴恬律师明白,离婚既是一个私人的问题,同时也是一个社会问题。在我们的社会里,总有一部分人喜欢跟风看潮流,看到好多人都在离婚,自己稍不顺心时就也想去试试,岂不知这是要付出很大代价的。除了个人要付出心理和生理健康上的巨大代价之外,社会也要付出代价,社会得准备好接受解体家庭成员,得负责照料好单亲孩子的心理发育,得准备好防止反社会人格的形成。作为一个有社会责任感的人,做出离婚的决定时一定要慎重!袁、雄二人都是名校研究生毕业,属于社会的精英阶层,希望他们有点社会责任感没有错吧?

原告袁幽岚:谢律师是想指责我离婚不慎重吗?我告诉你,在走进这个法庭之前,我经过了反复的思想斗争,我一而再、再而三地问自己:这是你希望的么?你会不会后悔?但每一次的自问之后,我都听到了内心的回答:对,这是我希望的,我决不后悔!

焦蕴恬律师:请谢国定律师注意倾听并记下我的委托人的再次表态。结婚只是人生的一种选择,不是必须选择;离婚也是人生的一种选择,不是不当选择。当一个结了婚的人发现婚姻不美满之后,决定走出婚姻,是我们应该支持的一种选择。我在这里还想特别重复一下罗素先生发现的一条婚姻规律:越是有文化的人,就越不能与他们的伴侣共享白头偕老的幸福。

谢国定律师:我很想在这个法庭上再次强调一下,特别想向庭长先生强调一下,我国目前的单人家庭已经够多了。2014年的统计,全国有7200万单人家庭户;2015到2018年,我国的单人家庭户从13.15%增加至16.69%;2019年1月21日,国家统计局发布的人口数据显示,大陆男性人口比女性人口多出3164万,表明这3000多万人也将变成单人家庭。如此,全国的单人家庭户,可能突破一亿。面对如此巨大的数字,我们想过后果吗?它的后果之一就是会出现"爱的饥饿",一些人因为得不到情爱和性爱会产生饥饿感,这种饥饿会造成性犯罪增多,同样能引发社会不稳定。这还不是最可怕的后果,最可怕的另一个后果是,伴随着单人家庭户的增多,生育率必然会降低。我国2016年的出生人口为1786万,2017年的出生人口为1723万,2018年的新出生人口为1523万,按此数字计算,我们的出生率只有1.094%,这是新中国成立以来,三年自然灾害除外的最低出生率。我们的总和生育率只有1.52%,这不仅低于世界平均数,而且低于其他发展中国家,甚至低于很多发达国家。按照2018年1.52%的总和生育率,到2100年,中国人口会降至8亿,到2200年也就是180年后,我国的人口会降至2亿。中华文明所以会长盛不衰延续至今,庞大的人口基数是一个重要因素。生育率的持续降低,在某种程度上甚至有引发种族存亡的危险。有鉴于此,我们难道还要去继续支持并加重这种状况吗?

我刚才听了袁幽岚女士的离婚理由和雄壬慎先生的答复之后,总的感觉是,他们这对夫妻的感情并没有彻底破裂,他们的婚姻虽然出现了严重问题,可还没有到非离不可的程度。我想,他们两个的婚姻出现问题,症结之一是,他们的人格特质存在一些差异。袁幽岚女士性格活泼,喜欢交朋友,属于社交活跃度较高的人,而且喜欢追求新鲜事物,喜欢新奇和刺激,应变开放度也高;而雄壬慎先生则喜欢合作,善于体谅别人,属于体贴配合度高的人,他遇事比较冷静,情绪稳定度也高。这种差异在恋爱时可以成为互相吸引的缘由,在进入婚姻后,则可能成为矛盾爆发的原因。其实,这种差异所造成的矛盾完全可以通过互相宽容、理解而消失。他们婚姻生活存在问题的症结之二是,男方跟女方没有做好心理沟通,男方被日常的生活所累,他只顾看着脚下的崎岖之路并想要尽快走过这一段路,没有去看身边的同伴,不知道同伴其实更累,而且已经累到几乎不愿再与他同行的地步。他没有去安慰,更没有去搀扶同伴,甚至没有去拉住她的手给她鼓舞,致使同伴积累下了怨气。我觉得袁幽岚女士是在一时被怨气左右下,赌气要离婚的。他们之间既没有暴力行为出现,也没有出轨之举,男方又一再表示愿意改正自己在日常生活中出现的错误,那法庭为何不能给他们一次改善婚姻的机会,反要判他们离婚,再增加一个极可能是两个单人家庭户呢?在此,我还想特别提醒一下原告注意,目前社会上流行的一种新观念,即最高级的离婚,就是不离婚。这种观念认为,离婚,将会使个人在经济上开始下滑,会使男女双方同时下坠一个社会阶层。在美国,大量的社会调查也已证明,婚姻破裂和单亲家庭是部分美国人陷入贫穷的一个重要因素。单从这个层面考虑,我劝袁幽岚女士也不要赌气离婚。

焦蕴恬律师:我没想到谢国定律师会以出现"爱的饥饿"现象和种族存亡危险来胁迫法庭审判人员,也没想到他会以阶层下坠来威吓我的委托人,这是一种极其不负责任的辩护策略,用所谓的社会责任来施压原告和法官,是辩护者黔驴技穷的表现!我也不能认同谢国定律师关于雄壬慎与袁幽岚没有感情破裂的判断!袁幽岚女士说了那么多离婚的理由,仅仅因为他们之间没有出现家暴和出轨行为,就把那些理由都勾销了?

袁幽岚女士:既然说到这里,那我就控告雄壬慎对我家暴!

谢国定律师:你指控他家暴要有证据才行!

袁幽岚女士:我当然有证据,大家看,我右小臂上的伤痕,就是雄壬慎昨晚上打的。大家看!(亮出右小臂上的伤痕)

庭长:焦蕴恬律师和冷婋律师原来知道这件事吗?

焦蕴恬律师:不知道。我很意外,我的委托人从未对我说起过这事。不过既然袁幽岚女士现在说出了,我请求法庭立即关注此事,即刻组织验伤!

庭长:请求允准。鉴于审理中出现意料之外的情况,本次审理到此结束,下次开庭时间请原告和被告并诸位律师等候通知。
闭庭!

第二次开庭

开庭时间:2019年9月16日。
合议庭组成人员:
庭长,范览景。
审判员,刘韵玫。
审判员,章含钰。

合议庭书记员:应梦。
合议庭书记员:扈一卿。

出庭人员：

原告袁幽岚，29岁，本市海淀区三龙街美丽苑2号楼509室。

袁幽岚聘请的律师——平权律师事务所律师焦蕴恬。

袁幽岚聘请的律师——平权律师事务所实习律师冷嫒。

被告雄壬慎，31岁，本市海淀区三龙街美丽苑2号楼509室。

雄壬慎聘请的律师——天义律师事务所律师谢国定。

庭长：现在开庭。在本月11日的审理中，原告袁幽岚指控曾在本月10日晚上遭被告暴力对待，致使其右小臂留下瘀伤。法庭当即请法医对袁幽岚右小臂上的瘀伤进行鉴定，现在请法庭书记员应梦当庭宣读鉴定结果。

应梦：外伤鉴定书。袁幽岚女士右小臂上部外侧，有一处4厘米长、2厘米宽的瘀伤，系木质硬物击打所致。此伤造成的时间应不超过72小时。该瘀伤属极轻伤，会在10至15天内消失，不会造成严重后果。鉴定人：海淀第六人民法院法医关敬法、魏健闻。

庭长：请原告袁幽岚女士详细讲述被告对你施暴的过程。

原告袁幽岚：就在9月11日法庭开庭的前一天晚上，也就是9月10日晚上，大概在8点50分左右，雄壬慎下班回来，连手都没洗，径直去厨房，掀开锅盖，看见我妈给他留的饭菜，连一声招呼也没打，拿出来就端到卧室吃。我看见后说：明天就要开庭判离婚了，你还这样死皮赖脸地吃我妈做的饭，你丢不丢脸？他竟然一副满不在乎的样子，答：这有啥丢脸的？妈妈给我留了饭，这是对我的关爱,我要不吃,岂不是伤了她老人家的心?我不仅要吃,还要吃得干干净净。我见他如此不知羞耻,就骂了他一句:你吃吧,小心吃饱了撑死!他嬉皮笑脸地回道:撑死总比饿死好!我听了更生气,就又回了他一句:你最好现在就撑死,早点死了好让我们母女安生。就为了这句话,他勃然变色,"啪"地把筷子扔到桌子上,拿起擀面杖就朝我打过来,我见状急忙伸出右胳膊去挡,他便打到了我的右小臂上。如果我没抬手去挡,他这一擀面杖打到我的头上,我很可能会被他打成脑死亡。我请求法庭为我做主,看清他这种施暴的严重性,坚决判我和他离婚。

庭长:请书记员应梦展示雄壬慎殴打原告袁幽岚时所用的擀面杖。展示袁幽岚被殴伤的臂部照片。

庭长:请被告雄壬慎看一下这根擀面杖,确认它是否是你家的擀面杖?

被告雄壬慎:擀面杖是我家的。

庭长:下边应原告要求,传被告之妹雄壬瑾出庭作证。

证人雄壬瑾:我叫雄壬瑾,是雄壬慎的妹妹,现年26岁,原籍河南南阳内浙县,目前在海淀区福来酒店打工。

庭长:雄壬瑾女士,原告袁幽岚女士说,本月10日晚8点50分左右,你去她家,目睹了你哥哥对她施暴的情景,并上前拉架,你愿本着公民的责任为此事作证吗?

证人雄壬瑾:我愿意。在作证之前,我想先说说我这个嫂子。我嫂子是我们那个镇,甚至是我们全县里长得最俊最美的媳妇。当初,我哥把我嫂从北京带回家,全镇子都轰动了。婶子大娘们都说,俺嫂子长得就跟画上的姑娘一样,上台演戏不用化妆都行。嫂子在俺家住的那几天,镇子的几条街上都有人专门跑来俺家,就为看我嫂子一眼。看过俺嫂子的男人都很羡慕我哥,说他太有福气了,把这样漂亮的姑娘都能娶来了!俺妈那些天笑得一直合不拢嘴,对我哥说:老雄家几辈人积德赚来的福都让给你来享了,所以你才能娶来这么俊的媳妇。你可要好好对待人家,踏踏实实同人家过日子,不准同人家红脸拌嘴!我们镇上会看相的七奶奶对我哥说:你这媳妇可不是寻常女人,她脸上带着标准的旺夫喜运。你娶来她,当官你能当到省长,经商你能赚来一家银行,种小麦你能亩产两千斤,开工厂你能养活一万人!你娃子可要把她当财神爷看,她渴了,你给她端水;她饿了,你给她做饭。她会给你生一对金童玉女,让你们老雄家再振雄风、福寿绵长!七奶奶这话让我爸我妈整整笑了一个晚上。因为我嫂子的到来,我在镇里那些女伴们的眼中,地位也一下子变高、变重要了,她们不停地问我:你嫂子穿的衣服是什么牌子?脚上的皮鞋是哪国造的?勒的腰带是啥样式的?用的是哪一家的化妆品?我那时是多么骄傲呀!

唯一遗憾的是,我们家当时没钱在镇上再为我哥嫂举办一个河南风格的盛大婚礼,就是嫂子可以坐花轿的那种。

好了,不说闲话了,下边我来正式作证!

10号那天晚上,我没上夜班,就抽空去看我嫂子、外甥女和哥哥,刚推开门,就看见我哥拿个擀面杖站在我嫂面前,我嫂则摸着自己的右小臂呻吟着。我见状急忙上前扶住我嫂,捋起她的右臂衣袖去查看,就看见我嫂的右小臂上有一道挺长的瘀伤。我于是对我哥吼道:你怎么敢对我嫂子动手呀?你胆大包天了?!你忘了妈和七奶奶对你的嘱咐？我嫂子整天操持家务、照看孩子，哪一点对不起你嘛？你凶啥子么？！我哥脸上当时带着笑意，不像是多么生气的样子。

作证完毕。

刚好，我马上要赶回酒店上班，等不到哥嫂你们退庭，有件急事就在这儿给嫂嫂、哥哥一起说一下。爸爸刚从南阳往我卡上打了19万7千块钱，说是他刚收回的一笔借款，让你们加上原来的积蓄，赶紧去付首付买一套小房子，别再住合租房里了。我手上也还有2万4千块钱，是我打工挣的，你们也拿去用就是。好了，就说这些，银行卡我今晚下班后送到家里。再见！

庭长：下边应原告律师的要求，传唤段悠女士出庭作证。

证人段悠：我是袁幽岚女士的邻居，叫段悠，与他们家同租一套房，与他们家人天天相见。前几天焦蕴恬律师找到我，说让我回忆一下有没有看到过雄壬慎殴打妻子袁幽岚的情景。我告诉她我没有看到过。她让我回忆一下听没听到过男方对女方施暴的声音。我想了想，好像是听到过。我们两家的隔墙，可能因为薄的缘故，隔音效果很不好，他们家孩子哭，我们能听到；我们家孩子哭，他们家肯定也能听到。尤其是到了夜深人静的时候，他们家的声音我们听得更清。大约是两个来月前的一个半夜里，我起身想上卫生间时，忽然听到从他们家传来一阵啪啪声，有点儿像一个人在打另一个人，我当时一惊，扯醒了我丈夫，让他和我一起听。他也听到了。我当时想过去劝劝，但我丈夫拉住我的手说：你别去添乱，小两口打架生气，转眼间就会和好的，你去干啥？这就是我想向法庭说明的。我不知道这算不算证词。

庭长：谢谢你！请退庭。下边应原告律师的请求，传景来仪女士出庭作证。

证人景来仪：我叫景来仪，是袁幽岚女士家的邻居。焦蕴恬律师找我了解雄壬慎先生对其妻子施暴的问题，实在说，我没有亲眼看到雄壬慎先生在家施暴。雄壬慎先生给我的感觉，是一个脾性比较温和的人。但有天早上，我先是看到雄壬慎先生提着包去上班，接着就听见袁幽岚女士在小声哭。我知道那几天袁幽岚的妈妈把他们的孩子带回山东老家了，与他们合租房子的段悠一家也都上班走了，想着幽岚一个人在家，别不是出了什么事情，就过去推门。他们那套房子的门和卧室的门都是虚掩着的，想是雄壬慎出门时没有关上。门推开后我就看见幽岚一边流泪一边在向胸前粘一块纱布，我吃了一惊，忙上前帮助她把纱布粘好，问她怎么了，她只哭不说。我当时估摸着，说不定是他们两口子生气，雄壬慎没控制住自己，对妻子动了手，但能看出不是什么重伤，幽岚当时也没有向我要求帮忙。我就说到这里。

庭长：谢谢景来仪女士，请退庭。下边请焦蕴恬律师谈谈你的看法。

焦蕴恬律师：听了刚才袁幽岚的自诉和雄壬瑾的证言，我们完全可以断定，雄壬慎在9月10日晚8时50分左右确实殴打了袁幽岚，致使她手臂受伤。这是标准的家暴。雄壬瑾的证言所以可信，在于她是雄壬慎的亲妹妹，两人有血缘关系，她应该与自己的哥哥更亲密。按照通常的设想，她会站在她哥哥的立场上，不做对自己哥哥不利的证明。但可能是她意识到了公民的责任，不想昧着良心说假话。袁家两位邻居的证言，更进一步印证了我们的判断,即:雄壬慎对妻子施暴,并不是偶然现象!他在过往的生活中,也曾对妻子使用过暴力。我们在袁幽岚前胸上还发现了另外两处处于不同恢复期的瘀伤,这是我们拍下的照片,现在也提交法庭作为证据。

庭长:照片清晰,可以作为证据。

焦蕴恬律师:我们都知道,男人对女人使用暴力,直接使女性的身体感受到疼痛,使其心理上感受到惊恐,损害其身体健康和人格尊严,是严重违犯2015年12月27日十二届全国人大常委会第十八次会议通过的《中华人民共和国反家庭暴力法》的行为。雄壬慎这样做,应该受到惩处,更应该成为判决他与袁幽岚离婚的决定性理由!

早在人类的蒙昧时期,男人就知道保护女人,摘来野果,先给女人吃;捧来泉水,先给女人喝。中国有句俗话说,男人一生必须要保护的人是:身后的父母、胸前的女人、腿边的孩子。没想到,到了21世纪,还有人凭借自己拥有的蛮力来殴打女人。我想问问雄壬慎,你不过是给了你妻子一颗精子,而她,还给你的是一个漂亮的女儿和一个温暖的家庭。你的获得是如此丰厚,可你竟然不知感恩,相反,还用暴力来回报你的恩人,你愧不愧疚?

家庭暴力是一种社会因素和生物因素共同作用的现象,而暴力本身更趋向生物性,是人类没有完全脱离动物界的一种证明,是背离社会文明进程的一种野蛮行为。自人类通过一夫一妻制组建家庭之后,就一直伴随着家庭暴力的发生,可以说家暴这种现象根本就没有断绝过。据世界银行的调查统计,20世纪全世界有25%至50%的妇女曾遭受过丈夫和男友的身体虐待。全国妇联曾进行过一次调查,在被调查的男女中,有16%的女性承认被丈夫打过,14.4%的男性承认打过自己的妻子。在中国每年约40万个解体的家庭中,约25%缘于家庭暴力。据有关资料统计,目前全国2.7亿个家庭中,遭受过家庭暴力的妇女已高达30%。在美国,家暴受害妇女超过了强奸、抢劫和车祸受害妇女的总和,大约四分之一的家庭存在家庭暴力,平均每7.4秒就有一个女人遭丈夫殴打,约有20%—30%的女人遭现任和前任男友在肉体上的虐待。2005年,我国北京海淀区检察院对海淀区、丰台区、顺义区和朝阳区看守所当年5月10日至6月10日期间在押的全部女性犯罪嫌疑人进行调查发现,捕前她们遭受过家庭暴力的比率是35.7%。更让人吃惊的是,在中国的家暴中,施暴者并不全是学历低的人,据对4128个调查对象的调查,施暴者中有62.7%具有大专以上文化程度。这也是特别令人震惊的。这个调查数字表明,丈夫殴打妻子,并不全是因为这些丈夫没有文化!

在中国历史上,男人对女人家暴,通常会出现在三种婚姻里:一种是抢夺婚姻。男人通过战争或其他暴力手段将女人抢来做妻子,因为妻子不顺从他们要发生性关系的愿望,丈夫就用殴打等手段迫使其屈服,使其成为自己泄欲的工具。另一种是买卖婚姻。男人通过金钱或其他物质手段,把女方从其所在部落或家庭买来做妻子,因为妻子不愿意把自己的肉体交给对方,丈夫就通过殴打等手段迫使其妻子服从。再一种是包办婚姻。男方通过说服女方的家人或族人,由他们把女子送给男方为妻,因为妻子反抗这种包办,丈夫通过殴打等暴力行为迫使妻子不敢反抗。但雄壬慎让我们开了眼界,那就是在自由恋爱之后自愿缔结的婚姻里,仅仅因为妻子的几句不太恭敬的话语,而对妻子动手殴打施暴。在21世纪的今天,在男女平等平权的现代社会,在全国首善之区的首都北京,研究生毕业的知识分子雄壬慎,竟敢如此对待也是研究生毕业的妻子,真是让人震惊。我觉得,法庭仅仅根据这一条理由,就应该坚决地判决袁幽岚和雄壬慎离婚!

我在这里想特别提请法庭注意,在有家暴却没有离成婚的家庭里,出现悲剧的情况很多。我想在此随便举几个例子:第一个例子,在湖南一个山村里,一位丈夫每每喝醉酒之后,就找茬殴打妻子甚至孩子,妻子因此多次提出离婚,但丈夫坚持不离,族人也阻止女人离婚,无奈之下,女人只好以死抗争,最后上吊自杀,留下一个两岁的男孩。那位女性自杀身死时,家中并无他人,那个两岁的孩子不知妈妈已死,抱着妈妈悬吊的双脚哭喊说他饿了,直到惊动了邻人……第二个例子,在河南乡下,有一位妻子不被丈夫当人看,丈夫心里一有不快,就动手打她,她想离婚,她的父母首先反对。她数次逃跑,企图逃离家庭,又数次被丈夫抓回家里禁闭。实在没有办法之后,她决定反抗,预先偷偷在床下藏了一把铁锤,在一次被丈夫打晕清醒过来之后,趁丈夫睡熟,她挥锤猛砸丈夫的头部,一直砸了11锤,把丈夫的头砸得稀烂,当然,她最后进了监狱。第三个例子,在四川,一个丈夫常借故殴打妻子,妻子据此起诉丈夫,要求离婚,但法院觉得这桩婚姻还可以挽救,就未判离婚。结果,在丈夫又一次痛打妻子之后,觉得余生无望的妻子,抱着自己生下的一对儿女,跳江自尽。我所以举这些让人痛心的例子,是想让三位法官警觉,如果我们继续拖延这桩离婚案的判决,类似的悲剧也许会在北京上演!须知,家暴有一个重要的特点,就是它会反复发作,一个男人只要动手打了妻子一次,也就是说一旦开了头,之后他就会成惯性地、更频繁地施暴。如果今天法庭不判袁幽岚与雄壬慎离婚,雄壬慎可能会因袁幽岚指控其有暴力行为而更加恼怒,从而对袁幽岚实施可怕的"分手暴力",以实行所谓"暴力威慑"!

冷婊律师:庭长,对雄壬慎施暴妻子袁幽岚的事,我也想发表一点看法。袁幽岚不顾父亲的反对,执意嫁给雄壬慎,还为他生下了女儿,可雄壬慎是怎么回报妻子的?用擀面杖来打她!在她身上和心上都留下了恐怖的伤痕!这真是令人极度寒心,也让我见识了爱情是多么的可怜和靠不住。我本来就对爱情这个东西是否存在存疑,现在袁幽岚的经历更让我坚信:爱情原本就是一碗糊弄女人的迷魂汤,它只负责把女人诳骗到丈夫家里,好供其泄欲和驱使,从来不会对女人的身心健康进行保护。历代的文人反复歌颂着爱情,可你只要仔细查查就会明白,他们讲的爱情故事不过是一对男女在相识初期的肉体吸引罢了。一对男女因为肉体上的相互吸引,的确会表现为对对方充满爱意,会互相关心互相照顾互相给予。但这种感情会随着肉体吸引力的降低很快化为乌有。代之而生的,是对对方的冷淡、漠视、不满和恨意,当恨意积累到一定程度,男女两人就会互施暴力,包括言语暴力、表情暴力、精神暴力、经济暴力、身体暴力和性暴力,其中,男人因其体力大于和强于女方,往往最先动手使用身体暴力。这就是历代文人和我们的前人反复告知我们的美好爱情。我可以断定,不论是西方的罗密欧和朱丽叶,还是东方的祝英台和梁山伯,如果让他们顺利结婚,在一起生活上七年、八年或十年,我保证他们绝不会爱得你死我活,倒可能会恨得你死我活,斗得你死我活,打得你死我活!

庭长:请冷律师的辩护回到本案上来。

冷婊律师:我想说的是,雄壬慎对妻子施暴的事实告诉我们,爱情是靠不住的,女人必须要活得清醒!以后,当男人再向我们女人说"为了爱情"这句话时,你一定嘀嘀一声回他一句:休来行骗!把你拿走我肉体的条件讲来我听听!说说你三年后不再喜欢我时怎么办?到你要动手打我时该怎么赔偿我?!

庭长:被告雄壬慎先生,对于袁幽岚女士的指控,你有什么话说?

被告雄壬慎:我想先把那天晚上所谓殴打事件的前后经过,详细地给法庭说一遍,请合议庭判断。那天晚上,我下班回家,因怕幽岚抱怨我身上脏,提前在楼下花坛旁的水管上洗了手。我刚洗完手,就看见我岳母提着一袋垃圾下楼,我急忙上前接过垃圾袋并把其放在小区的垃圾箱里。岳母对我说:我们已经吃过了,给你留的饭在锅里,你快回家吃饭吧。我应了一声就上楼,我岳母跟在我身后。我那天可能太饿了,进屋就去厨房取了饭。大约是因为我没有像往常那样先同幽岚打招呼,也可能是因为我不答应离婚她心里有气,她就开始说我不该吃我岳母做的饭,我知道她是因为心里不高兴在没事找事,就没理会她,不管不顾地吃。我岳母这时也进了屋,看见她在找事,就制止她道:幽岚你少说几句,让壬慎吃饭。幽岚此时又骂:吃,吃,我们凭啥要养这头只知吃饭的猪?她是存心想把我激怒。不过,类似的话我听的次数多了,我并不生气,依旧笑着回她:养猪是为了吃肉,把我养肥了,你和幸子以后可以吃肉。在一旁玩耍的幸子听了这话笑着喊:好,好,吃爸爸的猪肉!但这种气氛仍然没能使幽岚消气,她又继续骂道:我喜欢吃羊肉、牛肉,恶心吃猪肉。你既然是头猪,就该早死,你早死了我好买只羊来养!说实话,我听了这话有点不高兴,脸色有些难看了,想回给她两句重话。不过我还没来得及开口,我岳母先看不下去了,说:幽岚呀,你还有完没完?还让不让壬慎吃饭了?他可是上了一天班哩,怎么一点也不知道心疼人了?!幽岚并未被她妈妈劝住,仍旧纠缠着我,直接用手指着我问:姓雄的猪,你要是个有种的公猪,明天到法庭上,就该气气派派、痛痛快快地答应离婚!别像个母猪,哼哼唧唧哀求着不想离婚。我一听她这样说公猪母猪的,就又被惹笑了,我笑着回她说:好,好,我是一头没种的公猪。不过,你跟一头公猪在一起生活了这么多年,那你肯定是一头母猪!她一听这话,眼瞪圆了,牙咬起来了,我一看知道不好,惹怒她了。只见她顺手抓了我们女儿的一个玩具狗朝我扑过来,那个玩具狗是我给幸子买的,是个铁质的,挺重,充了电可以满地跑着叫。我一看她那架势,是要真的朝我头上砸,就有些害怕。那家伙砸下来我的头肯定要开瓢,于是就忙伸手去旁边的桌子上抓了一根擀面杖来挡。因为是两家共用厨房,我岳母习惯在我们卧室的书桌上擀面皮包饺子。我本意是挡她手上的那只玩具狗,没想到挡住了她的胳膊,她哎哟叫了一声,手上的玩具狗砸中了我的肩膀。我一见挡了她的胳臂,估计她肯定也被弄疼了,就忍住自己的肩膀疼,要去查看她的胳膊,刚好,我妹妹这时来了。她捋开她嫂子的衣袖,看见果然有一块肉变得乌青。我不敢吃饭了,忙出门推来电动车,要载她去医院看外科,但她执意不去医院,没办法,我去街上的药店给她买来了碘伏和伤湿止疼膏。这就是事情的经过。我对此事确实负有责任,首先我不该用母猪这种恶毒的字眼来开玩笑;其次,我也不该拿擀面杖去挡她的胳膊,致使她受伤。我虽然无意打她,但客观上使她的胳膊受了伤,给她造成了疼痛和痛苦,对此,我向幽岚道歉,向她表示最深切的歉意,也请幽岚原谅我。这是我们结婚以来的首次动手事件,而且我是被动应对者。

被告袁幽岚:我想提醒庭长注意,你审问的被告,是大学历史学院的一个研究生,他通晓人类的婚姻史,懂得很多丈夫折磨妻子的办法,而且会用言语去博取法庭上每一个人的同情。但他在生活中,则确实是一个对妻子使用暴力的人!

谢国定律师：庭长先生,既然袁幽岚女士不认同雄壬慎的说明和自我辩护,我申请传唤另一名证人。这名证人叫邰盈盈,是原告袁幽岚女士的母亲,是被告雄壬慎的岳母。邰女士已在法庭外边等候。

庭长：传邰盈盈女士出庭作证。

证人邰盈盈：庭长先生,我叫邰盈盈,籍贯山东泰安,袁幽岚是我的独生女儿。给法庭添麻烦了。幽岚那天晚上同壬慎生气,起头是幽岚说话对壬慎不敬。她说壬慎不该吃我做的饭,这话说得不对。我是他岳母,他是我女婿,一个女婿半个儿,既是母子,为啥不能吃我做的饭？我制止幽岚几次,她都不听,存心是想闹事。而且最后先动手去打女婿,真是过分了。我这个女婿也真是的,总是对幽岚退让,一味地想讨好她,啥事都听她的,使得她在家里越发骄横了。我这个女儿我知道,因为是独生女儿,我和她爸,尤其是她爸从小娇惯她,她想要上天,她爸就赶紧想办法找梯子,所以她很任性。这女婿是她自己选的,她爸一开始还不是很同意,后来看她那样坚决,就也算认可了。几年过下来,女婿给我们的印象真不错。壬慎他人老实,有一是一,值得信赖。而且读书很多,还经常发表文章。可我这女儿,也不知道她是怎么回事,越来越对女婿不满意,闹着要离婚。我和她爸一再劝她,她不理会,和当初结婚一样,坚决得很,我们老两口真是拿她没办法。反正那天晚上的事,不怪女婿,完全是幽岚在没事找事。我就说到这儿。

幽岚,你快回家去,好好和壬慎过日子,别在这儿丢人现眼。这也是你爸爸的意思! 我在这儿也顺便给你说几句：女人在家里别那么强势,男人找妻子可不是想要找一个上司! 天下男人找女人的标准可能千差万别,但有一个标准是共有的,那就是温柔,希望自己的女人温柔,给自己带来柔美的体验。只有温柔的女人男人才会真正喜欢!强硬不是女人的力量所在,温柔才是,只有温柔才能使你的家庭稳固,也才能使你幸福!你对着镜子看看你现在的眼睛,看看你的眼睛里还有没有温柔的笑意。你爸爸对我说过,他认为女人身上最迷人的部位是眼睛,是眼睛里汪着的笑意。他说他当初所以要死追我,就是因为我眼中的笑意让他着迷。你现在的眼睛里不仅没有了温柔的笑意,连最普通的笑意也没有了。你说你这样壬慎怎么能够喜欢你?!妈妈特别想提醒你:女人懂得以柔克刚才是聪明。你去问问那些家庭破裂的主妇,她们家庭破裂的原因可能很多,但肯定有一条,就是她们身上少了温柔,眼睛里没有了笑意。你知道你爸爸的脾气是多么糟糕,你看过他发怒时的样子,但你看过我同他吵架了吗?每当他暴跳如雷大喊大叫的时候,我就平静地看着他,甚至微笑着给他端一杯水放在他面前说:把水喝下去了再接着发火。结果怎么样?他慢慢就不喊不叫了,火气就渐渐消下去了,然后就会过来给我道歉了。你为什么就不能学学妈妈,温柔一点对待壬慎?难道是因为你读书多了,学历高了,自认为不得了了?觉得自己应该在男人面前强硬了?你要记住,男人一旦与你结婚了,你就是他的妻子,你不再是一个文学院的研究生了,你的文凭这时已经不起吸引作用了!好好回家过日子吧,别再闹了!

原告袁幽岚:雄壬慎,你真卑鄙!把我妈也花言巧语地骗来了。你就会小恩小惠糊弄我妈,来掩盖你折磨我的真相。我请庭长明辨真假,我妈她只想让我平安过日子,她并不管我过的是什么鬼日子。你不能相信一个观念严重老化的老年人的话!

谢国定律师:庭长,刚才原告妈妈的证言很重要!在我承接过的所有离婚案件里,只要女方的母亲出庭作证,必是站在自家女儿立场上说话的,但今天的情况真令我意外,原告的妈妈竟然站在女婿的立场上作证。这只能说明一个问题:错不在被告一方。我很敬佩这位老人能凭良心作证!老人所说的关于温柔有力量的话也很有道理,我会把她的话转述给我的媳妇,让她也琢磨琢磨这话的含意。

焦蕴恬律师:谢国定律师不要太高兴了!我想请合议庭注意到一个问题,那就是山东泰安离孔子的老家曲阜和孟子的老家邹城都很近。孔子和孟子这两位先生,在别的方面做了挺大的贡献,唯独对女性存有偏见,二位先贤创立的儒家学说,在女性观上存有着重要缺陷。儒家认为"唯女子与小人难养也",觉得应该男为尊,女为卑;儒家提倡"夫为妻纲",女子应该在家从父,出嫁从夫,育后从子;儒家强调女子应该视夫君为天,以夫为贵,夫命不可违;儒家宣布女子的最高追求,应是当"在室女"时做淑女,出嫁后做贤妻,生育后做良母。这些说法和论述,不可能不严重影响到生活在附近的袁幽岚的父母,并使他们生出女人提出离婚乃大逆不道的观念。也就是因此,袁幽岚的父母不希望自己的女儿主动提出离婚,而希望她忍气吞声委曲求全地延续自己的婚姻生活。这,就是她的证言不利于自己女儿的缘由。我希望合议庭的法官们能明辨这一点。

谢国定律师:我觉得焦蕴恬律师的发言,低估了现代生活对人的观念潜移默化的影响,高估了孔孟儒学的女性观对今人的影响力。没有谁还会把今天的离婚视为大逆不道。据说前两年,年轻人见面不再习惯性地问对方吃了没,而是改问:离了没?可见离婚已经变成了一桩多么寻常的事情。据说,一对新婚的夫妻,仅仅因为在购物时发生了一次口角,女方出了购物中心的大门就朝对方说:咱俩不玩了,离婚!男方也当即点头应允:不玩就不玩,离就离!两人回家就拿了结婚证去办了协议离婚手续。据我所知,在有文化的人群中,做父母的都开始把恋爱婚姻问题,放手交由自己的孩子去处理。袁幽岚的父母都曾是国家事业单位的工作人员,怎么可能再按孔孟的言论来处理女儿的婚姻问题?原告的母亲所以敢做出不利于自己女儿的证词,肯定是因为良心的驱使。法庭完全可以确信,被告并没有对原告施以暴力!

另外,我们从刚才被告雄壬慎和原告母亲述说家暴过程的用语中可以明白,原告和被告的感情并没有破裂,原告只是对被告有怨气,她坚持离婚只是在发泄对被告的不满。既然被告已承诺改正自己的缺点,那么被告改了缺点后,双方的感情就可能重新和好。鉴于此,法庭就不应该判决二人离婚。

我还想再次提醒法庭注意,尽管袁幽岚女士提出了离婚,提出了被告对她施以暴力,但是至今为止,他们夫妻两个并没有分居,还住在与人合租的一套两室一厅的房子里,而且他们家的卧室只有一个,事实上夫妻两人还睡在一张床上。如果真是一个家暴频发的家庭,袁幽岚肯定要不顾一切地搬出去住,以躲避家暴。这反证了家暴并不存在,他们的感情也没有破裂!

原告袁幽岚:我赶过他,我希望他到别的地方再租新屋住,但他死皮赖脸地不走。我知道他是想省钱,想继续让我妈给他提供做饭和打扫卫生的免费服务。他不走,总不能让我走吧?我上有老下有小,走是容易的吗?因为房子小,我和他虽然睡在一张床上,但各睡床的一边,各朝床的一头睡,各盖一床被子,谁也不理谁。这怎么就能证明感情没有破裂?

谢国定律师:我在这儿也想再一次好意地提醒袁幽岚女士,离婚的确是我们的自由,但它会给我们的人生留下巨大的阴影,尤其会在孩子的心灵上留下难以修复的伤痕,会对下一代的成长造成重大影响。在这件事上,最好是三思而行,不,最好是五思而行!

请允许我在这儿读一个小学四年级女生给她姥姥的一封信——

姥姥:昨晚,妈妈让我早睡之后,又和爸爸吵架了。起因还是爸爸的脱发。妈妈说爸爸是一个秃子,说她的朋友都在笑话她,说她不想和一个秃子生活在一起,她要和爸爸离婚。我听了很害怕,如果以后没有了爸爸,下雨打雷时可怎么办?妈妈也很害怕下雨打雷,过去都是爸爸抱着我和妈妈。我今天一天都没有好好听课,我害怕他们离婚,你快来劝劝妈妈吧……

这封信所以保存在我手上,是因为写信的就是我女儿。我现在戴的是假发,我把假发摘下来,大家看到了吧,我是一个秃子。不过如今,我的妻子已经习惯了。

我女儿的这封信曾让我妻子冷静了下来。

我希望我女儿的这封信也能让袁幽岚女士冷静下来,不要让一时的气恼来左右事关人生幸福的重大决定。

庭长:这些照片表明,袁幽岚的胸前还有两处正在恢复的瘀伤,对此,被告雄壬慎怎么解释?是不是你殴打所致?你应该实实在在地给予说明!

被告雄壬慎:那两处伤我知道,那是前些天的一个夜晚,幽岚见我执意不离婚,气极之下自己把自己打伤的。她当时边打自己边骂:袁幽岚,你为何要爱上雄壬慎这个混蛋?!她知道我看见她自伤会心疼,就故意这样做。我后来急忙制止了她的自伤。她这样做让我非常痛苦,她打她自己其实比打我更让我难受!邻居们平时听到的声音,其实也都是她自伤的声音,对此,我很无奈!我真的希望她把怒气都发泄在我身上,用巴掌和拳头来打我,不要自伤!

焦蕴恬律师:被告这样回答庭长的询问太让人吃惊,这是要把家暴当儿戏来说,是把法官当儿童来戏耍,一个心智正常的女人怎么可能自己伤自己?雄壬慎,你把我们都当成了傻子?!

庭长:袁幽岚女士,对雄壬慎先生刚才的回答,你有什么看法?你也应该实实在在说出来!你胸前那两处瘀伤,究竟是雄壬慎打的还是你自伤的?须知,自伤和他伤,留下的痕迹是不一样的,法医可以分辨清楚。若经法医鉴定证明谁说了假话,那就是在欺骗法庭!

原告袁幽岚:好,好,好吧……他说的是事实,那是我自伤。我就是恨自己当初眼瞎,看错了人,我想自己惩罚自己!

庭长:本次开庭,主要是查证原告袁幽岚右小臂上的乌青和胸前的瘀伤是不是其丈夫雄壬慎施暴所致。经刚才原告和被告的说明,以及三位证人的作证,我们已经明白,原告袁幽岚右小臂上的乌青和胸前处于不同恢复期的伤痕,不是被告雄壬慎施暴的结果。鉴于此,法庭认为,原告的这一指控不实,其要求判决离婚的理由不充分,我们希望——

原告袁幽岚:庭长,雄壬慎还有外遇!

焦蕴恬律师:哦,你为何不早说?!

庭长:指控对方有外遇必须要有切实的证据!

原告袁幽岚:我有!

谢国定律师:我认为法庭对袁幽岚的这一指控应不予理睬!她原来从未说到过这个问题,只是在看到法庭就要做出对她不利的判决了,才又找出这个理由,其可信度明显值得怀疑!假若她真知道雄壬慎有外遇的话,她肯定会在第一次开庭时就说出来!

焦蕴恬律师:我觉得法庭应该对袁幽岚提出的这个新指控给予重视!尽管我不知道袁幽岚为何不在一开始就提出这个指控,但我想,法庭不能对审理过程中出现的新问题视而不见,要防止判决结果因此而出现不公正!

庭长:因为被告提出了新的指控,法庭需要了解情况,本次开庭就到这里结束,下次开庭时间请原告、被告和双方律师等候通知。

闭庭!

第三次开庭

开庭时间:2019年9月21日。

合议庭组成人员:

庭长,范览景。

审判员:刘韵玫。

审判员:章含钰。

合议庭书记员:应梦。

合议庭书记员:扈一卿。

出庭人员:

原告袁幽岚,29岁,本市海淀区三龙街美丽苑2号楼509室。
袁幽岚聘请的律师——平权律师事务所律师焦蕴恬。
袁幽岚聘请的律师——平权律师事务所实习律师冷婑。

被告雄壬慎,31岁,本市海淀区三龙街美丽苑2号楼509室。
雄壬慎聘请的律师——天义律师事务所律师谢国定。

庭长:现在开庭。在本月16日的庭审中,原告袁幽岚提出了新的指控,指控被告雄壬慎有外遇,法庭做了有关查证工作,现在请书记员应梦展示原告提供的证实雄壬慎有外遇的照片。

庭长:请被告雄壬慎上前确认,桌子上所摆的56张照片,是真的还是PS的?

被告雄壬慎:我看了一遍,这些照片上的人是我,它们不是经过PS的照片。

庭长:现在请原告袁幽岚女士详细说明你指控的事实。

原告袁幽岚：我在前两次庭审中所以没有指控被告有外遇，是因为我相信凭我当时指控的那些问题，完全可以保证法庭判我与雄壬慎离婚，我想给他留个面子。未料到雄壬慎狡辩到底，死皮赖脸地坚决不离，那就别怪我不客气！别怪我把你的丑事在法庭上公开出来！

13个月前的一个星期三晚上，我正在洗我女儿的内衣，手机忽然丁零一声，来了一条微信，是我的闺蜜大苋发来的，微信上说：岚妹，我现在御书坊茶馆会朋友，在二楼的一个雅座上看到了一位先生，很像你家男人，现把照片发去，请确认一下。若壬慎现在家里，那就证明还有一个人与他长得很像。现在天底下长得很像的人非常多。据说很多国家的总统都能找到与自己长得一样的替身，请你马上做个验证。若真是你男人，也别生气，也许人家是在谈什么历史研究项目，我知道你们家壬慎是个大忙人。她接着发来一张照片，我一看，嗨，这不是雄壬慎还能是谁？只见他坐在一位年轻女士对面，两个人正一脸深沉地说着话。我一看，肺都气炸了。他下班前给我打电话说晚上加班，原来是这样加班呀！我当时立马出门打车朝御书坊茶馆赶过去，我想去当面看个究竟，最好抓个现行。不想待我赶到时，他和那个女人已经走了。我当晚没有打草惊蛇，回家后我照旧对他和颜悦色，没有跟他吵跟他闹，我想我得抓住证据以后再跟他摊牌！第二天，我找到我的姑家表弟董亮阁。他在北京郊区的一家保安学校当武术老师，我要他跟踪雄壬慎，拍下雄壬慎跟那个女人幽会的照片。我表弟一开始不想干这事，说他姐夫请他喝过几次酒，他再去跟踪姐夫有点不地道。我很生气地跟他说：你要不给表姐我把这件事办好，你从此就别来我家了，你找对象的事也休要我来帮忙！咱俩的亲情从此了断！他见我生了气，只好答应。

我给了我表弟一万块钱，作为跟踪经费，如果不够，承诺还会给他补。我表弟一开始不要,后来见我发了脾气,才把钱拿了。我告诉他,需要打车就打车,需要在茶馆喝茶就喝茶,需要在饭店吃饭就吃饭,总之,不惜成本地跟紧他,不要让他离开你的视线,要彻底把他和那个女人来往的事情弄清楚。我表弟过去虽然从没干过这个,但他办事还算认真,请了一个半月的假,一直跟踪着雄壬慎。雄壬慎大概做梦也没想到,他的所有行踪全在我表弟的注视和我的掌握之中。

那女人叫黄旻懿,是西城区第九人民医院的医生,今年28岁,比我才小一岁。只小一岁呀,雄壬慎他就嫌我老了。姓雄的,你这个混蛋!有本领你找个18岁、19岁、20岁的姑娘呀!他们两个见面主要是在傍晚下班之后到晚上8点之间,有时早一点,有时晚一点。见面的地点有时在茶馆,有时在咖啡店。诸位应该都知道,现今的茶馆、咖啡店里都有单间。这种单间门一关上,就与外边隔绝了。客人只要不按铃叫人,服务员是不能进去的。他们就是在这种看似开放实则幽秘的地方相会。我表弟往往是跟踪到他们进了单间,然后找个卡座坐下,要杯茶或咖啡,边喝边计算着时间。他们会面的时长,通常在40分钟左右,成人都能够明白,有40分钟,啥事都能做了。一般人做一次爱40分钟足够了,是吧?!而且根据我对雄壬慎的了解,有30分钟,于他就够了!现在网上有专家说,世界上绝大多数男女,做爱的时间在7至13分钟之间。他们所以选择在这种地方幽会而不去酒店开房,我想原因可能就在于:这种地方反而没有风险。警察根本不来查这种地方,一般人也不愿在此幽会,毕竟单间的门是不能上锁的!我表弟通常是在他们进去单间和走出单间时偷拍下照片。个别时候,趁着门没关上他也拍过照片。今天,我把这些照片都带来交给法官了。有点遗憾的是,我表弟只能用手机拍照,变焦的效果不太好,一些照片看上去有点模糊。不过即使这样,这对狗男女幽会做爱的证据是有了。

我表弟最后还查明,那个女人是雄壬慎老家的高中同学,他们是老乡。我估计,当年他们在读高中时可能就谈过一段恋爱,现在都在北京工作,见面后又旧情复萌了!这件丑事我本来是不想说出来的,毕竟对他对我都是不光彩的事,可现在我不想再顾及什么脸面了!

庭长:焦蕴恬律师有什么看法要发表?

焦蕴恬律师:我也是上次闭庭后才看到这些照片的,过去原告并没有向我说出被告有婚内出轨的情况,故原告委托我写的起诉状里没有列出这一条。我理解原告的心境,她以为这是家庭的丑事,她以为凭借她开始说出的那十四条理由,法庭就足以判她与被告离婚了,她没想到被告的狡辩能力很强。现在她不得不把这件丑事公开。

从这些照片上能够看出,雄壬慎与他的高中女同学已确定是情人关系;不是这种关系,两人不可能需要这样频密地会面,而且也不必一对一地在这样私密的地点会面。从两个人近距离谈话的姿势看,必是有过肉体关系的,不然不会这样默契亲密。我现在要求法庭传唤证人。这个证人就是拍下这些照片的董亮阁,让他来给我们谈谈他跟踪雄壬慎的详细情况。虽然国家不鼓励这种私人跟踪行为,但他是原告的表弟,由亲戚出面帮忙弄清丈夫出轨的事实,是一个妻子正常的反应,他的跟踪没有违反国家法律。

庭长:传唤证人董亮阁出庭。

证人董亮阁:我叫董亮阁,现年21岁,是袁幽岚的表弟,雄壬慎是我表姐夫。那些照片都是我拍的,有些照片所以看不甚清楚,是因为我手机的变焦镜头很差,加上怕被表姐夫发现,拍摄位置也没法自由选择,希望大家凑合着看,明了事情的真相就行。

表姐夫雄壬慎平时待我不错,请我喝过多次酒,给过我很多关照,跟踪的事确实有点对不起他,我想请他原谅。我表姐袁幽岚在我小时候就对我很亲,多次帮助过我家,连我来北京保安学校当武术老师也是她帮忙推荐的,她要我做的事我的确不能不做。我是在很矛盾的心理状态下来办这事的。实话说,跟踪开始前,我也觉得我表姐这举动是小心眼儿的表现,她不该胡乱怀疑我表姐夫对她不忠,我原来感觉我表姐夫是一个很实诚的人。但跟踪开始后,尤其是看到我表姐夫频繁与那个女子,也就是黄旻懿相会之后,我的心里就有些生气了。不是我说偏心话,姓黄的女人不比我表姐长得漂亮,个子也没有我表姐高,体型也没有我表姐好,让任何男人去比较,都应该知道我表姐更漂亮。我估摸,我表姐夫肯定是鬼迷心窍了。我听说很多结了婚的男人都会鬼迷心窍,喜欢比自己妻子还差的女人。我没有结婚,想不通这个。

原告袁幽岚:亮阁你好好说正事,别扯那些乱七八糟的!

证人董亮阁:好,好,我接着说正事。我小时候不怎么喜欢读书,就专门从山东泰安去河南少林寺武术学校跟人学武术。现在,论徒手搏斗很少有人能胜过我,但跟踪这种本领从来没人教过我,所以我根本不知道跟踪其实是一个技术含量很高的活儿。我表姐夫去跟黄旻懿相会时,有时打车,有时坐地铁,有时坐公交,有时骑电动车,有时又骑共享自行车,有时还步行,弄得我常常措手不及。再说了,跟近了,怕被我表姐夫发现;跟远了,又怕跟丢。说真心话,这不是一个好干的差事。我开始几次跟着跟着就把表姐夫跟丢了,不知道他去了哪儿。不过还好,我这人爱看电影,尤其是爱看那些表现特工、间谍的电影,我从银幕上学到了不少跟踪技巧。我买了墨镜和鸭舌帽,还有口罩,口罩是黑色的。把我平时常穿的衣服也换了,穿得像外国电影里在间谍部门工作的特工。我渐渐有了把握,后来就再没让他离开过我的视线。通常是跟着他到了茶馆或咖啡店,他进了单间,我就在单间门外不远处坐着,要一杯茶或咖啡,边喝边监视着他们。实话说,咖啡这东西并不好喝,苦不拉叽的。我最怕表姐夫和他的情人去咖啡店,他们要去了咖啡店,我就也得装模作样地点一杯咖啡去喝,你不喝,咖啡店的那些服务员就会觉得你很奇怪,可喝那东西实在是受罪呀!我通常总能找机会拍到他们在一起的照片。当然了,他们所在的单间我不能进,不过有时,我会装作走错了房间而走到他们所在的单间门口,想听听他们说什么。遗憾的是,他俩说话的声音很低,我根本就听不清,更无法录音。

他俩通常的见面时间,是30至40分钟,个别时候是50分钟,超过一小时的会面很少很少。他们俩在一起究竟做了什么,我的确没亲眼看见,因为我不能进到屋子里呀。不过我想,一个男人和一个女人在一起,无非就是亲呀、摸呀、脱呀、抱呀、做呀的。这种单间里都有长沙发,完全可以供两个人亲热时使用。我虽没结过婚,但坦白说看的毛片不算少了,也不是没和女人玩过,完全明白在这个时间长度内,是足够做一次爱了,个别的情况下,如果抓紧时间,做两次也不是没有可能。所以我慢慢就对我表姐夫生了气了,我表姐在家辛辛苦苦地做家务带孩子,你不体谅也就罢了,你还在外边偷人,这真是有点不应该!当然了,我也是男人,我知道男人都有爱偷尝一口新鲜的坏毛病,我表姐夫又不是圣人,出点这种事也没有多么不得了的。我不太赞成表姐和表姐夫离婚,只要表姐夫发誓今后改了就成。如今在外拈花惹草的男人多了去了,谁数得清?也没必要去数嘛!我表姐夫可能只是随个大流,也算不得什么特别大的事,我曾劝表姐宽容表姐夫的这点毛病,拿着照片警告他一下就成,但我表姐执意要闹离婚,最后还闹到了这法庭上,闹得让我和表姐夫当面对质,这实在是出乎我的意料,让我很难堪。也真是有点不好意思,表姐夫一定要原谅我呀,这完全不怪我哩!我再一次向你表示歉意,是深深的歉意!是很深很深的歉意!

焦蕴恬律师:雄壬慎和黄旻懿幽会时,曾多次出入树栖鸟茶社,请法庭传唤树栖鸟茶社的前台经理廖亦竹女士作证。

庭长:证人董亮阁可以下去,请廖亦竹女士出庭作证。

证人廖亦竹:我叫廖亦竹,是树栖鸟茶社的前台经理。前天,焦律师拿了一张照片让我看,我认出照片上的一男一女是进出我们茶社的熟客,其中的男士,就是站在被告席上的这位先生,我证明他多次去我们茶社喝茶,他喝茶的伴侣是照片上的这位女士,我记得她,焦律师告诉我她叫黄旻懿。他们二位多是要一个单间喝茶。至于他们喝茶时说了什么做了什么,我和其他的服务人员都一概不知。我们茶社的服务规定是:只要单间里的客人不按铃招唤服务,任何人不得贸然打扰。作证完毕。

焦蕴恬律师:雄壬慎和黄旻懿幽会,也常去地上霜咖啡馆,请庭长传唤地上霜咖啡馆的服务员郝莓莓女士出庭作证。

庭长:证人廖亦竹可以下去,请郝莓莓女士出庭作证。

证人郝莓莓:我叫郝莓莓,是地上霜咖啡馆的服务员。焦律师前天拿着一张照片让我辨认,我确认我见过照片上的一男一女。照片上的男士,就是站在被告席上的这位先生;照片上的女士,焦律师告知我她叫黄旻懿。他们两个来咖啡馆消费应该不止一次,具体的次数我记不清了。但记得有一次他俩走出单间时,好像都在擦眼泪。作证完毕。

庭长:证人郝莓莓可以下去。冷婊律师有什么想说的?

冷婊律师:我刚才又仔细地观察了一下雄壬慎,我觉得我发现了他出轨的生理证据!我请合议庭的法官们注意一下他的面孔,与一般男性相比,他的面孔是不是要更短一些、更宽一些?根据加拿大 Nipissing 大学的 Steven Arnocky 领导的一个研究小组于2017年的研究,面孔短宽的男性,不仅拥有更高的性欲,而且在涉及到随意性行为时态度也会更加从容,并且更容易对伴侣不忠!这就是说,原告指控被告出轨的事,是有生理学依据的。

被告雄壬慎:仅仅因为我的脸短一点宽一点,就断定我出轨了?这真是天下奇谈!我庆幸冷婊女士只是当了律师而不是当了法官,否则,那中国不知要增添多少冤案了!

庭长:被告对原告的指控和证人的证言还有什么话说?

被告雄壬慎:我承认那些照片是真的,不是 PS 的。也承认两位服务人员的证言是真的,不是编的。我竟然一点也不知道我的内弟这么辛苦,替我拍了这么多可以留做纪念的照片。但照片只能证明我和黄旻懿女士在一起,并不能证明我出轨了!啥叫男人出轨?就是男人与妻子以外的女人搂抱接吻抚摸做爱,这些动作在照片上有吗？没有嘛！那些照片都是关于我和黄旻懿女士走在一起，或者一同进到茶馆、咖啡馆，或者进到单间坐在那儿隔桌说话的情景，那能证明什么？两位服务人员也只是证明我们去消费过，并没有证明我们做过出轨的事。

黄旻懿是我高中同学，我和老同学见见面有什么大惊小怪的？在座的难道不理解什么叫同学情谊吗？两个在河南老家读高中的同学，又都在北京工作，下班后到茶馆喝杯茶，去咖啡馆喝杯咖啡，聊聊过去的旧事，说说思乡的话，谈谈彼此的近况，有啥不行的，有啥不应该的？为何一定要朝出轨上去想？为啥专往不好的地方去琢磨？我觉得说轻了这是神经过敏，说重了就叫疑神疑鬼。我爱我的妻子，但我也有和其他女人见面聊天的权利呀！谁规定只要一个男人结婚了，就不能与妻子之外的女人交往了？单从这件事上看，我对幽岚闺蜜大苋的看法不好是对的，她的确是个多事的女人。她可能因为自己没结婚，就见不得别的夫妻好！为何把我和女同学喝茶的场景拍成照片发给我妻子？无聊嘛！这不是故意挑拨是干什么？不就是见不得别人好吗？至于我内弟，我不怪他，他是奉命而行嘛。对我的妻子袁幽岚，我也不怪她，一见闺蜜发来了我和其他女人在一起的照片，她生气是正常的。我唯一生气的对象，是大苋！现在就是有些自称女权卫士的人，见不得别人的日子好！我唾弃她！当然，我也理解她，她自己是单身，没男人愿同她结婚，没有爱情滋润，她很焦虑，与幽岚相比她不占上风。于是她就想把袁幽岚也变成一个带孩子的单身女人，境况连她还不如，那样，她就会很开心，就会在与幽岚相处时，在心理上有点优越感，占个上风。

原告袁幽岚：嗨，雄壬慎，你可真会狡辩！如果黄旻懿只是你一个普通的同学，你哪有那么多话要同她说？那么多次的会面，你们都说什么？说你们家乡那个只有六条街道的小镇？说你们家乡种了玉米的田野？说你们家养的那几头猪？说你家院门前的两棵榆树？你骗别人行，你还能骗得了我？你每天到家，能同我说几句话？不是我无话找话地同你说，你一句话都不会对我说！你到家除了吃就是睡，啥时候愿意说话了？我可以百分之百地断定，你和黄旻懿是弄到一起了，要不然，凭你的脾气，你会跟她啰嗦？一定要人把赤身裸体的你们按到沙发上你才承认？

庭长：焦蕴恬律师还有什么要说的？

焦蕴恬律师：在谈雄壬慎的出轨之前，我想先泛谈一下婚内的出轨问题。婚内出轨，是自人类社会设立一夫一妻婚姻制度以来，就一直存在的问题，是指婚内的一方去婚外寻找性快感。当然，过去不叫出轨，出轨是从上世纪90年代才开始由交通名词引申过来的，过去叫不忠，叫偷情，叫通奸。不论是男人还是女人，出轨的心理动因归结起来主要有九种：其一，是欠情心理，有些情人由于各种原因未成眷属，各自有家后，又旧情复萌。其二，补偿心理，一方在婚内得不到性满足，只好到婚外去寻求补偿。其三，是贪财心理，贪图婚外一方的钱财，主动委身于对方。其四，图貌心理，贪图对方的英俊或漂亮，主动示爱。其五，报恩心理，因对方有恩于己而无法回报，只好以身相报。其六，报复心理，夫妻因为一方有外遇，另一方为了报复，主动寻求第三者。其七，好奇心理，婚内一方想满足对婚外情的好奇心而主动去尝试。其八，互利心理，有人因工作上的制约关系，想互利互惠，从而弄到了一起。其九，相悦心理，两者因为经常相互帮助而互生好感，两情相悦。雄壬慎出轨的心理动因，我判断是第一条，他和黄旻懿在高中时可能暗暗谈过恋爱，但后来未能结婚，在双方有了家庭后，又旧情复萌了。

回首人类的婚姻史,我们会发现,出轨是人的天性所致。在男女两方中,婚内出轨最多的,是男方。这是因为男性出轨,可以给自己传宗接代带来巨大好处,会使其拥有更多的子孙后代,使其基因在竞争中获得胜利。另外,男方主要是凭视觉来寻找性伴侣的,一见到比自己妻子漂亮的女人,就会想入非非,如果有与对方接触的机会和条件,而且不会给他的家庭和事业带来负面影响,他们十之八九会把控不住自己。法国有个性学家曾做过一个试验,就是挑选了100个家庭生活稳固的年轻丈夫,在不同的地域给他们创造了接触绝色美女的机会,这些美女主动、巧妙地向他们示爱,而且明示不会给他们带来任何麻烦,结果只有两个丈夫勉强做了抵抗,其余98个丈夫全很痛快地出了轨。这说明了什么?说明男人出轨是很容易的,说明雄壬慎出轨不是不可能的!当然,现在女性出轨的也不在少数。人民大学的一位教授从2000年开始,每五年进行一次全国范围的随机抽样调查,发现在2000年,男性的出轨率是11.8%,到了2015年,变成了34.8%;而女性,2015年的出轨率也达到了近15%。这就是说,在当今社会,无论男女,出轨的比例都在上升,大约每3个丈夫和每7.5个妻子中,就有一个曾经出过轨。当然,这个比例的准确性有待在更大范围内证实。"腾讯事实"曾对7万名网友进行过问卷调查,每个人都自愿回答,结果是:男性出轨率达61.2%,女性出轨率是48.1%。

在这样一个大的氛围下,雄壬慎作为一个男人,出轨也不是不可理解的。如今在某些男性圈子中,没有情人的男人还会遭人看不起。如果站在雄壬慎男性朋友的角度上,我会为雄壬慎高兴,他毕竟也有情人了嘛!雄壬慎现在要做的,就是大胆承认自己出了轨,敢做敢当,让我们一览你的男人气概。若是一味抵赖掩饰,则会更遭我们女人看不起!

我还想说的一点是,婚姻中的出轨,如果画个路线图的话,它的第一步是夫妻双方中,一方对另一方"无话说";第二步是一方到婚外去找人说话;第三步,是找到新说话人的这一方,不再满足于说话;第四步,便是出轨。依此路线图来比照,雄壬慎先是在家不愿与妻子袁幽岚说话;然后他找到了新的说话人——自己的高中同学,与她频繁地在茶社和咖啡厅里说话;之后,他当然不会满足于只同高中女同学说话;接下来,出轨是当然的结局。

我最后想把罗宾·威廉斯的一句话送给雄壬慎:世界上最可怕的事,不是孤独终老,而是跟那个使自己感到孤单的人终老。

雄壬慎,你口口声声挚爱着袁幽岚,那你为什么不对袁幽岚松手,而偏要她去经历世界上最可怕的事?!

冷婊律师:我在想,雄壬慎所以会出轨,可能与他脑子中的"爱情地图"有关系。美国的海伦·费舍尔曾指出,儿童会在5至8岁甚至更早的时间,就开始根据自己所在的家庭、朋友关系、个体经历和一些偶然的联系,去描绘自己的爱情地图,到了青春期,这种爱情地图就会固定下来。所谓爱情地图,其实就是你为理想中的爱侣设定的一些基本特质,比如体型、年龄、身高、胸部形态、笑颜模样、嗓音、兴趣爱好、幽默感、个性、怪癖等等,然后根据这个地图来寻找自己的爱侣。雄壬慎与漂亮的袁幽岚结婚之后,虽然也很满足,但总觉得她与自己脑海里的那份爱情地图上设计的爱侣样子还没有完全重合,他还想继续寻找,于是就找到了黄旻懿,开始了出轨。

被告雄壬慎:我脑子里没有什么爱情地图,幽岚就是我最喜欢的女人!我明白冷律师读了很多书,在大学里学到了很多东西,但我希望你不要把你学到的东西都硬往我身上套!

谢国定律师：我完全不同意焦蕴恬律师的推理。按她的逻辑，既然社会上婚内出轨率，尤其是男人的出轨率在上升，雄壬慎作为一个男人，出轨就是很必然的。按她的逻辑，既然出轨的路线图是四步，雄壬慎的行为符合路线图中的前两步，那他就肯定走完了后两步。这是什么逻辑？按照这种逻辑，如果某一条街上犯罪率高，你在这条街上住着，那你肯定就犯过罪了。这是怎么推理的？我觉得这不是在进行正常的法庭辩护，这是在强把出轨的污名栽到雄壬慎头上。说到这儿，我有一个怀疑，那就是焦蕴恬律师为何会这样，宁可使用逻辑陷阱，也要把雄壬慎出轨的罪名坐实？据我所知，焦蕴恬律师当初之所以与丈夫离婚，就是因为她丈夫出了轨，极有可能是因为此事的刺激，令她对男人失去了基本的信任，以为天下的男人都会出轨，故在对雄壬慎是否出轨的问题上，就很轻率地下了结论。

焦蕴恬律师：庭长，我对谢国定律师的话表示最强烈的抗议！律师之间就案件事实进行辩论，一方可以驳斥另一方，但不能对对方进行人身侮辱和攻击。谢国定律师刚才这是在对我进行侮辱，我要求他立刻向我道歉！

庭长：谢国定律师刚才涉及焦蕴恬律师的话语欠妥，你应该回归到本案的辩护上，也应该向焦蕴恬律师道歉！

谢国定律师：好的，我为我刚才的失言向焦蕴恬律师道歉。我们还回到出轨的问题上。我从网上看到，说中国古人在衡量一个人的道德水准时，有"论心"与"论迹"的区别。有句古话说："百行孝为先，论心不论迹，论迹寒门无孝子；万恶淫为首，论迹不论心，论心世上无完人。"这意思是，看一个人是不是孝敬老人，要看他是不是真心对待老人,而不能看他给老人创造了多么好的生活条件,吃多好穿多好,否则,贫苦人家的孝子就得不到承认;看一个人的生活作风问题,要根据他的实际行动来判断,不能因为他心猿意马、内心想亲吻抚摸某一美女,就说人家不正派,否则,世人就没有完人了。对雄壬慎的出轨问题,我们不能凭推测,要拿出扎扎实实的证据。我们都回想一下,包括我们自己在内,有几个男人看见貌美的女人不会产生想拥抱她、亲吻她的欲望?有几个女人看见英俊的男人不会产生想扑入他怀抱的愿望?但我们不能据此就指责他们。只有当他们真正动了手,有了行动之后,你才有指责的权利。按照这个道理,雄壬慎与他的异性同乡兼同学黄旻懿见面,即使他有想与对方建立情人关系的愿望,有这个心,他也没这个胆,没有动手将愿望付诸实践——袁幽岚和其跟踪雄壬慎的表弟都已说明他们没有发现二人拥抱、接吻和做爱——那我们就无权指责他!

焦蕴恬律师:不能因为袁幽岚暂时没有把丈夫捉奸在床,就认为雄壬慎没有犯奸!我还想在这里强调一下,谢国定律师刚才对我无礼,根本不是一时失言,他说的是他的真心话!他就是看不起我们这些离过婚的女人,他认为我们是更低一等的、没人要的剩女。在这儿我要告诉谢国定,追求我的男人多的是,我只是看不上他们罢了,如果我单单想结婚,我明天就可以举行盛大的婚礼!

谢国定律师:好,好,我十分相信!咱们回到本案上,今天,为了证明雄壬慎先生的清白,我叫来了一个证人,他叫任先躬,是黄旻懿的丈夫,我请求庭长传唤这位证人到庭作证!

庭长:传唤证人任先躬到庭作证!

证人任先躬:我是黄旻懿的丈夫,现在国家调查统计局工作。谢国定律师希望我到庭说明雄壬慎与我妻子见面的情况。雄壬慎是我妻子的高中同学,与我也算是熟人了,他每次与我妻子见面,都是先打电话给我,由我转告我妻子的。而且我妻子每次与雄壬慎见面,也大都是由我开车送她去的,她不会开车。他俩见面说话时,我就在外边的车里边玩手机边等着,反正他们见面的时间也不长。我觉得他们两个老乡见见面聊聊天很正常,也从未加以干涉。

焦蕴恬律师:任先躬先生,你妻子和雄壬慎见面时,都谈些什么问题?

证人任先躬:这个我没问,黄旻懿也没给我说,我觉得也没必要问。尽管是夫妻,但也应该允许各人有各人的秘密。我俩曾相约,在涉及夫妻感情和家庭生活的事情上,必须对对方开诚布公毫无保留;至于在其他方面,允许有私密区域不被触碰,不能要求一个人结了婚后就完全没有秘密。允许保有私人秘密是保证人身自由的一个重要条件。

庭长:请任先躬先生退庭。

谢国定律师:现在庭上的所有人员都应该明白了吧?雄壬慎与黄旻懿的见面与偷情、出轨无关。谁都知道,雄壬慎如果要想与黄旻懿偷情,他第一个要避开的人,就是黄的丈夫任先躬。关于此事的讨论应该告一段落。不过既然说到偷情这事了,我在此也要说明,据我的委托人雄壬慎先生说,原告袁幽岚倒是有过出轨的事情。虽然我的委托人明确表示不愿追究此事,愿意原谅她,和她一起面对明天的生活,甚至不愿意我在今天的法庭上说出这件事,但袁幽岚女士起码应该在法庭上对雄壬慎先生道个歉吧。

被告雄壬慎:不,不用,不用道歉!咱们今天不谈这件事。

焦蕴恬律师:这应该是无中生有的污名之举!因为原告说被告出轨,被告就反过来说原告劈腿,这也太不像一个成年男人的作为了!

谢国定律师:庭长,这些视频和照片是我的委托人在袁幽岚与情人会面时抓拍的,这张纸是袁幽岚与情人开房时的登记卡的复印件。都呈给你一阅!我要在这里特别说明,这些东西雄壬慎是不愿让我提交给法庭的,他不认为妻子袁幽岚是在背叛他,只认定她是在一气之下的行为。但我说服了他。把这些东西提交法庭的目的,是想证明,袁幽岚女士在夫妻关系的处理上也有做错的地方!雄壬慎预先没有告诉袁幽岚他去见了女同学,这是他不对。既然两个人都做错了事,就都应该宽容对方、原谅对方,不应该再抓住不放,更不应该到离婚的地步。

原告袁幽岚:雄壬慎,你他妈的真卑鄙!你竟敢跟踪我?!老子今天在这法庭上明确告诉你!老子就是想出轨!就是要出轨!就是想和别的男人睡,老子偏要让你戴一顶绿帽子!一顶很大的绿帽子!就是要让你在其他男人面前把脸丢尽!你能怎么着我?气死你!气死你!气死你!

焦蕴恬律师:合议庭的法官们应该明白,这是原告在震惊之时的激愤之语,并不是真心话,不应被法庭采信!

谢国定律师:我要再次向袁幽岚女士说明,雄壬慎先生不愿追究你出轨的事,这件事是我在与他谈话时他无意中说出的,他失言说出后,我坚持要在法庭上讲明此事,讲明的目的不是要追究,而是要表示宽容。对此你不应该去怪罪雄壬慎,如果要怪罪,可以怪罪我。

被告雄壬慎:我去跟踪你,是因为我从家里的电脑上知道,你要与其见面的这个朋友,是从网上认识的,而且认识的时间不久。网上认识的人不一定可靠,我完全是为了保护你才跟着你的!我这样说你可能不信,但今年年初发生在安徽马鞍山市的一件事,起到了促使我跟踪你的作用。那件事的起因是,28岁的安徽肥东县女子,结婚后在网上认识了一位男子,年龄与她相当,长相也不错,二人在网上聊得很开心。之后,这名女子主动约男子到马鞍山市见面,男子答应了。那名女子对自己的丈夫说,要去马鞍山市看女友,她在马鞍山市也的确有一位女朋友,她的丈夫相信了她的话,就让她去了。没想到一去几天没有音信,这位丈夫就打电话给妻子的女友,问自己的妻子啥时回来,那边的女友一听惊诧道:她没来我家呀!她也没告诉我要来马鞍山市呀!做丈夫的一听知道事情不对了,急忙报了警。警方在马鞍山市的宾馆酒店排查,发现妻子的确来了马鞍山市,住进了一家宾馆。警方在调取宾馆的探头录像时发现,其妻拉着一个拉杆箱进入一个房间后,一直没有出来,其间,一个男青年几进几出她的房间。半夜时分,其妻披头散发地打开门刚冲出来,又被一双手死死拽进房里,此后就再没见其出门。之后,就见男青年外出买了一个大箱子,回到房间后不久,又拉着那个大箱子和那位女子的拉杆箱走出来了。警方后来进屋发现室内有血迹和打斗痕迹,开始通缉那名男青年。几天后终于抓到了他。据他供述,两人在房间见面做完爱后,女方要他去结清房费,他不干,由此发生了口角,导致男人动了杀机。男方将女方杀害后,把尸体装进临时买来的大箱子里,企图抛尸灭迹。这件事在新闻里播出之后,让我很是惊恐意外。在看到你要去与网友见面后,我真的是很不放心,就悄悄跟在你的身后。我确实是怕你出事,而不是因为别的。

原告袁幽岚:你就编吧,编得多么好听!编好了以后不写历史专著改去当小说家!雄壬慎,你是一个标准的混蛋,我永远看不起你!一辈子鄙视你!

谢国定律师:今年5月19日上午,你给一位名叫惠林东的男人打电话,约他到月桂街3号的梅苑宾馆见面——

原告袁幽岚:你他妈的住口,让我来说!我说得比你详细!惠林东的确是我在网上聊天时认识的一个男人,雄壬慎可以去和他的高中女同学幽会,我为什么不可以认识一个男人并和他约会?我告诉你们,这男人虽然年龄比雄壬慎大,没有姓雄的长得高,但他懂得心疼女人,他会叫我"甜心",会说"你是我的最爱",会夸"天底下没有一个女人比你漂亮",会给我快递鲜花和巧克力,会在手机上经常发来微信"想吃了你",会时时在手机上问候我"你好吗?想死了你!"他让我感到我还是一个可爱的女人,让我觉得还有人爱我,让我得到了极大的心理安慰。5月19日那天是我的生日,雄壬慎对我毫无表示,于是我就想,我为什么不能像雄壬慎约会女人一样,也约会一回这个男人;男人可以不忠可以去幽会,为什么不允许女人也去幽会?我一定也要和惠林东睡一次,以雪我对雄壬慎与女人幽会的恨意,他让我蒙羞,我也要让他担耻!我于是一不做二不休,就给惠林东打了电话,约他到月桂街的梅苑宾馆见面。他一听,高兴坏了,立马说:我这就去梅苑宾馆订房间。我也开始准备,我换了内衣和外衣,我化了妆,朝身上喷了香水,还特意去超市买了一盒避孕套,老子今天就要过过出轨劈腿的瘾!我去了梅苑宾馆他订好的房间,他正喜滋滋地在房间里等我,见我进门,忙不迭地扑过来,又是亲又是啃。说实话,我讨厌他身体的五短三粗,讨厌他身上的气味,讨厌他指甲里带黑垢的双手,讨厌他的一双大耳朵,但我闭上眼,任他去解我的衣服。我想,我今天一定要报复雄壬慎!一定要让他戴上绿帽子!而且是一顶最高的绿帽子!那个家伙脱完我的衣服又去撕扯他自己的衣服,也不知道是高兴还是激动,我睁眼看见他的身子,尤其两只手都在发抖。他扯完自己的衣服,就迫不及待地要来压上我的身子。这是我第一次既不带恨意也不带爱意地去看一个男人的裸体,他的体型可真是糟糕,丑得太离谱,但我在心里劝自己:认了,认了,就是他了,就让这个王八蛋糟蹋自己一次!可谁知道,就在这时,他的手机忽然响了。他的手机没有调成静音,声音在这种时刻响得有些吓人,他惊得一下子翻身坐起,忙抓了手机去看。这一看不打紧,他的脸一下子变了颜色,变得煞白煞白,只听他低声叫道:不好,是我老婆!随后便见他划了一下手机屏幕颤了声问:老婆,你有事?手机里立刻传出一个女人的怒骂:姓惠的,你听好了!今天是咱们结婚的日子,你以为我是傻瓜?我会待在家里让你骗我?告诉你,我现在就在梅苑宾馆楼下,你是老老实实地下来,还是我带了人去到你们的房间里?我告诉你,我现在就给你们单位的纪委书记打电话,也给你的儿子打电话,我让纪委书记来给你上一课,让你儿子来给你讲讲道理!他听到这儿,嗷地叫了一声:祖奶奶——一边就跳下了床,像他刚才脱衣服那样快地又穿上了衣服,然后,连句告别的话也没来得及说,便拉开门奔了出去。我慢慢起身穿衣服,想等着那位夫人来大闹,我估计,只要那女人一闹,我出轨劈腿的消息就会传开去,就会传到雄壬慎的耳朵里,那他就会感到痛苦,就会感到难受。没想到,我直直等了一个小时,也没见人来敲门。这,就是我出轨劈腿的详细过程。我讲的是不是比谢国定律师了解的详细些?是不是比较动听?现场感是不是很强?雄壬慎,你个狗东西,你听了觉得怎么样?!

焦蕴恬律师:庭长,我想你一定理解我的委托人此刻的心理,她这是气极了,才这样说话,她是无辜的。我想法庭上的所有人都明白,当一个人被气蒙之后,会在短时间内失去理智,会完全被情绪左右。袁幽岚完全是被雄壬慎气的,她的话是赌气所致,不代表她的真心。我们不能以她刚才说的话来做判断,更不能以此来做判决!

冷婊律师:我觉得法庭对原告的行为应该给予理解。别说原告最终没有出轨,即使她真的在一怒之下出了轨,也不必负责,因为她不是主观故意。

谢国定律师:我们现在已经可以确定,这对夫妇都没有出轨!先是男方的举动让女方误会,后是女方想对男方进行报复。仅仅如此!我现在想说的是,雄壬慎和袁幽岚夫妻两个都要学会信任和包容对方,你们都没有出轨,却又都怀疑对方出轨,这就是不懂得信任包容对方的结果。正确的做法应该是,在发现了对方疑似出轨的情形之后,哈哈一笑,然后用更浓烈的爱和信任,去唤其回头。在此,我想推荐二位去看看《奈特:CEO背后的男人》和《凯莉·罗莱》这两本书,在这两本书里,讲了一个商业帝国的女老板在听到自己的丈夫奈特和女星凯莉密切交往的传闻之后,并没有派人去跟踪调查拍照,然后闹上法庭。其实,派人跟踪调查拍照在这位女老板来说是很容易做到的事情,但她没有这样做,她仍一如既往地信任丈夫,包容丈夫的一些社交行为,最后又把丈夫唤回了身边,两个人的感情没有受到丝毫伤害。有人因此总结出:婚姻中只要有爱,就会包容一切,最终,这种包容就会成为婚姻的稳定剂。

庭长:好了,我们现在已经可以断定,男方女方之间只是存在误会,身体并没有真的出轨。这样,我们就又回到了原点,鉴于原告被告之间并没有导致感情完全破裂的家暴和出轨等大事出现,两人的主要问题只是没有处理好家庭琐事带来的不快和情感裂缝,而被告在法庭上又诚挚地表示会改正错误,那么法庭同意他们暂不离——

原告袁幽岚:庭长,我现在说出我离婚的真正原因,也就是最真切的话:雄壬慎他已经23个月不同我做一次爱了!我受够了他!

庭长:你为什么不早说?

袁幽岚:说出来丢人现眼呀!过去没有人因为这个原因提出离婚吧?!

焦蕴恬律师:庭长,这是本案庭审中的又一次意外!也是我代理离婚诉讼以来遇到的第一件奇葩案子。也就是说,我的委托人并不把她要离婚的全部理由一次性地告诉我,致使案子这么一拖再拖。不过,我理解我的委托人,她一直期望不把最难堪的事情说出来就能离婚,直到觉得无望了,才不得不把她觉得最难堪的事情说出来。

被告这么长时间没同原告做一次爱,这的确让我震惊!须知,被告只比原告大两岁,两个人正值性欲旺盛期,他这么长时间故意冷落妻子,不同她做爱,不履行丈夫的义务,这是典型的性虐待!我请求法庭查明此事后再做判决!

谢国定律师:我怀疑原告这是在有意拖延判决!

庭长:由于发现了新问题,本次开庭到此结束,待了解有关情况后再开庭,具体开庭时间会提前通知原告、被告和三位律师。

闭庭。

第四次开庭

开庭时间:2019年9月26日。

合议庭组成人员:

庭长,范览景。

审判员,刘韵玫。

审判员,章含钰。

合议庭书记员:应梦。

合议庭书记员:扈一卿。

出庭人员:

原告袁幽岚,29岁,本市海淀区三龙街美丽苑2号楼509室。

袁幽岚聘请的律师——平权律师事务所律师焦蕴恬。

袁幽岚聘请的律师——平权律师事务所实习律师冷婊。

被告雄壬慎,31岁,本市海淀区三龙街美丽苑2号楼509室。雄壬慎聘请的律师——天义律师事务所律师谢国定。

庭长:在9月21日的庭审中,原告对被告又提出了新的指控,指控被告虽与原告同居一室同睡一床,却在长达23个月的时间内,未同原告发生过一次性关系,违背了夫妻生活的常理,是对原告的一种残酷折磨。法庭在闭庭期间,了解了有关情况,现在先请原告袁幽岚女士讲一下所指控之事的详情。

原告袁幽岚:我在起诉书和以往的陈述中所以一直没有提及此事,是因为这乃夫妻之间最私密的事,也是我觉得最说不出口的事。为这事提出离婚,使我感到羞耻,传出去让我觉得丢尽脸面,亲朋好友也会把我当成一个淫荡的坏女人。我想,在法庭上的各位,说不定现在就在心里骂我:贱女人!但我觉得这件事我不说不行,说到底,我坚持离婚的最根本的原因,就是为此!我在前三次开庭时所陈述的那些离婚理由,全是由雄壬慎长期不同我过性生活引起的!那些缘由全是由此派生的!没有这个原因我根本不会用那些理由来提出离婚!

你们所有人都可以因此在心里卑视我、斥骂我,甚至诅咒我,但我就是要离婚!

你们说,我干吗要一个有名无实的婚姻?干吗要和一个不履行丈夫义务的男人生活在一起?我能有几个青年时期?我为什么要守活寡?今天既然把事情挑明了,我也就不怕丢人现眼了,我就在这儿详细给大家说说我和雄壬慎之间最私密的夫妻生活。

我们刚在一起时,他在这方面可来劲了,不怕大家笑话,有时一夜他都会要几次,最多的时候一夜要过十一次,说实话,当时他那个疯劲儿弄得我都有些烦了。后来,变成一夜三次、两次、一次。再后来,变成一周三四次。每次都是他主动,猴急猴急的,我配合,两个人都很尽兴。最差的时候,也是一周两次、三次。就是在我怀孕、我们结婚之后,他这方面的要求也没停过,只是我拒绝了他。但从23个月之前的一个星期开始,他突然再不动我了。开始我以为他是那个星期加班多、写文章时间久,身体太累了,我知道精神劳动非常耗费体力,所以我没有在意。接下来的那个星期,他依然没动,我估计他是身体不舒服,就问他要不要去医院看看,他说没病,去医院干什么?到了第三个星期,他还是不动,我想是不是我的内衣和睡衣穿得不新鲜,引不起他的兴致了,就又去买了颜色特别鲜亮、样式特别时髦的内衣和睡衣。到了第四个星期,他还是对我毫不动心。我这时就有点着急了,难道是我的吸引力下降了,我在他眼里不美了?引不起他的欲望了?我于是就专门去了一趟美容店,狠狠心花了一笔钱,把自己浑身上下收拾了一遍;还专门找闺蜜们评估了一下,她们都说我这一整比过去漂亮多了,好像回到了姑娘时代。我满怀信心地回到家,晚饭后早早地把孩子哄睡,安顿我妈睡下后,我开始洗澡,洗完澡又在自己身上抹了不少他喜欢闻的香水,然后只穿着三角裤走到床边,主动跟他打招呼:壬慎,我今天做了美容,你觉得我怎么样?说完殷殷地望着他,期望引发他的兴致——我曾经在网上看过一点性科学知识,说男性能够区分性唤起和非性唤起女性的气味。我当时想,我身上的气味他应该清清楚楚闻到了,我想要他,我太想要他了!但照样无用,他只看了我一眼,就扭开了脸,毫无兴致地朝我挥挥手说:我有点累,睡吧。说完,倒头就闭上眼睛睡了。我心里那个失望呀,而且觉得很耻辱,甚至觉得自己有些贱。但我还没有往坏处想,我在心里琢磨,过去每次都是他主动,我被动,现在他是不是想叫我主动,以挽回个面子？于是有天晚上,我就一反惯例地主动朝他伸出手,去摩挲他的后背,去触摸他的敏感部位,万万没想到,他竟会坚决地把我的手推开了,推开了呀！嘀,给脸不要脸是吧？！你们想想我当时的那个气呀！敢拒绝我的示爱？把我当什么了？就是在那天晚上,我断定他在外边有女人了。外边的女人掏空了他的身子,他才会对我无动于衷,要不然,他根本不可能忍得住我的撩拨！过去可都是他撩拨我呀！就是从这天开始,我对他留了心眼儿,开始查看他的手机,但并没发现什么,幸亏我的闺蜜大苋给我通了风报了信,才使我发现了他在和那个黄旻懿联系。上一次开庭时我说是在大苋报了信以后我才对他生出了怀疑,那是有所隐瞒,其实我怀疑他外边有女人比大苋提醒我要早。虽然上次开庭黄旻懿的丈夫出庭否定了他妻子出轨,但我的心和身体都明白,黄旻懿的丈夫受骗了,他也是一个受害者！整整23个月,他两眼根本不朝我看,即使我全裸他都不朝我看一眼,就好像他身边睡的根本不是一个妻子,而是一个木乃伊。这太不正常了,太反常了！我是一个正常的女人呀,为什么要让我守活寡？！为什么？难道是我前辈子犯了什么大逆不道的罪,上天要派他来用这个手段折磨我呀？！

焦蕴恬律师:听到袁幽岚女士含泪的责问,作为一个女人,我的心很疼很疼。精神分析流派的创始人弗洛伊德说,力比多是人们生而具有的原始欲望,它分为性驱力和攻击性驱力,一旦人的性欲望被压抑,力比多得不到释放,就会导致各种生理和心理疾病。我们都知道,性是人类生活中的三大快事之一,仅排在吃喝之后。假如男女两个人婚后没有性生活,不享受性的快乐,那还要婚姻干什么？那婚姻这个保护罩的建立不仅没有意义,还会让这个保护罩成为事实上的隔离工具,使婚姻成为一座监狱。芬兰的人类婚姻专家E·A.韦斯特马克是这样给婚姻下定义的:得到习俗或法律承认的一男或数男与一女或数女相结合的关系,并包括他们在婚配期间相互所具有的以及他们对所生子女所具有的一定的权利和义务。结婚总是意味着性的权利:社会不仅允许夫妻之间有性;而且一般说来,甚至认为彼此都有在某种程度上满足对方欲望的义务。雄壬慎无视婚姻的含义,根本不履行婚姻所要求他尽的义务,这在一定意义上说,是违背婚姻法的!

我从袁幽岚的叙述中可以断言,她与雄壬慎的婚姻已经成为一座囚禁她的监狱。一个女人成为婚姻这座监狱里的囚犯,究竟是一种什么滋味?所幸今天社会开放、观念更新,袁幽岚敢于提出离婚。我想,我们是不是应该帮助她打开婚姻的牢门,放她去到新的生活空间里?!

冷婼律师:在中国传统文化中,有一种糟粕就是要人们把自己的性欲看成一种肮脏的东西,不允许人们正常地谈论它,使人不敢去正面凝视它,并对其充满恐惧。这种糟粕已经伤害过很多中国人,我们必须丢弃它。我们不能允许明代社会中出现的悲剧重演!大家应该知道,在明代,社会鼓励很多女性用一辈子的生命去追求一座贞节牌坊,许多二十来岁守寡的女性,再也不能另嫁,只能用一个个孤独的长夜和无数的眼泪去换那座牌坊。我听老辈人说过,当时一些守寡的年轻女性,为了熬过漫漫长夜,想出过很多可怜的办法,其中有一个办法叫玩铜钱,就是反复地玩找铜钱的游戏,直到把自己的性欲望完全压抑下去。听说这种游戏的玩法是:抓上一把铜钱,二十个或三十个,把灯吹灭,将铜钱撒到床的四周,然后就摸着黑来寻找那些铜钱,直到费尽全力把它们原数找回;找回后,再撒出去,继续找,直到把自己的精力和体力耗尽了,再去躺下睡觉。诸位想一想,这是一桩多么残酷的事情!今天,袁幽岚女士大胆地讲出了她的痛苦,这是需要极大勇气的。有人说,人的性满足是比吃饱喝足更高一层次的民生问题,我非常认同这说法。我希望法庭能特别注意到这一点!在这儿,我也想讲一个故事,我有一个女性朋友,与她追求了7年的男朋友结了婚,男方是一个海归教授,不仅职业好,而且长得帅,所有认识她的人都向她表示祝贺。但婚后的她却少有笑容,而且慢慢有了抑郁的表现,我问她原因,她吞吐了很久,才说出了真相。原来她丈夫是性无能,结婚后她与他没有过一次成功的性生活。到处求医问药,没有效果;改变床的摆放位置,变换卧室的景观,没有效果;听暧昧的笑话,放曼妙的音乐,没有效果;点燃香薰蜡烛,买来鲜花摆在床前,没有效果。她说她特别害怕夜晚,与丈夫并肩而睡,身静无波却心乱如麻,她不知怎么打发长长的余生。我当时安慰了她,并劝她去离婚,没想到就在几天之后,她跳了楼,从31楼的卧室窗户里飞身而下,与她的无性婚姻告别……

我们不能再让悲剧发生了,庭长!

不能了,庭长!

庭长:被告雄壬慎先生,你对原告袁幽岚女士的指控有什么话说?她指控的这件事,因其私密特殊,不可能有证人证言和其他证据,所以我们特别希望你能据实回答,我们相信你的良知会让你做出正确的选择。

被告雄壬慎:袁幽岚没有编造,她说的是事实,我因此对她充满歉意。

焦蕴恬律师:好!雄壬慎先生还没有让我彻底失望,他还能说一句实话。可我想问一声雄壬慎先生,你知道无性生活对于一个29岁的年轻少妇来说意味着什么吗?意味着她的生理健康和心理健康被双重剥夺,意味着她的身心都将被缓慢摧垮。我在这里想特意说明,女性在两个时期对性生活特别渴望,一个是排卵期,这个时期因为女性成功排出了卵子,其体内的雌性激素和雄性激素的量会发生变化,偏多的雌性激素会刺激女性的"荷尔蒙"。荷尔蒙是促进夫妻感情的重要激素,故女性此时的生理需求比较强烈。另一个生理周期是月经来临前,女性的荷尔蒙此时容易大爆发,其盆腔和子宫内膜也已做好相应的准备,时间越是逼近,越是呈现充血状态,这便会导致女性生理需求强烈起来。你在23个月里,让袁幽岚女士错过了多少次"特别渴望期"?你这不是在生生折磨她吗?我告诉你,女性在这个年龄没有性生活,就无法触发其巴氏腺分泌,使阴道变松弛,会造成其性欲逐渐降低并提前消失不见,进而造成其免疫功能降低,还会使其容颜衰老,脾气暴躁。在心理上,会使其心情抑郁,久之就可能患上抑郁症。有人专门对此做过对比研究,把30位健康女性分成两组,每组15人,一组禁欲,另一组过性生活。结果,有性生活的女性,她们的免疫球蛋白A和G的水平都较高,而禁欲组的女性,免疫力则没有发生变化。对于这样的事,你说一声抱歉就够了?你知道你这是什么行为吗?你这实际上是彻头彻尾的性虐待和性折磨!我现在猜测,很可能是袁幽岚在某一个方面惹怒你了,你不便说;或者是你在心里厌恶她了,你说不出口,便想用这种办法向她发泄心中的不满和怒气。你知道这种惩罚对女人会造成心理和生理的双重痛苦,而且她无法反击甚至无法说出口。我现在再一次断定,你肯定另有一个女人,要不然,使用这种惩罚方法对你自己也不利。也许,袁幽岚和你结婚是她此生所做的最大的错事!

冷婐律师:雄壬慎先生,我可以问一声你这样做的原因吗?

被告雄壬慎：我在赶写一部历史研究方面的专著,可能是写作上的压力太大,暂时没有欲望。

谢国定律师：很多医学家都认为,工作压力过大,不仅会影响我们的皮肤系统,会诱发湿疹、牛皮癣等皮肤病变；会影响我们的消化系统,会导致口腔、胃、十二指肠溃疡；会影响我们的神经系统,导致失眠、焦虑、抑郁；会影响我们的循环系统,诱发高血压和心脑血管疾病；也会影响我们的性功能。而且这种影响表现在男性身上更明显。如果做个比喻,我们的身体与汽车一样,有动力系统和制动系统,人体的动力系统是交感神经,制动系统是副交感神经。当我们遇到艰难境况、感到压力大时,交感神经会调动我们全身的力量来帮助我们渡过难关；难关过后,副交感神经则会出来帮助我们放松,从而使身体回复到正常状态。如果一个人长时间生活在大的压力下,精神持续紧绷,就会使副交感神经得到抑制,从而压抑人的放松能力,使人的身体不得不关闭一些娱乐设施和系统,从而影响到性健康。表现在男性身上,就是性欲望降低,即使勉强进行,也会因为不能勃起而让努力落空,徒增羞辱；表现在女性身上,就是觉得性接触无聊,不能完成性唤起。请法庭注意到被告所说的这个情况。

冷婧律师：写书导致了无性欲？我觉得你使用这种托词很拙劣。全中国写书的人可不止你雄壬慎一个,那么多写书的学者和作家,我们还没听说有几个刚过30岁的人就与他的妻子不过性生活了！请问你写的是什么大书,竟会影响到了你的性欲望？

被告雄壬慎：书名是——《中国离婚史》。

冷媛律师:嘀,大著作!会不会因为写离婚史,整天与离婚的史料打交道,看尽了婚姻中的负面东西,从而影响了你对女性的看法?进而在心理上产生了对女性的厌恶?失去了性欲望?庭长先生,这件事让我有了一种新的猜测,不知是否允许我讲出来?

庭长:请讲!

冷媛律师:我猜测,雄壬慎这样做,也可能是他的男性机能发生了重大变化!有医学家发现,原本是异性恋的人,因为生理上的一些意外进化和心理上的意外变化,导致他们又慢慢变成了同性恋。我读大学三年级的时候,与两个同学一起去奥地利旅游,其中有位同学认识在维也纳经商的一个中国籍商人,那人带着他的妻子和一双儿女专门请我们吃饭。那男的很大方,在请我们吃饭的同时还送了我们礼物,当时我们三个都很感动,当场向他表示:日后待叔叔你回国探亲时,我们一定也要做东请你和家人一聚。两年多以后,他果然在回国探亲时给我和我的两个同学打了电话,不巧的是,我那两个同学当时都不在北京,于是就说好由我出面请他们一聚。我在一家不错的饭店订了一个单间,估计他是带着一家人回国的,所以订的是五人包间。我早早等在那儿,但到了预定的时间,却只有他一人出现,我问他是一人回国的?他摇头道:不是,我还带了一个人来,就在外边,我想先同你打个招呼,你同意了再说。我估计是他的妻子,就叫道:嗨,这还用先打招呼?快请你夫人来呀!他神情有点不太自然地说:你上次在维也纳见的我妻子,已经同我离婚了。我稍稍一愣,这年头什么东西变化都快,换个妻子也属正常,就笑着说:理解理解,快请新夫人进来。他仍站着没动,声音很低地说:我想先让你有点思想准备,我现在虽然外貌没变,但内心世界和身体机能已经有了翻天覆地的变化,我已经抵达了人生之河的另一岸,我找的伴侣非常年轻。我一听,以为他是找了一个非常年轻的女孩当情侣,在我面前不好意思,就挥挥手说:没事,没事,现在这种老夫少妻的事在国内也司空见惯,七八十岁的男人娶二十多岁的妻子也有,你不必有什么心理负担,快请她进来吧!他见我如此说,就出去了片刻,然后,领着一个二十多岁的中国小伙子走了进来。我当时惊得差点起身叫出声来,想到今天是自己请客,便只有努力压下心中的惊诧,礼貌地起身让他们坐下,然后开始不动声色地请他们喝酒吃菜。整个宴请过程中,那位大叔不停地给他的爱侣——那位小伙子夹菜。他在那小伙子面前,一会儿撒娇,一会儿嗔怪,看得我惊奇不已。席间,趁那小伙子起身去卫生间的当儿,我悄声问那位大叔:你的性取向是啥时候变的?他叹口气说:说不太清楚,反正是慢慢改变的,就是渐渐地对女性不再感兴趣,再漂亮的女人站在面前,也心如死水;相反,见了男人,倒是有了精神,特别是见了年轻小伙子,就只想取悦对方。我这才明白,我的身体已经发生了彻底的变化……我由这桩经历猜测,雄壬慎的身体很可能也是发生了这样的变化。如果是,这没有什么可丢人的,我们都能理解,但你不能害了你的妻子袁幽岚,你应该给她自由,这是你应尽的最起码的人道主义义务!

被告雄壬慎:我的身体没起你说的那种变化!

律师冷嫂:你不会是因为害怕丢丑而不说实话吧?同性恋在今天人们都会给予理解。目前,世界上已有几个国家的领袖都是同性恋,2009年,冰岛的女总理约翰娜·西于尔扎多蒂成为世界上第一个同性恋领袖,之后是比利时的前首相埃利奥·迪吕波和卢森堡的首相贝特尔,再后来,是爱尔兰总理利奥·瓦拉德卡。这是一件正常的事,而不是一件丢人的事!

被告雄壬慎：再说一遍,我不是同性恋!

律师冷婊：那你的那个部位是不是在这期间受伤了?你要说实话!那个部位意外受伤并不是什么难以启齿的事。如果这种伤不可治愈,你也同样应该给袁幽岚自由!

被告雄壬慎：我没有受过伤!

律师冷婊：那就只有两个答案：其一,你是一个虐待狂!你如此对待你的妻子,就是想在身体和心理上给她以痛苦的折磨。其二,你一定另有情人!要不然就违背了常理。你的妻子无论用什么审美观去看,都是一个美人,而你能在23个月里看着她美丽的身体无动于衷,这一定是因为你在别的女人那里吃饱了!这是唯一可能的解释!

被告雄壬慎：我听说,性生活会使男人的睾酮水平下降并进而影响肌肉生长和骨骼健壮,甚至影响到精神状态。我有一段时间心慌气短,很容易发脾气,所以我需要暂停一段时间的性生活,对自己的身体进行保护。

焦蕴恬律师：嚄,还有这说法?你既然相信这个,为什么还要结婚祸害袁幽岚?

谢国定律师：社会上的确存在这种说法。男性的睾酮水平,通常在20岁时达到峰值,然后开始下降,有人下降得快一些,有人下降得慢一些。早在古希腊和罗马时期,运动员在比赛之前都会禁止性生活,怕的是影响运动水平的发挥。据说在有些国家,战斗机的驾驶员,在上天的前几晚,是不允许过性生活的。世界前重量级拳击冠军大卫·海伊说过:"比赛前六周我都不会过性生活,因为这样会流失身体所需的大量矿物质和营养物质。"我们都知道,睾酮是一种能提高男性生理特征的激素,女性身上虽然也有睾酮,但它的含量很低。很多男性为了增加肌肉,着迷于睾酮的增添,他们会使用促睾补剂和特殊的饮食,比如中国的壮阳食物,来提高自己的睾酮水平。《美国医学会杂志》(JAMA)的一项研究表明,仅2013年,男性在睾酮替代疗法上就花费了22亿美元,这还不包括黑市上其他类固醇消费。确实有一些研究表明,禁欲一段时间能够稍微提高睾酮水平。比如杭州的一所大学曾召集28名21—45岁的健康男性,观察了禁欲对睾酮水平的影响。受试者被分成两组,第一组的受试者在8天内禁欲,第二组受试者8天内可以过性生活。结果发现第一组受试者在第七天的平均睾酮水平,达到了基线值的145.7%,而第二组的睾酮水平波动幅度不大。当然,直到今天,这个问题仍无定论,但雄壬慎相信这种说法,我们也无可厚非。

冷婗律师:我觉得这是被告和他的辩护人在拿所谓的生理学知识来糊弄人,在拿禁欲主义的陈词滥调来忽悠我们。他以为我们女人不懂生理学,好糊弄。依雄壬慎现在的年龄,你每周至少要过3次性生活才算正常。否则就是不正常履行做丈夫的义务!

庭长:谢国定律师还有没有想说的?

谢国定律师:关于袁幽岚女士和雄壬慎先生性生活频率低的问题,我觉得袁幽岚女士当然有抱怨雄壬慎的权利。

对于男女两性性生活频率降低的问题，我在这儿想说的是，这种情况目前相当普遍，差不多可以说是一个世界性的问题。据有关媒体披露，全世界约有7000万无性恋；BBC有一则新闻说，英国人最近在34000名成人中做了一次统计调查，发现与2001—2012年这段时间相比，他们做爱次数都明显变少，在16至44岁的英国人中，平均每月性行为不到5次。美国从1990年到2014年，成年人每年平均性行为次数由62次下降到了54次。我们不得不承认，低欲望的社会正在到来。

有专家认为，出现这种现象的根本原因，在于世界人口在经历了100年的爆炸性增长之后，开始呈现下降趋势，发达国家包括我们中国的人口出生率都在下降。依照动物种群的繁衍规律，人类早就达到和超过了快速繁殖期，进入了繁殖的滞胀期。如今从欧洲到美国到日本，都显示出社会已进入"性爱降级"的"性萧条"时期。在美国，疾病控制和预防中心的青少年风险行为调查发现，从上世纪90年代初到2017年，有过性交的高中生总体比例从54%掉到了40%。根据美国的调查，现在20岁出头的人与20年前相比，完全没有性生活的比例，提高了1.5倍。有15%的受访者表示，自成年以来一直没有性行为。日本政府2017年9月公布的一项调查结果显示，日本18到34岁的未婚者中，有超过40%的人没有任何性经验。有45%的女性和超过25%的男性表示，"无兴趣甚至鄙视性接触"。另有一项调查显示，在世界上的男性之中，已经刮起了一股阴柔风，在韩国，有10%的男性都在使用化妆品。这些都表明，袁幽岚女士经历的问题，是一个世界性的、普遍性的问题。

我在此还想再说几个数据：据国内一所大学的调查，中国大城市的无性婚姻现象已比较严重，总共3824位20岁到64岁已婚或同居男女参与了一次问卷调查，其中每月性生活不足一次的人数，达到 28.7%。据中山大学附属第三医院的一位科主任介绍,近年来,由于男性喜欢熬夜晚睡,造成身体内分泌和雄性激素水平下降,导致人体应激反应直接抑制大脑性欲中枢神经,使性欲低下也成了男性性功能障碍的一种,而且这种病的发病率在一般人群中有所增加,估计大约有 15%的男性患有性欲低下病。新一代年轻人,极有可能是历史上性生活最少的一代人。

我说这些数据的目的,是想告诉原告,由于种种原因,人们现在婚后的性生活频次开始普遍减少。我希望原告注意到这个问题,从而使自己的心理平衡起来。但坦白地说,我做离婚律师多年,今天是我辩护起来比较紧张和艰难的一天,我几乎得动用我近期全部阅读的记忆,包括网上浏览所获得的不很准确的记忆! 雄壬慎先生是我遇到的第一个我无法把握其内心真实想法的委托人。

焦蕴恬律师:我觉得谢国定律师用刚才他说出的那些数字来为雄壬慎辩护,是不可接受的! 性爱是婚姻的必须,是婚姻得以存在的基础,没有性爱的婚姻必须被消除,被摧毁! 难道因为世界上有人五年没有性生活,袁幽岚就也该停止享受婚内性生活所带来的快乐? 这是什么逻辑?! 尤其是他们夫妇还如此年轻,在这个年纪就停止性生活,除了性折磨之外,很难让人相信还有别的理由! 既然你想说数字,那我就也告诉你一个数字,国外某学者由年龄对男性性能力影响的规律,算出了一个参考公式,就是将年龄的十位数乘以 9,得出来的乘积的十位数为性生活周期所持续的天数,个位数则是应有的性生活频率。照这个公式计算,雄壬慎今年 31 岁,$3 \times 9 = 27$,他就应该在 20 天里过 7 次性生活,3 天一次。而他竟在 23 个月里 1 次也不过,这叫正常吗? 庭长先生,我觉得事情已经完全明了,没必要再辩论下去!

谢国定律师:如果雄壬慎先生患有 ED 病,也就是勃起功能障碍病且没有治好的话,这种暂时不过性生活的情况也可以理解。当然,这是雄壬慎先生的隐私,我没好意思在开庭前向他询问这事,他也没有向我透露过这方面的信息。

庭长:雄壬慎先生,因为涉及到对案情的判断,我希望你能当庭就这个是否患有 ED 病的问题做出说明,再说了,患病并不是人的耻辱。

原告袁幽岚:庭长先生,这个问题我来回答吧。因为我们一直没有分居,一直睡在一个床上,所以对他的身体状况我是了解的,他根本没有患 ED！我最初也怀疑他是不是得了 ED 病,如果是的话,我想带他去看医生,但在我的故意触碰下,我了解他是没有那种病的！他很正常,他在那方面的状态与我们新婚时几乎一样,他骗不了人！

庭长:雄壬慎先生,你还有什么话说？

被告雄壬慎:我想恳请幽岚再给我一段时间,可能在我的历史研究专著写完之后,当我的身心压力减轻了,我的身体机能就会恢复正常。我要承认《中国离婚史》这部书的写作,对我的心理和身体都发生了负面影响,导致了我眼下暂时不想过性生活。等我把这部书写完,我的身体恢复正常了,我肯定会像过去一样过性生活。幽岚你应该能感觉到,我对你的爱没有改变,请不要在一气之下就做决定！我写书归根结底也是为了我们这个家,我想我眼下的情况不会持续很久。我也想请焦律师和冷律师手下留情,生活中什么事情都可能发生,请不要拿常规来判断人,应该允许例外的事情出现!生活中是有特例的!

谢国定律师:我觉得我的委托人说的话很诚恳也很有道理,世界上的人千差万别,世界上的事千状万貌,我们应该努力去理解一些我们暂时还很难理解的人和事,也许袁幽岚女士眼下遇到的情况只是暂时的,要不了多久,你和雄壬慎的性生活又会恢复正常,你们还会是一对正常的夫妻。我还想在这里提醒一下袁幽岚女士——当然没有冒犯你的意思——你是不是在这23个月里没有注意提高自己的性魅力?

原告袁幽岚:我不明白你这话是什么意思?!

谢国定律师:我所说的性魅力,就是指你吸引你丈夫的那种性的魅惑力,就是吸引你丈夫产生最原始的欲望和冲动的能力,说直白一点,这种性魅力就是动物性魅力。我们知道,在男女结婚的初期,女性对于丈夫都是有具有性魅力的,但随着时间的延长,随着女性身体秘密的消失,随着女性身体状况的变化,随着女性心理状态的改变,尽管女性的颜值从表面上看变化不大,但其吸引丈夫产生做爱欲望的能力降低了。你刚才说到你也在卧室里采取了一些措施,但显然没有达到效果。我想在这里提示一下,平日可常吃一点清淡蔬食,这样你散发出的体味会比吃肉、面条、面包更好闻,对男人更有吸引力。说话时的声音可以更轻柔一点,女人轻柔的嗓音会使男性更容易产生自信和兴奋。罗素曾经说过,调情是大自然赋予人类的一种免于性疲乏的手段。总之吧,让你丈夫在你的魅惑下情难再抑,那就成功了,你们之间的性生活也就可能恢复正常了。我还想友好地提醒你一下,检查一下自己的盆底肌产后修复得是否完美。在我承办的另一桩离婚案中,发现那位丈夫对妻子的嫌恶,竟是因为妻子在第一次生育后,没有注意锻炼修复自己的盆底肌,这就使丈夫不再愿意与妻子做爱了。如果是这种情况,根据妇产科医生的意见,可用阴道哑铃来锻炼自己的盆底肌,从而使自己的身体在生育后完全康复,重获丈夫的爱意。很多女性生育之后都留下了后遗症,在我承办的其他离婚案件中,还有的丈夫嫌弃妻子生育后腹部出现了妊娠纹,也有的是嫌弃妻子育后影响了膀胱对排尿的控制力,总上厕所。我曾经告诉这些丈夫,这就是女性的伟大之处,她们为做母亲付出了极大的代价,你们要向这些宁愿自己受伤也要生下孩子的母亲表示敬意,而不是离开她们!可我今天也想对你说一句:注意育后的身体康复,让自己继续拥有吸引丈夫的性魅力!最后,我还想说一句可能惹你不高兴的话:要注意保持女性本能的羞涩。按人类学理论,雌性羞涩会导致雄性活跃,也会让自己更温柔、更美,这可能也会或多或少地影响男子的性欲望。

原告袁幽岚:我有没有性魅力我自己清楚!你别在这里充专家,还要给我传授什么破经验?!我明确告诉你,我的盆底肌很健康,根本没有什么漏尿、尿频的毛病,我的身体好得很!我不想再听任何忽悠,我不容许他人找借口再浪费我的生命,法庭应该重视:性幸福也是一项不容忽视的民生问题!

焦蕴恬律师:雄壬慎先生,你既然在研究中国的离婚史,就应该知道,有多少男人和女人通过离婚,又重新获得了幸福。在袁幽岚决心离开你之后,你为什么不能秉持一个学者的良心,放袁幽岚离开你,再给她一次获取幸福的机会?即使袁幽岚过去在某一件事情上得罪了你,你也应该宽恕她,不要再把她捆绑在婚姻里对其进行折磨。放开她,做一件好事吧!

庭长:本案庭审到此结束。现在休息20分钟,合议庭开始合议,各位就在审判厅内休息,20分钟后宣判。

20分钟后。

庭长:现在,我宣布判决结果!哎,被告雄壬慎先生怎么不在?

谢国定律师:他刚才对我说,他的心脏不舒服,要去医院看个急诊。他说,对法庭的任何判决他都会接受,让我把判决书带给他就行。他临走前交给了我一封密封的信,希望我在法庭宣布判决后读一下。

庭长:好吧。现在我宣布北京市海淀区第六人民法院民事判决书,(2019)海法民字第389号。

  原告袁幽岚,女,汉族,1990年5月19日生,身份证号370901199005194590,户籍住址:北京市海淀区三龙街美丽苑2号楼509室。

  委托代理人焦蕴恬,北京平权律师事务所律师。

  委托代理人冷婊,北京平权律师事务所实习律师。

  被告雄壬慎,男,汉族,1988年10月3日生,身份证号411325198810034826,户籍住址:北京市海淀区三龙街美丽苑2号楼509室。

  委托代理人谢国定,北京天义律师事务所律师。

  原告与被告离婚纠纷一案,本院受理后,依法组成合议庭,先后四次公开开庭进行审理,本案现已审理终结。

原告诉讼请求:一,解除原、被告之婚姻关系;二,婚生女儿雄袁幸子归原告抚养,被告每月支付抚养费人民币5000元;三,依法分割婚姻关系存续期间夫妻的共同财产,判决存款81万中的40.5万元归原告所有;四,本案诉讼费由被告承担。

被告答辩意见:不同意解除婚姻关系,认为仍有和好可能。

本院经审理查明:

一、结婚时间:2014年12月2日。

二、生育子女:于2015年8月9日生育婚生女儿雄袁幸子。

三、离婚协议:无。

四、分居情况:仍居一室。

五、共同财产:在本市工商银行存款81万元。

六、共同债权债务:无。

七、其他需要说明情形:原告主张被告存在家庭暴力行为和婚外情,但未能提交充分有效的证据证明。

综上所述,依照《中华人民共和国婚姻法》第三十二条、第三十八条、第三十九条之规定,判决如下:

1、准予原告袁幽岚与被告雄壬慎离婚。

2、袁、雄二人的婚生女儿雄袁幸子归原告袁幽岚抚养,被告人雄壬慎每月付抚养费5000元,每月5日将抚养费打到袁幽岚账户上,直至雄袁幸子年满18岁。雄袁幸子18岁之后每月的生活费用数额,由袁幽岚和雄壬慎另行商定。因被告人雄壬慎未与女儿生活在一起,每月可行使探视权四次,探视应安排在每周的双休日进行。

3、原告和被告在婚姻存续期间存下的81万元现金,各分

40.5万元;购置的一辆电动脚踏车归原告袁幽岚所有;一辆自行车归被告雄壬慎所有;家里购置的床和五屉桌等家具归原告袁幽岚所有;家里的锅碗瓢盆等餐具,归袁幽岚所有。

本案受理费 12800 元,保全费 2100 元,合计 14900 元,由原、被告各承担一半。

若不服本判决,可在判决书送达之日起 15 日内,向本院递交上诉状,并向对方当事人提出副本,上诉于海淀区中级人民法院。

审判长:范览景
审判员:刘韵玫
审判员:章含钰
书记员:应梦、扈一卿

北京市海淀区第六人民法院
二〇一九年九月二十六日

原告袁幽岚: 谢谢合议庭的全体法官!谢谢你们重新给了我人身自由!今天晚上,我终于可以睡一个好觉,而且从明天起,我又可以对未来的生活重新进行规划了!在此,也向我的两位律师表达最深切的谢意!你们辛苦了!再一次谢谢你们!

焦蕴恬律师: 谢谢庭长,这是一个正确的判决,是一个公正的判决,同时,我也向胜诉的袁幽岚女士表示祝贺。社会发展了,观念更新了,敢于决定自己命运的女人开始大胆地冲出不幸的婚姻牢笼。在这里,我要代表所有的单身女人,向袁幽岚回归单身女性队伍表示欢迎!

冷婡律师:这是袁幽岚本人的胜利,也是中国女性的一次胜利!这个胜利再次告诉我们,不是所有的婚姻都是女性人生幸福的保障!

谢国定律师:庭长先生,我的委托人去看病前说过他会接受法庭的判决。鉴于此,我对判决没有意见要发表。下边,我按照我的委托人的嘱咐,把他去看病前留下的这封密封的信函拆开并向诸位宣读——

尊敬的庭长先生:我估计今天的判决结果,会是我和袁幽岚离婚。对此,我接受,这个判决是对的,我不会再上诉。下边,我想在此向我的前妻袁幽岚女士说几句话:

幽岚你好!既然我们已经离婚了,我想,有些话就可以对你明说了。

你还记得那年五一节我们在山东泰安度过的那个短假吗?我们到达泰安你家的第二天午后,你说你想去看看彩石溪,说你虽然住在泰安,但还一直没有去看过。我当然高兴,恰好你堂哥的奥迪越野车停在门前而他下午又没事,我就朝他借了车,你把幸子交给你妈带,咱俩就开车上路了。那天下午在彩石溪,你玩得非常开心。彩石溪是大自然在近30亿年间制造的惊世奇观,十里山涧,色彩斑斓的带状彩石平铺溪底,真可谓画入水中秀,水在画上流。那种奇特地质地貌绘就的泼墨写意画,让你我不时发出惊叹。你不时停下脚步,用手机拍照,说回家让幸子猜猜这是什么。我长在河南的南阳盆地,更没看过这种大自然在山涧里的创造。我们观赏着、赞叹着、拍照着,不知不觉暮霭已至。我们开车回返走出彩石溪时,夜色已浓。因为路况不熟,我开了远光灯。不想刚驶上一座大桥时,看见迎面开来的一辆轿车也突然开了远光灯。我当时以为是因为我开了远光灯刺了对方的眼睛,他们才也开了远光灯,于是急忙关了远光灯换成近光灯。就在这一刻,对方的车由我们车旁呼啸而过,"砰"的一声一下子冲撞到了后边桥的石栏杆上了,因为我开了一扇车窗,一声男女的凄厉叫声响彻在我们身后。我吓得急忙把车停在桥头不远处,我让你站在车旁看着咱的车,我向出车祸的轿车跑去。来往的车辆这时都已停下,司机们全跑了过来。在几辆车灯的照射下,我才看清车祸的惨状:那辆轿车越过桥的中线,斜撞在一侧的石头桥栏上,车头完全撞烂,石栏被撞断,车悬在半空,车内两人被死死卡在车内,估计受伤非常严重。我和其他司机赶紧合力向后拽车,然后想法破拆被撞坏的车门,把已昏死过去的一位男驾车者和昏倒在副驾驶位置上的女士拖出来。在营救他们的过程中,我的两只手都在匆忙中被割伤,当我把驾驶员由烂车里抱出来时,我浑身是血,已分不清哪是我的血哪是伤者的血了。赶来的救护车上的医生很快宣布,两人已经死亡。交警这时开始盘问我们这些目击事故的司机,当盘问到我时,我细说了目击的情况。我当时最担心的是,是不是因为我开了远光灯刺花了那个死去的驾驶员的眼睛,进而导致了车祸的发生。所幸的是,交通警察在测量了各种数据之后,告诉我,我没有责任。我这才长舒了一口气,放心地回到你的身边。我记得你当时拿下了车上存的几瓶矿泉水,打开瓶盖帮我冲洗手上的伤口,还扯下了你的小背心,帮我包扎了两只手上的伤口。那天晚上我们回到泰城,先到医院让医生处置了我两手上的伤口,然后才回家。到家已是凌晨两点了。

这次车祸的经历,当晚就走进了我的梦中。它让我几次惊醒坐起,默然看着你和孩子沉睡。

我以为这次事故只是干扰我几晚的睡眠,哪里知道,它还会带来更加可怕的后果。

在我们假期过完回京的第二天,我刚一上班,就接到一个陌生的电话,我问:哪位?电话里答:山东泰安交警。我的心一紧,以为是因为我开了远光灯要负事故的责任,没想到对方很严肃地开口道:雄先生,我现在告诉你,我们已发现了那对在车祸中丧生的男女的遗书,他们是蓄意要在那个时候撞桥坠河自杀的。原因是女方在大学就读时,曾与一外国留学生发生了肉体关系,不幸染上了艾滋病,而她又在不知情下传染给了自己的男朋友。他们两人在确认染病后羞于见人,遂决定自杀,恰好让你目睹了他们的自杀过程。考虑到你当时在车祸现场曾参与过对他们的救护,若你当时身上没有伤口并且未沾上他们的血,那就不必多虑;倘是你当时身上有伤口且沾染上了他们的血,请务必尽快去医院检查并采取预防艾滋病的措施……

我听完吓呆在原地,整整十分钟一动没动。

我的天呐,我不仅仅是手上有伤口,而且是有多处伤口,有的伤口还划得很深;我不仅仅是沾了他们的血,而且是伤口就泡在他们的血里呀!

我当即以家里有急事向领导请了假,慌慌张张地跑到在医院传染科当医生的我的同乡高中同学黄旻懿那里,向她说明了事情经过,请她给我检验我是不是真染上了艾滋病。黄旻懿起初还安慰我,让我放宽心,说不一定就那么巧,何况这种病还有潜伏期。但血液检查报告出来后,她的两眼瞪得很大,分明是很惊骇的样子。我当时便知道坏了,两腿一软就坐到了地上。她把我拉起来,让我又去抽了一次血,亲自拿着血样去了附近的另一家大医院化验,这一次结果出来后,她低声说:现在已可断定,你是被传染上了。可能是你当时的伤口创

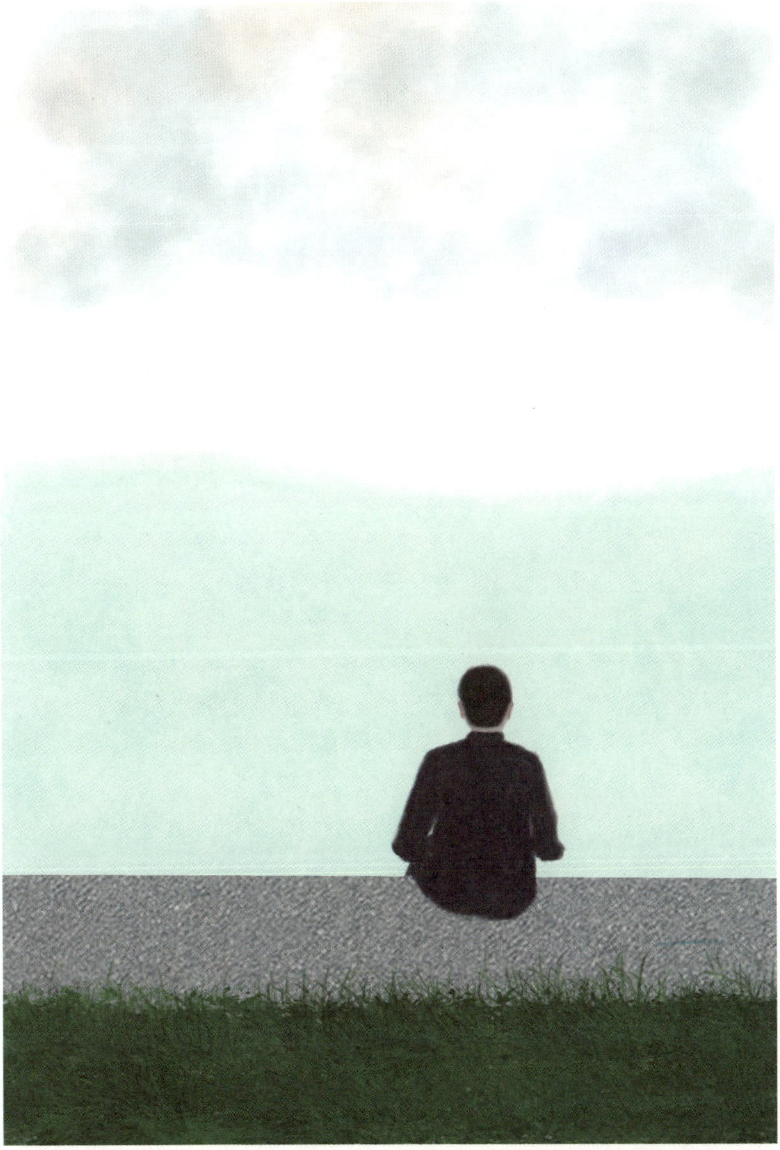

面太大太深,直接与他们的大创面伤口接触,让他们的血与你的血混在了一起,使有艾滋病毒的脏血直接进入你的伤口并开始在你身上流动,所以导致了你的感染,而且没有潜伏期……

就在那家医院的走廊上,我缩在墙脚,双手捂脸,努力压抑着声音,哭了起来,这是我做梦也没梦见过的灾难啊……

那天,我是步行十来公里往家走的,我需要时间思考该怎么对待和处理这件事。我第一个想到的,是告诉你真相。可我回想起,有一次医生仅仅怀疑你得了甲肝,就把你吓得两夜没有睡着觉,我得了艾滋病这个可怕的消息,肯定会击垮你的神经,即使你万幸挺住了,也必然是神不守舍,不会掩饰,最后极可能是保不了密,把消息扩散出去。那样一来,就必然会让邻居、同事和周围的人对我、对我们一家人另眼相看,对我们三口人的歧视很快就会到来,背后对我们指指戳戳甚至当面辱骂幸子的情景极有可能出现,我们一家人的生活便会被彻底打乱!一想到这儿,我即在心中决定,不告诉你这个消息,一切由我独自承受。这之后,我告知黄旻懿同学一定替我保密,让我边治疗边工作,我坚信最终能够治好,她也告诉我已有用中西医结合的疗法,完全控制住病情甚至有治好的个例。但在治疗期间,传染他人,主要是自己亲人的可能性是严重存在的。这也是我不敢去抱女儿、去亲近女儿的原因,她最爱抓挠和亲我的脸包括眼睛、鼻子,万一因为我脸上有破口她亲到了可怎么办?那一次我所以打她,就是因为她执意要让我抱她还要亲我的脸颊。我当时打她是为了让她记恨我,从而不再亲近我,以免我把病毒再传染给她。我记得你当时非常生气,大骂我是最劣等的父亲,我听后只能让眼泪流进心里。你在第一次开庭时展示的照片,就是在那次拍的。而这,也是我不敢再与你做爱的原因!有多少个夜晚,我看见你美丽的身体,都差一点控制不住自己,我的身体机能并没有全被损坏呀!可我知道,我们一旦亲热起来,即使避孕套能确保不出问题,但你有深吻的习惯,有时在特别快乐时还会咬我的肩膀,我不敢保证我们两人的口腔就没有溃疡或牙龈上就没有小的伤口,不敢保证你不会咬破我的皮肤,倘若把病再传染给你可怎么得了?所以,每当我起意时,我就强力压抑自己,这种痛苦是不可能有男人体会得到的,眼看着自己美丽的妻子就在身边,心里又蠢蠢欲动,却不能朝她伸手示爱,而且,还要故意装出漠视她的样子,让她更加痛苦。亲爱的,我看得懂你在卧室里所做的那些动作,看得清楚你所做的那些努力,我当然明白你的需要,我看得见你眼里的委屈和愤怒,我理解你对我的恼怒和恨意,可我不能害了你和女儿呀!

　　黄旻懿医生告诉我,我的病情在缓慢好转,但我看得出,你对我的恨意已无法忍耐,我渴望你不提出离婚,你和女儿在我身边会给我抵抗疾病的力量。可我又不能说出不让你提出离婚的真正理由——我清楚地知道你是承受不了真相的!也好,经过了这场离婚诉讼,法官和律师们都已经知道并可证明,我在染病后的23个月里未同你做爱,你的身体是干净的,是没有被艾滋病毒污染过的;我们的女儿幸子的身体因我没尽做父亲的责任,更没有受到艾滋病毒的传染。这样,今后有男人爱上你时,就不会嫌弃你。我们的女儿到了上学的年龄,就可以安心读书,不必担心同学们会歧视她从而给她带来心理压力。我真希望这个法庭的庭审记录能对全社会公布,以证明你和我们的女儿从未被艾滋病毒传染过,尽管你们有我这个染上病毒的亲人……

　　这世界上为什么会有艾滋病毒?为什么呀?!

好了,就说这些,好好带着女儿生活,我在九泉之下会时时给你们送来祝福!永别了,亲爱的——

原告袁幽岚:天哪!庭长,快派人去救他呀……

2020 年 3 月 6 日第一稿

2020 年 8 月 31 日第二稿

2020 年 10 月 10 日第三稿